# 米原万里的口譯現場

米原万里

の聞き口で伝え

言葉考

記憶力の謎

時間よ、止まれ

文脈の裏

# 目次

## 第三章 不忠美女？貞潔醜女？

前言

# 「口譯員＝娼妓」論的始末

這是日、俄專家圍著餐桌正熱烈交談時發生的事，口譯到一半的年輕人喉嚨卡到鮭魚刺，工作不得不中斷。口譯員痛苦不堪，大家叫了救護車將他緊急送醫。到了醫院，醫生用鑷子輕而易舉一下就夾出魚刺，口譯員總算鬆了一口氣，但緊接著又得跟時間賽跑，搭計程車火速趕回會場，這時距離他中途離席已超過一個半小時。口譯員不在的期間，會場上的時間彷彿完全靜止。談話被凍結的日、俄專家等得不耐煩，直到口譯員再度出現，會場才終於恢復原本活絡的氣氛。

「就好像把睡美人從百年沉睡中喚醒，你扮演了那王子的角色呢。」我對他說道。

當年那個口譯員，現在嘴裡正咀嚼著煎鮭魚，因而重提了往事。

口譯這個工作如此受到企重，「無論如何都不能缺少，沒有口譯員會很麻煩」；甚至有客戶懇求口譯員：「請您絕對、絕對要到場，請不要棄我們於不顧。」

其實，我最敬愛的、口譯方法的恩師──德永晴美先生，常常對我們耳提面命：

「再怎麼差勁的口譯員，遠比完全沒有口譯員來得好。如果客戶臉上露出這種表情──這個口譯員實在不行，難道只能請到這種的嗎？那麼，請去尿遁一下吧，在洗手間待久一點再出來。保證客戶們看待你的眼光會不一樣。你應該會變成奇貨可居哦。」

有一個忠心弟子恭敬從命，依樣畫葫蘆照著老師的吩咐去做。當她從洗手間一回來，客戶們的眼光的確變了。口譯員不在場的時候，或許是彼此想要溝通的熱忱突然啟動了吧，日、俄雙方擠出支離破碎的英語、法語外加比手劃腳，結果發現其實彼此德語都很了得。於是女口譯員被客戶告知：「明天起妳不必來了。」

口譯員這個工作，也有被視為「完全不需要，就算沒有根本不產生困擾」，而被當做大型垃圾處理的情形。

還發生過口譯員被拉到阿拉伯半島舉行的商業談判。談攏之後，客戶完全忘記了他的存在，結果被留在沙漠中央進退兩難。

「那時候真的很慘。」該英語口譯員嘆著氣對我說。

總而言之，客戶需要的時候，是那麼的需求若渴，一旦不再需要，則是正面也不瞧一眼，口譯員就是這樣的存在。

那麼，怎樣的情況需要、什麼情況不需要口譯員呢？我敲打著鍵盤，突然有所明白。

其實，我現在正在莫斯科的飯店裡撰寫這份稿子。俄國的電壓和日本不一樣，因此，每次出差電腦都得帶著走的我，也必定要帶變壓器。曾經有一次忘了帶變壓器來俄國，害得辛苦背來笨重的電腦和印表機都變成無用之物，令人懊惱不已。從此之後我非常依賴和重視變壓器，每次出門前的檢查名單順序已變成護照、簽證、機票、變壓器。

然而一旦回國，那如此感謝、在異鄉有照顧之恩的變壓器，就被我無情地塞進抽屜一角。直到下次要用之前，再也不會看它一眼。只要在日本國內，也就是在同樣的電壓範圍內，變壓器就那樣孤伶伶地被捨棄在一旁，完全沒有機會派上用場。

我們口譯員也是一樣，只要是在相同語言圈內的溝通，就完全沒有介入其中的餘地。唯有當不同語言之間有訊息傳達、相互溝通的必要性時，口譯員的存在價值才被認可，這麼想來，口譯是相當短暫無常的行業。

德永晴美老師還說過：

「聽好了，口譯員這一行，就好比是娼妓。需要時，即使天塌下來都想要。不管技巧再差、臉蛋再難看，總之就是那麼必要。花再多錢也不惜的那種程度的需要。然而，一旦完事就不想看到臉，希望對方消失，要我付錢門都沒有——會有這種感覺。」

男人的生理需求有點令人費解，但最後老師補上了一句：

「因此，大家要學學娼妓，口譯費用要先拿到手才保險。至少應該要事先談好價錢。」

德永老師這番教誨，我也牢牢銘記在心。

然後，當與某民營電視台的製作人討論派我前往俄羅斯擔任隨行口譯一案時，費用一直談不攏，對方表示：

「那麼，等回國之後再決定吧！」

他想就此結束價錢談判，我可不能這樣就範，於是引用了老師的話。我一心想要讓他理解口譯這工作的本質，並說明口譯費用事先談定乃是常識：

「所謂口譯員，就好像娼妓一樣……」此話一出，對方畢竟不是省油的燈，馬上反擊：

「我可沒有那種（召妓的）美妙的想法喔。」

而且，不知是否我的這個比喻給了他什麼暗示，對方順勢說道：

「費用不足的部分，我不介意以身相許哦。」

嗯，真是扎實的一記直拳。

# 第一章 口譯、筆譯是一丘之貉？

## ——口譯與筆譯三大共同特徵

談到口譯的「一丘之貉」，就會想到筆譯這一行。大致上，就口譯來說，扮演溝通媒介的是語音，筆譯的溝通媒介則是文字。也就是說，口譯是將耳朵聽到的經由口頭翻譯出來，而筆譯則是把入眼的內容翻譯成同樣以眼睛讀取的文字。雖然口譯與筆譯有此不同，但介於兩種語言之間、肩負著促使溝通成功的任務，在這一點上口譯、筆譯是相通的。而由此共通點衍生的幾項特徵，亦是口譯與筆譯共有的。

## 1 「口譯員＝娼妓」論，另一項根據

在我剛入行，正深深體會到「即使自稱為口譯員，但若沒有持續接案就談不上是真的口譯員」的那個時候，第一場會議口譯工作翩然駕到。我戰戰兢兢詢問電話那頭的委託人：「請問主題是什麼呢？」

「關於監控 gāo sù lú lú xīn 的方法。」對方答道。

光是聽到那主題，我的上下排牙齒和左右邊膝蓋已經哆嗦打顫。對文學少女出身的我來說，「gāo sù lú」和「lú xīn」純粹只是聲音，完全沒有意義。不過，如果那時候推辭的話，

根本沒有把握何時才會再有會議口譯的案子進來。那場會議一個月後才舉行。如果是三天前才接到委託，我當然當場回絕，但還有一個月的話，認真一點準備應該應付得來吧！就這樣，我以初生之犢不畏虎的蠻勇，硬著頭皮接下這個案子。動力爐、核燃料開發事業團，真是對不起你們。

至少，那時知道這是一場核能會議，所以我閱讀了核能相關入門書籍，終於知道「gao sù lú」是「高速增殖爐」、「lú xīn」是「爐心」。我抱著核能詞典及參考書，埋首苦讀會議主題相關的論文，不懂的地方就請客戶為我解說，並拚命背誦會議中可能出現的專業用語。即使如此，會議舉行的前一天晚上我還是擔心得睡不安穩。到了會議當天，就好像泳技還不太行就進了深水泳池的選手，自暴自棄地把未來拋在腦後，鼓起勇氣步入會場。

這場會議結束之後，高溫煤氣爐、沸水型輕水爐、加壓水型輕水爐、以黑鉛做為減速材料的RMK型（即車諾比核電廠使用的爐型），以及在蘇聯及東歐國家普及的VVER型等等各式各樣的核子反應爐相關討論會、研討會的口譯機會都找上門。包覆核燃料氣密性的檢測、核子爐的耐震結構、核廢料的處理保管，或是蘇聯瓦解後將武器化的鈽原料變為和平之用、有關車諾比事故或塞米巴拉金斯克的核試驗廠（Semipalatinsk Test Site）對人體及環境的影響的放射線醫學、環境監控……總之我接了各種與核能相關主題的口譯工作，不勝枚舉。而隨著口譯次數累積，初次登場時戰戰兢兢和躍躍欲試的心情也越來越淡。即使如此，越是接近會議日期悔不當初的念頭就越是高漲「啊，這麼困難的工作，真不該接下來。」我以為只有自己是這樣，不過，聽聞我國頂尖的法語口譯員臼井久代女士也是如此：

「彷彿是搭上了雲霄飛車，車子慢慢爬上頂點時後悔和恐懼交加的心情。」

聽她說得如此貼切，我格外感到安心。

「即使如此也不放棄口譯的原因，也是拜那彷彿雲霄飛車從陡坡急速下降時恐懼與快感交融的情緒所賜，以及那股結束時爽快的解放感和安全感。」

如果聘用口譯員的主辦單位聽到了，應該也會感到晃晃不安吧。不過，確實就像那樣。我不像臼井女士是個速度狂，對我來說，口譯員的生活好比抱佛腳迎戰考試，應付了一天後馬上又要面臨接下來的考試，而且考試科目每次都不一樣。我覺得這比喻恰如其分地反映了口譯員的人生。

一九八三年到一九八四年間，我曾擔任電視台採訪隨行口譯，深入西伯利亞內地、地球的極寒地區奧伊米亞康[1]附近，在嚴寒中度過一個月。當地冬季平均氣溫為零下五十度，我們停留期間最冷的日子是零下五十九度。在那裡體驗了眼睛表面水分結凍，一眨眼就跑出冰沙的日子，半年後我到舊蘇聯時期的土庫曼共和國擔任空調設備輸出的商業談判口譯員。在土

1 俄羅斯西伯利亞東北部之村莊，屬薩哈共和國，以出現人類定居地最低氣溫而聞名。

庫曼，我嘗到了炙熱世界高達五十度的滋味。

我也曾陪同要接受近視矯正手術的患者們前往俄國，參與檢查及手術現場。那是在角膜上進行放射狀切開改變屈光率，讓通過角膜的影像聚集在網膜，藉此來恢復視力的手術。當時我拚命背誦眼球的構造及「各種零件」的名稱。

回國之後隔天，在萬國家禽會議上，聽著與會人士談及：「雞蛋的膽固醇比起豬肉的膽固醇是多麼優質呢」或「人類飼養雞隻的方式非常不人道。應該進一步考量雞隻的福利，要改善雞隻居住環境」，我邊想著：「啊，反正都要殺來吃不是嗎」，但當然絕口不提個人淺見而忠實地口譯。晚上，有莫斯科大劇院芭蕾舞團首席舞者的採訪，所以複習「Pas de deux」（雙人舞）和「Pas de Trois」（三人舞）等等用語的不同。隔天開始，則是為期兩天的討論會，內容包括歷史學者們的「日本天皇制與俄羅斯帝政之比較」或「日本的中國研究與俄羅斯的中國研究之比較」等等研究報告。文科畢業的我，原本期待終於可以鬆一口氣，但因為中文的專有名詞的發音和日語、俄語有意想不到的差距，因此，混亂的口譯員造成會場也陷入一片混亂。

隔天，我擔任日本輸出養魚設備相關的商談口譯，得知魚的成長過程是「從仔魚變稚魚，從稚魚變幼魚，幼魚又變為成魚，產卵後則為親魚」。結果，我把海參（Namako）的稚魚時期「稚Namako」用日語及俄語唸成「血Manako」（充血的眼睛）。[2]再過一天，我擔任東京都下水道設施視察隨行口譯，在視察現場被建議試喝處理過的污水時，我緊閉嘴巴婉拒。再過一個星期，因為接下了「舊石器時代晚期歐亞大陸北部的細石器文化」研討會的口譯工作，我邊努力把各種細石器的名稱、製造技術、石器出土的地層、遺跡的名字塞進腦子裡，邊想著「啊，現在特地背了這些名詞，但在我往後的人生一定不會再派上用場」。

這些行程結束後，又跟著裏千家的家元[3]前往俄國擔任「莫斯科大茶會」隨行口譯，向俄國人傳達「wabi」（侘）、「sabi」（寂）、「一期一會」等我自己都不太了解的茶道概念。回國後，因為要口譯「防衛問題」相關的研討會，把日、俄間防衛問題的要點和武器名稱塞進還在鬧時差的腦子裡。這個研討會順利結束後，口譯了一位重量級人物的記者會。連喘口氣的時間都沒有，就繼續準備蘇聯科學學院的權威演講「恐龍為何絕種」的口譯。我很訝異恐龍絕種原因諸說紛紜，我心想，恐龍生活在人類登場之前的遠古時代，又沒有證人作證，「因為恐龍體型過於龐大，所以沒辦法擠上挪亞方舟」，這樣不也說得通嗎？至於蘇聯科學學院的這位權威學者，在當天的演講開場白中表示：

「其實，說真的，最近蘇聯幾乎就要解開恐龍絕種之謎了。」

---

2　日文的「稚」、「血」發音相同，皆為「chi」。

3　日本茶道分為表千家與裏千家，裏千家每一代最高掌門人稱為「家元」。

權威學者嚴肅地說道，因此會場鴉雀無聲，彷彿連針掉到地上的聲音都可以聽得到。口譯的我也跟著緊張起來。他接著說：

「因為面對公恐龍含情脈脈地上下點頭示好，母恐龍卻是嬌羞含笑左右擺頭。」

會場上沉默了三十秒之久，當然，隨即爆出如雷的笑聲。

寫到這裡，我詳細地揭露自己的部分口譯經驗，這樣的事情還特別把它們公開，寫成書面文字，被口譯同行知道的話恐怕要貽笑大方，因為這些都是極其平常的口譯員的人生經驗。

九〇年代，蘇聯瓦解，俄羅斯以市場經濟為目標日益變化，在這過程中，日本與俄羅斯的交集急遽地變得多樣化。針對前來日本學習金融財政、銀行、證券、保險、運輸交通、農業、企業經營等市場經濟 know how 的俄國人研修課程的口譯工作也呈現飛躍式成長。除此之外，連意想不到的領域也在迅速拓展。

大約半年前，我到俄羅斯極東部出差，遇到一個擔任日語口譯的俄國朋友，他看來愁容滿面，原來是因為來俄國拍攝成人電影的日本攝影隊伍聘他為口譯，口譯內容竟然是要說服俄國素人小姐在鏡頭前寬衣解帶。他的心情在自己的道德觀和以外幣支付的口譯費魅力狹縫間搖擺不定。

此外，有船員因為聽信把武器帶來日本就會有黑道購買的謠傳，便走私手榴彈來日本販賣而被逮捕，我的一個俄語口譯友人就被指派到那審判中擔任口譯。

就像這樣，日本與俄羅斯雖然是鄰國，俄語口譯員周旋於至今為止交流並不那麼頻繁的兩國之間，與英語或中文的口譯員相形之下，活動範圍應該相對狹隘，卻也見識了形形色色、千差萬別的各種領域。

在本書開頭，我曾提到口譯和娼妓這個世上最古老行業的相似點。但正如您所注意到的，其實它們還有一項更有說服力的共同特徵，那就是提供機會讓我們效勞的客戶總是「輪番上陣時時更換」。

這是我擅自訂立的口譯、筆譯三大相通特徵的第一項。它正是這一行的魅力所在，也是這一行的困難之處。一言以蔽之就是多樣性，也可以說是在各種面向上的多樣。多樣的多樣性。

首先，行文至此，我們看到的口譯主題以及口譯的環境，實在是五花八門。

以筆譯來說，有人翻譯小說、詩歌等文學作品或學術論文，也有人翻譯敵國的政宣傳單、政府官方發言、法律文書、契約書、專利申請書、機械說明書、請願書或情書。也有人像海因里希·施里曼[4]一樣，解讀翻譯遠古文書，探究神話中為人所知的特洛伊城是否實際存

4 Heinrich Schliemann（1822 – 1890），德國商人兼考古學者。

在。也有人像江戶時代的蘭學者[5]，摸索著翻譯荷蘭的醫學書籍。

口譯方面，口譯員除了受雇於各式主題的國際會議，舉凡拷問戰俘、西伯利亞內地人煙稀少處的工廠現場、國家首腦高峰會談、醫生問診、酒席上的交談、契約交涉、電視座談會或訪談、吵架爭執、電影明星記者會、跨領域學術會議、審理戰犯的國際法庭，都可以看到口譯員的身影。說得誇張一點，人類全部的所做所為，與人類相關且需要相異語言互相溝通的地方，全都是口譯、筆譯的守備範圍。

現在已經褪了流行的馬克思，他在年輕時曾說道：

「人類具有想要經歷所有職業的欲望。」

以我自己為例，完全吻合這個說法。因此，同樣是馬克思的名言，此句比起「萬國勞動者團結起來！」或「妖怪正在歐洲徘徊——名為共產主義的妖怪」，對我來說是更是切身感受的命題。

雖有所謂「天職」一詞，但如此得天獨厚的人可不是極少數的幸運兒嗎？小時候立定志向想從事某一行，然後朝著那目標勇往直前、順利入行，後來的進展也一帆風順，現在十分滿

5　蘭學指在日本江戶幕府鎖國時期（1641 – 1853）經荷蘭人傳入日本的學術、文化、技術等學問的總稱，字面意思為荷蘭學術，可引申解釋為西洋學術。

足與幸福。我想這樣的人是極為罕見的一小部分而已。

打從懂事以來，我第一個想要當的是說故事姐姐，後來想當公車車掌小姐，讀了童話後也想過要當公主，之後又想當脖子上掛著聽診器的醫師、「喔喔」叫喊著用大型鋏子把街道垃圾撿起來投入背後垃圾籠的清道夫、月光假面、《天鵝湖》的芭蕾舞者、在樹木之間身輕如燕穿梭跳躍的泰山、太空人、木工、物理學者、什錦燒店老闆、畫商、天文學者、小說家，我經歷了不勝枚舉的所有職業——當然，只在夢裡得以實現。

我詢問身旁友人從小到現在的理想職業種類變化，大家都是大同小異。長大成人後，自己的希望和自己的能力與周遭條件等等逐漸達成妥協，選擇範圍也越來越小，結果發現自己成了求溫飽而工作的極其普通之人。

前面提到的馬克思的朋友恩格斯曾說過：

「所謂自由是掌握狀況。」

我經常追求自由，但掌握狀況的能力似乎相當薄弱，在大學、研究所畢業的時候，都無法確定自己的志向所在。啊，那個也想做做看，這個也很想嘗試，一直做著不切實際的夢。本來，常做夢的腦袋需要不間斷補給營養，更何況是二十幾歲胃口極大的我，為了賺取每天的糧食，總之就投入了俄語口譯工作。原來只把口譯當做與天職相遇之前的跳板，結果一晃眼就過了約莫十五個年頭。對於沒有定性的我來說一份工作能做這麼久，自己都感到驚訝。至於理由為何，我想就在於口譯這職業的先天特徵。

會從事口譯工作這麼久，應該是因為對人類的強烈好奇心及自我擴大的本性感到訝異不已吧。即使是不可思議、無法想像的、乍看之下無聊透頂的領域，人類都不厭其煩地持續挑戰探索，貪得無厭地擴大守備範圍。我以切身感受並確認了這一點。

藉著工作之便，我得以體驗人類各種活動領域的現場。比起僅僅從門外窺伺，透過語言這個媒介，我幾乎完全成為當事人，實際體驗了各行各業、各種人士的立場。就這層意義來說，非常類似演員藉由演戲來體驗自古以來世上多彩多姿的人類行為。不過，演員面對的畢竟是虛構的世界，而口譯員面對的總是活生生的現實世界。

而且，口譯員可以同時一窺不同立場、不同領域的人的腦中想法。語言，不僅是表達的工具，也是思考的手段，亦即如實反映人類思想形狀之物。進行口譯或是筆譯工作時，譯者將說話者或原文作者的思考型態置換為其他語言。因此，譯者不只是被動地，而能主動體驗各種人的想法構造與道理。這一點正是口譯、筆譯一行的辛苦與魅力之來源，是其醍醐妙趣。至少，我們可以斷言，這一行是和煩膩及無聊絕緣的職業。

## 2 不同語言相遇時不可或缺的存在

接下來是多樣性的第二點。不同語言接觸的組合，多樣到令人目瞪口呆。

若問現在世上有多少語言，由學者的立場來看約有一千五百到三千種。數字會有這麼大的差距，是因為到哪裡為止算是一種語言、從哪裡開始判斷是其他語言，那界限其實很難拿捏。以日本人為例，沖繩人使用琉球語，我們應該把它視為日語的方言呢？還是當成獨立的語言呢？不同學者對此持有不同的意見，如果將之視為獨立語言，琉球語和日語就算是兩種語言；如果把它看做日語的方言，那就算是一種語言。

若以三千種語言來看，儘管實際上或許不會發生這種狀況，但從理論上來說，三千種語言中的任兩種語言都有可能互相進行溝通。

我們可以利用中學數學的排列組合公式，由n（＝3000）個語言之中，取r（＝2）個進行排列組合：

$$nC_r = \frac{n(n-1)\cdots\cdots(n-r+1)}{1\cdot 2\cdots\cdots r}$$

$$n = 3000, r = 2$$

$$\therefore\ 3000C2 = \frac{3000\cdot 2999}{1\cdot 2}$$

所得結果是四百四十九萬八千五百種的語言組合，都可能需要口譯或筆譯。這個數字不是很驚人嗎？

現實上，在有必要進行不同語言間的溝通的所有場合，未必剛好就能找到那兩種語言可以相通的人。以前ＮＨＫ「絲路系列」節目在天山山脈山麓採訪傳說中「流血汗，疾行如風、日行千里」的名駒汗血寶馬，日本的採訪者和少數民族耆老之間使用的語言是日語↓俄語↓烏茲別克語↓衛拉特語[6]，反之亦然。換句話說，三種語言、四種語言、五種語言……的語言組合與順序，如果變化一下套進公式裡，那所得數字是多少呢？根本是個令人卻步的天文數字。

6 衛拉特語（Oirot）亦稱阿爾泰語，為突厥語族之一種，是阿爾泰共和國之官方語言。

「やばつい、あぐどで、また、ごしゃかれたじゃ」……

大學國文系學生或是一般日本人，有多少人了解這句話的意思呢？

它的意思是：「很髒，洗了腳，又，被罵。」

——《短褲與黑色和服—某口譯員眼中的戰後史》，戶田優子著，勁草書房

前述引文的作者戶田優子女士生長於東京、在東京學習英語，因為家屋遭空襲燒毀，穿著身上那套衣服被疏散到東北地區岩手縣。她在疏散地岩手縣的盛岡市迎接戰爭結束，因為能說英文，被駐紮在盛岡市的美軍本部勞務課聘為口譯。一天，C中隊發現在駐軍基地工作的一個日本人突然倒地，他身旁另一位日本人卻開始逃跑，因為涉有嫌疑遭到逮捕，被帶到戶田女士所在的勞務課。

戶田女士在書中寫道：

不久，一個衣服鼓鼓的日本人被大陣仗的軍隊押著肩膀進來，那個人的頭髮已一半花白。他一看到我的臉就向我全盤托出。

「欸？什麼？不好意思，能不能請您說慢一點呢？」

他一直發抖，下巴只要一動，茶色的牙齒就發出悲鳴。他一再反覆同樣說詞。然而，我依

然聽不懂他說什麼。只聽得懂「那個……」和「可是……」等接續詞。

我身邊的美軍紛紛追問我：

「他說了什麼？」

「不好意思，他說什麼我根本聽不懂。」

「什麼？妳不是日本人嗎？是日本人，沒有道理跟其他日本人語言不通吧？」

說得沒錯。然而，我和他真的語言不通。我是東京土生土長的戰時疏散學生，地方方言對我來說是如此難懂。

美軍開始急了。

然後，要來燒煤炭的雜工進來了。

「啊，幫幫我！幫我翻譯這個人說的話。」

雜工咧嘴取笑我：

「小姐妳啊，真是個很差勁的口譯員噢。」

他得意洋洋地幫忙把發著抖的日本人所說的話翻譯成標準語。

事情嚴重了。根據他的說詞，倒下去的日本人在軍營發現了散發香味的黃色液體，喝下去

之後就倒地不起。（中略）

那黃色液體是檸檬香味的髮油，一只藏了起來的空瓶讓這起事件水落石出。（中略）

當時的日本完全沒有檸檬香味的髮油。只要有水果香味的東西，馬上就會被吞進肚裡，那時的日本可是一個令人不忍苛責的飢餓列島。

這起意外明明那麼悲慘，但後來每當我被叫去口譯時，就會被那位雜工嘲笑我是「不懂日語的口譯員」：

「妳啊，一個人行不行啊？要不要帶我一起去？」——摘自前書

僅僅約在一百四十年前，日本結束了封建的地方分權，逐步邁向近代化的統一國家，然而名為標準語的共通語言，和名為方言的多數地方語言同時共存。而且，方言之間的隔閡甚至達到不可能相互理解的程度。在這裡，就需要口譯、筆譯介入。方言和方言之間，或是方言和標準語之間也需要翻譯。

不過，終戰之後，戶田優子女士那無法溝通的戲劇化經驗，不知該說是幸還是不幸，今日已經不再出現。這都要拜「電視」這個怪物的滲透力之賜，它以驚人速度和密度瞬間席捲日本列島。不論在多深的深山或多遠的離島，標準語鎖定了人們最放鬆而無防備的場合，

進入那日常生活之中，已經變成大家熟悉的存在。那些現在使用方言的地方人士多少都能讓不幸只會講標準語的外來者聽得懂他們的語言。

即使在標準語的守備範圍之內，我們也經常無意識地在日常生活中進行口筆譯活動，例如音讀與訓讀之間的轉換。過去漢語系語言曾是外來語，對此日本人以固有的大和語言「訓讀」（也就是翻譯）來解釋，這種情況在日常生活中不斷反覆上演。日本人在日常用語、生活上具體的語言以使用大和語言較多，然而抽象的概念、學術的語言，這方面則是漢語系比較多。

九歲到十四歲間，我在捷克布拉格度過少女年代，上的是全俄語授課的學校。有一次生病請假，同校的一個日本男生問我妹妹：

「妳姐姐怎麼了？」

「正中央的耳朵發炎了。」我妹妹答道。

聽說那個男同學一時之間還以為我有三個耳朵。其實，英語和俄語把「中耳炎」稱為「inflammation of middle ear」、「воспаление среднего уха」，也就是耳朵的正中央的地方發炎。而如果「中耳炎」這個音讀一詞利用訓讀來解讀，意思就變成「中間的耳朵的發炎」。「中耳炎」的音讀，聽起來感覺好像是很高級的病名。

「紅血球」也是，在英語、俄語中也都是「紅色血液的球」，分別做為「red blood corpuscles」、「красные кровяные шарики」。由從小就很熟悉的單字組合而成。

當然，不論是哪種語言，在日常具體語言和學術抽象語言之間有一定的距離，硬要選擇的話，從日常用語衍生出抽象用語的情形比較多。然而，以日語來說，則是日常用語與抽象用語背道而馳，彷彿像是一個語言中存在著兩種相異的語言。

最近，托腰痛住院之福，我剛好遇上一個可以印證上述說法的好例子。退院時，醫生給我紓解腰痛的體操的說明書，我在感動之餘，低聲把它唸了出來：

以仰臥之姿伸展下肢，將踝關節背屈、底屈。底屈之際縮腹肌。

——石田肇〈腰痛〉，《健康與環境》一九九一年冬季號第七期

除了本文外，說明書上還有體操的插畫，下面有圖解文字：

仰躺之後把腳打直，從兩腳腳踝處將腳掌輪流扳起、下壓。同時，配合腳踝的動作，吸氣收縮腹部。——同前書

由這兩段文字看來，會讓人不禁懷疑它們是不是同一種語言。後面一段文字，其實是前段文字的優秀譯文。

學習日語的外國人，經常這樣抱怨：「我想要學好日語這個語言，然而卻至少要和兩種以上的語言打交道。」

眾所周知，英語本來是混血語言，由十一世紀征服英國的諾曼人使用的諾曼語，與原住民凱爾特人使用的日耳曼語系混合後產生。因此，有許多概念，據説可以從諾曼語系字根的單字看出對應的日耳曼語字根的單字。（例如，發現 discover／法語 découvrir、find／德語 finden）此外，在歐洲語言中，醫學用語大多使用拉丁語。因此，醫師們會把中耳炎翻譯為 otitis media（英）、отит медиа（俄）；把紅血球翻譯為 erythrocyte（英）、эритроцит（俄）。

我曾奉命擔任莫斯科大劇院前首席芭蕾舞者瑪雅．普麗謝斯卡雅（Майя Михайловна Плисецкая，Maya Mikhailovna Plisetskaya, 1925—2015）的電視對談同步口譯。當時 Pierre Cardin Produce 的名作《夏樂的瘋女》[7]到日本公演，從對談決定那刻，NHK擔當導播的煩惱也隨之而來。煩惱的根源所在，就是「瘋女」這個在播出準則中被歸類為B級詞彙的處理方式。我們沒有理由擅自根據「説法轉換表」而將作品名稱改成「夏樂的精神障礙的女性人物」，

---

7 作者為季洛杜（Jean Giraudoux，1882－1944），法國外交官、小説家、劇作家。夏樂宮（Palais de Chaillot）位於法國巴黎十六區，隔塞納河與艾菲爾鐵塔相對。

再加上因為對談的條件是兼做公演宣傳，所以不可能完全不提到作品的名稱。結果，作品名還是不得不使用「瘋女」一詞。

這齣芭蕾作品的女主人公為什麼被稱為「瘋女」呢？如果談到這個問題怎麼辦呢？當然，被列為A級的「抓狂」或「精神異常」都是禁語，「頭腦怪怪的」或「發狂」或「發瘋」也都不行。思前想後，在對談正式上場前，就決定折衷使用「精神失常」。

因為是直播的節目，正式播出時，我發揮最大的專注力，只要從普麗謝斯卡雅女士嘴裡說出相當於「瘋女」的俄語「сумашедшая」一詞，我就要轉換為「精神失常的女人」。終於，這個話題順利結束，話鋒轉為「莫斯科大劇院芭蕾舞團之現況」。由於普麗謝斯卡雅女士對芭蕾的觀點和現任藝術總監不同，兩人對立的結果，她遭到開除而引退。於是談論這個主題時她越來越激動：

「現在的莫斯科大劇院芭蕾舞團，完全沒有創作新作品的能力，還像無頭蒼蠅一樣把古典芭蕾亂搞一通，反而更糟糕了。哼，以一個創作者來說，根本就是性無能（impotenz）！」

開罵起來了。一波方息，接著一波又起。窩在同步口譯區裡的我，感覺就像在不疑處遇伏兵，遭到了突襲。「impotenz」一詞到底屬不屬於歧視用語的範圍呢？翻成「無能」比較保險呢，還是應該翻譯成「性交有障礙的人士」？

遇到飛機事故從高空墜落，客觀來說只有短短幾分鐘，但根據幸運生還的人表示，對他們來說那段時間感覺很漫長，就在那期間腦子裡會快速回顧自己的一生，有如跑馬燈一樣。

正在進行同步口譯的我從聽到「impotenz」一詞，到我把它翻譯出來前，中間應該僅隔了三、四秒鐘。然而我那就要被擰乾的腦汁，卻想起從Simul International口筆譯翻譯公司小松達也社長那裡聽到的一段故事。

以前，NHK某個英語節目進行了日語同步口譯並側錄下來，在節目尾聲對「女中」一詞的譯語發生了疑問。因為口譯員翻成外來語「メイド」（maid）[8]，結果據說這一個小時的節目只好從頭開始口譯再錄一次。

我由此連想到不知在哪裡看過的語言轉換表，其中包括「女中」↓「メイド」（maid）、「給仕」（工友、服務員）↓「ウエイター」（waiter）、「浮浪兒」（流浪兒）↓「ホームレス チルドレン」（homeless children）等。看來，比起源頭複雜的日語詞彙，西方語言好像比較安全。而且，聽進耳朵時，「無能」一詞比較難懂。好，決定了！於是，我懷著執行緊急降落的飛行員心情，將它譯成略稱「インポ」（impo）。

由此可見，比起外語對日語的轉換，日語（外來語）對日語的翻譯常常更棘手。

---

8 日文「女中」及「メイド」都有「女傭」之意，但「女中」亦可指女服務員。

《週刊文春》一九九四年二月二十四日那期公布了官方的「歧視語轉換列表」，看了「漁夫」→「漁船乘組員」、「掃除夫」（清道夫）→「清掃作業員」、「くず屋」（收破爛的人）→「廢棄物回收業」、「飯場」（工寮）→「作業員宿舍」、「タコ部屋」（章魚棚）→「窄小的作業員宿舍」、「土耳其浴小姐」→「ソープランド従業員」（在附有浴缸的房間從事性招待之女性）等對照說法，可以知道這是日語對日語的翻譯範本集。

在以時間決勝負的口譯員眼中看來，被鼓勵使用的委婉說法多半音節數較多、口語表達相對費時，而且音讀的詞彙較難被耳朵接收。不甚討喜。

的確，語言或多或少殘留著過去的世界觀、人類觀點，我們有意識或無意識地使用染上歧視觀念的語言，進而擴大與再生產了歧視，持續傷害被歧視者。希望這種情形能劃上句點的心情我能痛切體會。不過，在口譯現場，雖然也提醒自己要注意這一點，但多數情況下，我還是克服不了歧視的現狀與意識，只能任憑說法轉換，就像是把發臭的東西掩上蓋子般地姑息。

同時，語言也是證人，見證了使用它的國民過去的罪狀及羞人的精神史，

那是輕易能隱瞞的嗎？誰有權利剝奪直視語言的過去的機會呢？娼妓為了嫁入豪門而做處女膜整形手術，可以說是為了得寵幸的不得不然。後者（娼妓）的決定關係到個人責任與她的過去現在未來，而前者（語言）則影響到過去現在未來的語言共同體的責任及共有財產。

雖然這麼說相當嚴重，但恕我直言，如果目的是要達到克服歧視的現狀與差別意識，將歧視用語禁忌化的做法，就方法論而言根本就錯了。

首先，我們從「禁忌」（Taboo）這個香水品牌名可以得知，事物正因為被禁才顯得有魅力，人類的本性就有這麼叛逆不羈的一面。

眾所周知，正因為是「禁果」，亞當與夏娃無論如何都想咬一口；正因為被告知暫時不要看，按捺不住的伊邪那岐才目睹了亡妻伊邪那美的腐敗之軀[9]；還有偷看到妻子其實是白鶴來報恩的笨男人，以及被警告絕對不能打開百寶箱但終究忍不住好奇的浦島太郎。只要有什麼禁止條例，我們無意中就會集中意識，想方設法破戒，這是全體人類共通的罪行。聖經、神話、傳說和童話故事裡，不都一再重複地告訴我們這一點嗎？

接下來舉個比較通俗的例子吧。因為擔任某重要人物的隨行口譯，我的老師德永先生被帶到一家上空酒吧，該說是「不得不去」還是趁「職務之便」呢，總之他也就跟著去了。隔天，他告訴我們一大發現：

「那裡的服務生全都袒胸露乳，害我平常對酥胸懷有的遐想，完全煙消雲散不知跑到哪裡去了噢。而我的注意力，不用說，就集中在三角形布塊遮住的那個部分。」

9 伊邪那岐是日本神話中的神祇，他和妹妹伊邪那美結為夫妻，並創造現今日本國土。

恩師的這番感言直截了當地反映了人類心理習性。就語言來說也不例外。越被隱藏起來、被禁止，與其說那語言會被埋葬，倒不如說對人類而言它反而會成為具有魅力、帶來衝擊的語言。

也就是說，弄不好的話，把語言禁忌化，說不定幫助了該語言延長生命、注入新生命。第二，當某一詞彙成為禁語，此語言的概念必須以其他表達方式來呈現。「歧視語轉換列表」會出現，是理所當然的演變。然而，新的更委婉的說法遲早也會成為禁語，如此一來將可能陷入指定禁語→變換說法→指定禁語→變換說法→……這無止盡轉換禁語的重複地獄。例如，「殘廢」→「身體障礙者」→「身體不自由人士」這一連串的說法轉換，目前到第二個詞彙為止是禁語，但若再繼續下去，第三個詞應該也很快會變成禁語。

就算禁止某一詞彙，但根本不可能禁止透過詞彙所表達出的概念。所謂概念，在本質上，就是一定會設法被表達出來。把輕蔑感注入「殘廢」一詞的人，只要輕蔑留在語言之中，儘管說法轉為「身體障礙者」、「身體不自由人士」，輕蔑感只會跟著轉換的詞語被繼承下去。

惡性的病菌原，從某一載體傳染到其他載體的潛伏期間，病徵雖然不會顯現，但是病菌一定會壯大。偷懶的轉換說法好比是蒙古大夫，不僅不去治療病症顯現的患者，任其自生自滅，也不努力根治病菌原而造成感染者增加。

第三，和人類的記憶容量相關。世上事物或概念的數量，通常是超過任何語言共同體的語彙量。因此，各種詞彙不僅於指示特定現象，也會被借用或比喻其他相異的事物現象。例如：「盲」→「明盲」（睜眼瞎子）、「盲判」（盲目蓋章）、「盲鰻」、「盲縞」（藏青棉布）等等。一個詞彙的守備範圍遠遠超過我們的想像，一旦禁用「罪孽深重」一詞，就會像拔番薯一樣，相關的「罪狀較輕」甚至「無辜」的表達方式都會受到牽連，讓語言冒了成為獵巫對象的風險。最近小學的運動會，「障礙物競走」之類的說法都是類似的自清例子。而「自清」的最極端表現，不就是類似史達林的大整肅[10]或美國的紅色恐慌[11]，都是無止盡、抵擋不住、無法收拾的狀況不是嗎？

接下來我們轉移話題，來看看電腦使用的語言是二進位制，摩斯密碼的語言是滋—滋—滋滋—滋滋滋—的電碼。或是築地批發市場的競標，以及東京證交所的叫價，這些都使用獨特的身體語言。為看不到的人而生的點字翻譯，是把眼睛閱讀到的文章轉變為以觸覺能夠理解的作業。也有為了聽不到的人，將耳朵聽到的訊息變成肢體語言的手語翻譯。

不同語言相遇時，無論何時何地都有翻譯如影隨形。人類這種生物，或許本質上就是口、

10 「大整肅」是指在一九三〇年代在蘇聯爆發的政治鎮壓和迫害運動，包括對蘇聯共產黨內部的肅清以及對無辜人員的迫害。

11 「紅色恐慌」指發生於美國的反共產主義風潮。

筆譯者。我一直拿口譯這一行與世上最古老的職業相提並論，其實是因為《舊約聖經》〈創世記〉即有口譯相關的記載，口譯本身也是最古老的職業之一。口譯和人類的本質可不是息息相關嗎？

就居中斡旋的語言或是符號組合的多樣性這一點而言，翻譯、符碼轉換作業的守備範圍真的非常廣。不過像築地的競標市場，或是東京證交所進行的對話，是一種將極受限制的語言置換為極受限制的符號的符碼轉換，此外，電腦語言或摩斯密碼，基本上它們的符碼轉換並非意義層面的轉換，而是例如以音素（phoneme）等，把資訊分解為可以一對一對應的轉換，是如同日語的單字可以置換為羅馬字一樣的機械式的對應。

若以不同語言之間的符碼轉換來看，一對一的對應根本無法招架。語言包含了使用該語言的民族（「民族」似乎是很方便的詞，但因詞意不明確，我並不想使用。不過終究還是想不出其他適當用語，所以還是用了）的文化、歷史或風俗習慣等背景形塑而成的獨特世界觀或思考方式。因此要進行這種語言間的符碼轉換是非常複雜的工作，同時，其中也有很多曖昧模糊的層面，不是用一般方法能夠輕易處理的。

我一不小心就發起牢騷來了。現在再把本單元主旨說個明白。

口譯、筆譯是在各種語言之間得以成立的行為，就這意義而言是多樣的。這是第二種多樣性。

立刻能說中病患的病名，並施予適當療法的醫師，通常被認為是名醫。即使由於醫師一次次的誤診，導致我父親的死期被提前，我也還是如此認為。然而優秀的醫師，似乎多半不會急著做出最後的診斷。因為一旦做出診斷，確定了病名，就會被那病名綁住，很容易忽略患者所發生的、彷彿和診斷背道而馳般的種種症狀。嗯，仔細想想，不只限於病名，森羅萬象皆透過語言來表達，為事物命名的行為，通常都伴隨著這樣的風險。

## 3 既非口譯亦非筆譯

在這層意義上，口譯、筆譯這樣的區分也是罪孽深重。一般而言，把文章所表達的訊息轉換為其他語言的文章就叫筆譯；把聲音發出的訊息轉換為其他語言（也是聲音）就稱為口譯。這樣的分類讓人覺得夠了、安心，一般人傾向於如此認為。然而，「譯」（這個單字還不能獨當一面。它因為出現在「名譯」或「珍譯」這些固定用語中，才開始得到做為語言的穩定性。例如《翻譯事典》、《口譯辭典》、《口譯・筆譯期刊》這些名稱的書籍確實存在，但是《譯辭典》、《譯期刊》這種書名是一定不成立的）這個字雖然無誤，但既非口譯亦非筆譯的行為比比皆是。

| input | output | |
|---|---|---|
| 聲音 | 聲音 | ＝**口譯** |
| 聲音 | 書面 | ＝？① |
| 書面 | 書面 | ＝**筆譯** |
| 書面 | 聲音 | ＝？② |

這裡有兩種打了問號的領域，它們是口譯、筆譯這種分類概念下被遺落的現象。首先來看看被分類為「？①」的行為。

大家知道「Radiopress」這家日本的通信社嗎？這是戰前設立的一家通信社。他們的業務是摘要整理外國無線電廣播的內容，並傳送給各報導機構、廣播電台或報社等。

在還沒有錄音機時，通信社譯者們的工作，該說是口譯員還是筆譯者呢？總之，作業方式是大概有六位成員坐在播放著外國節目的收音機前，第一位聽到自己能記住的範圍內，然後在還沒忘記之前趕緊伏案寫出譯文。由於在撰稿期間沒辦法聽廣播，所以下一位就接著繼續邊聽邊記。第二位的記憶容量滿了就去撰寫譯文，再由下一位接力換班，如此反覆操作，把一則完整的新聞節目翻譯出來。這是曾在那家通信社工作過的譯者告訴我的。試著在腦中勾勒那現場狀況，再高明的喜劇作家也要讚嘆那是超乎想像的有趣畫面。

這故事就此打住。這顯然是把聽進的語音翻譯成文字的行為。

在電視螢幕上出現外國人發言時，發言重點經常會以字幕呈現。為了製作這字幕，我們口譯員又派上用場了。把來自外語的語音資訊，轉換為眼睛能接受的日文文字資訊。這樣的工作到底要怎麼稱呼才好？是筆譯嗎？還是口譯？

製作電影字幕時，以書面的劇本與從影像中的聲音做為依據，把它們轉換為文字資訊，這種工作也沒辦法歸類在前面的四種分類中吧。

屬於「？②」這類的例子也不勝枚舉。也就是說，把原本是文字的資訊翻譯為語音的情況也很多。例如在東京有來自世界各國的通信社、新聞社、電視台等特派員，並不是每一位日語能力都很強，因此要聘請口譯或筆譯。以前我也曾經受雇於當時蘇聯聯邦政府的機關報《消息報》（Известия，Izvestia）東京支局，在那裡工作了一個半月。每天早上我必須閱讀日本的六大報（朝日、每日、讀賣、產經、日經、赤旗）的主要報導，然後口頭上譯為俄語給特派員參考。

最近，透過ＮＨＫ衛星傳送能看到世界各國的新聞節目，原文的主播的聲音會被口譯員蓋過，字幕上也會打出「口譯：某某人」。但嚴格說起來，我認為這種情況比較接近筆譯。

至於俄語新聞，凌晨三點到四點左右，通過電波從俄羅斯傳來節目。因為傳送內容先後不一，新聞內容的書面稿也會傳真附上。NHK俄語新聞從上午八點播出約十五分鐘。這十五分鐘由三個「口譯員」每人分擔五分鐘左右。口譯員為了翻譯這五分鐘的新聞文稿，早一點的話播出前四小時就到了電視台，慢一點也要兩小時之前到，反覆好幾次聆聽新聞錄影帶，對照著俄語新聞原稿，同時把譯文寫好。在俄語新聞正式播出時，「口譯員」把自己寫的譯稿配合原說話者的速度朗讀出來。

另一方面，如果發生政變或戰爭，為了結束戰爭而調停的各國，若突然發布談判相關的重大宣布或高峰會談記者會等這類具有緊急時效的訊息時，即使人在地球的另一端、即使是深夜，口譯員也要對衛星傳送的原演說內容進行同步口譯即時播出。如果播出前有空檔，還可以先聽一、兩次原演說之後才正式口譯，為了做個區分，後者稱為「實況」口譯，前者則稱為「純實況」口譯。

本來，特別使用「實況」等用語，是操作錄音、錄影技術如日常便飯的廣電業界的特殊狀況，然而口譯的對象通常是「實況」的演說，也就是只發生一次、不會重複發生的事物。

所以啊，血統純正的筆譯與血統純正的口譯之間，有的翻譯品種混了一半血統，或是混了四分之一、八分之一，也有混了十六分之一的，到處都是混血兒。

此外，就算是血統純正的口譯，也大致分為兩種方式。第一種是翻譯與原發言者幾乎同步進行的同步口譯，以及每發言一段落就停頓一下，讓口譯員在暫停時間內進行翻譯的逐步口譯。當然，這兩種口譯方式各有其特定的困難度，以及必要的相應技巧。

而且，如果要更詳細區分口譯方式的話，光是說明各種方式至少也需要十頁篇幅，寫的人跟讀的人都會無聊死了，在這裡就略過不表，所以我只寫結論就好。

將某一語言表達的訊息轉換為其他語言的行為，也就是口譯或筆譯，或是以「譯」這個字限定概念的作業方式，是千差萬別、五花八門的。這是多樣性之第三點。

## 4　一僕同侍二主

不論是什麼樣的溝通，單向的也好，雙向的也好，同一語言內的交談也好，不同語言之間的交談也好，只要是溝通，最少要有兩類的參加者才能成立。

也就是說，訊息的傳送者和接受者這兩位主角，在溝通中都是不可或缺的。在以文字為媒介的溝通行為中，主角是文書的寫作者與讀者；以聲音為媒介的情況下，主角就是說話者和聽者。

就連寫日記這種只為自己而寫的文章，也是書寫的自己設想有閱讀日記的自己。連自言自語也有說話的自己與傾聽的自己。

此外，通常就連同一語言內的溝通，訊息的發送者也會超乎自身想像地意識到接受者，斟酌訊息的內容，然後選擇語言或表達方式。相反地，接收訊息的時候，也是超乎想像地會根據發送者是誰來推敲語言的意義。

外交官說 yes 時，意味著 maybe。外交官說 maybe 時，就意味著 no。外交官說 no 的話，那個人就不夠格當外交官。

女人說 no 時，意味著 maybe。女人說 maybe 時，就意味著 yes。女人說 yes 的話，那女人就不夠格當女人。

然而，近來女性外交官增加了，如果女性外交官說 yes 的話，或者是說 no 的話，那到底意味著什麼呢？

這是個著名的小玩笑。姑且不論笑話中對外交官的觀點以及足夠被送入博物館的陳腐的女性觀，無論如何，這個小玩笑是個好例子，來說明同樣的詞彙由不同的訊息發送者傳達出來時，對該詞彙的意義會造成多大影響。

那麼換個角度，我們來思考訊息接受者的問題。不好意思，又要講一個小笑話。這個小笑話在任何場合講都無往不利，我的朋友也非常喜歡。題目是「辭呈」。

有一次，體內各個器官召開會議，目的是募集辭呈。搶先舉手的是心臟。「我這一生都為這窩囊的男人努力壓縮、運輸血液，我實在筋疲力盡了。拜託讓我引退吧。」心臟訴苦道。其他器官聽了全部急著要心臟打消念頭：「你如果引退的話，我們不就全都遭殃了嗎？我們能體會你的辛苦，但請你再繼續撐下去。」好不容易才打消心臟的辭意。

接著報上名來的是肺。他們說：「啊，我們真的做得不耐煩了，大家成全一下讓我們請辭吧。」其他器官七嘴八舌地說：「你們不幹的話，我們全部都要成仙成佛啦。你們要為大家著想，再忍耐一下吧。」

再來，胃、腸等身體各器官紛紛表示有意不幹了，但都被勸退。那時候，角落傳來小到幾乎聽不見的聲音：「那個……我也不行了，我想要引退了……」所有器官一齊往聲音的方向看去，並指責說：「拜託，我們聽不清楚你在說什麼，再說發言時好歹也要站起來吧。」

那個聲音回答道：「我如果站得起來，就不會說要辭職了。」

我朋友在某個派對上得意洋洋說了這個頗受歡迎的笑話，然而全場鴉雀無聲，連水滴到地上的聲音也聽得到。不久後雖然傳來了笑聲，但苦笑的成分居多。他急忙環視周遭，放眼望去人人一臉嚴肅。非常慌張的他臉色開始刷白，因為意識到在場聽眾的平均年齡竟是七十歲以上。

「對牛彈琴」、「班門弄斧」等，很多類似的成語或諺語都在說明要視對象來考量傳達的內容。發送訊息的人一定要把接受者放在心上，來選擇用語或表達方式，才能達到更有效的溝通。這種不證自明的真理，我還特地在這裡提起，真是不好意思。不過對口譯員、筆譯者來說，這是萬萬疏忽不得的問題。

第一位飛向太空的日本人是秋山豐寬先生。為了選出這名人選，有上千名ＴＢＳ電視台及相關企業的社員要接受特定的醫學檢查。[12]例如視力必須達1.0以上、不能有蛀牙等，要進行數百項各種健康與體能檢查，應徵者也一個一個被淘汰。

這個檢查在日本某大學附設醫院進行。基本上在此之前，來醫院的都是病患。當然，醫生們肩負治療病患、讓病患恢復健康的使命。然而要選拔太空人，要從對自己的健康有信心的人之中選出特別健康的人，那家醫院的許多醫師對於到底應該如何進行頗為困惑。因此，為了指導醫師們檢查方法，當時的蘇聯航太醫學專科醫師被請到日本來，由我擔任口譯。

那時候出現的用語，很多在日本尚未普及。例如科氏測驗（Coriolis Force Test），是確認掌管人類平衡感的前庭功能的檢查。受測者坐在椅子上，在椅子迴轉的同時被要求上半身做上下

12 一九八九年日本進行首次含商業目的的宇宙飛行計畫，秋山豐寬以ＴＢＳ電視台記者身分，實現在宇宙進行宇宙報導的創舉。

運動。受測者被置於這種類似暈船的條件之下，來測試對於適應外太空的能耐。

此外，例如下半身的負壓[13]檢測。處於宇宙的微重力狀態中，我們平常在地球上承受的重力幾乎都消失了，因此血液會流向上半身。剛開始在太空執勤的太空人，臉部因此都會微微浮腫，所以很討厭照相攝影。不過，過了幾天後身體似乎會完全適應該狀況。如果就此永遠停留在太空中當然不成問題，但當太空人回到地球上，這時候剛好相反，也就是說，血液突然往下半身走，會有休克的顧慮。為了培養身體對抗休克的能耐，於是設計出對下半身進行減壓的模擬裝置。待在太空梭上，太空人們每天在固定時間要使用這個裝置，來訓練身體適應返回地球所需的能力。這就是下半身負壓裝置。

經過上述各式各樣的檢測後，剩下七位太空人候選人。雖然最後這七位要到蘇聯做檢查，但在那之前，蘇聯的航太醫學各科專門醫師，包括內科、外科、牙科、耳鼻喉科、精神科、循環科等八位醫師，為了檢查醫療器材無法測量的各種問題點，對他們進行直接問診與觸診。

根據日本的法律，未經日本醫師國家考試的醫師在日本不能進行醫療行為。因此蘇聯醫師的診察就在享有治外法權的蘇聯大使館中施行。

13 低於常壓的氣體壓力狀態。

其中，包括多到令人驚訝的一連串腫瘤篩檢。的確，惡性腫瘤本來就是重大疾病，患者不可能前進太空。但經過血液檢查、超音波檢查、胃鏡檢查、全身斷層掃描等所有檢查應該都已做完了，對於只在太空飛行一個禮拜的任務，為什麼要這麼神經質地謹慎檢查呢？對於覺得不可思議的我，醫師是這麼說明的：

關於人類上太空，包含蘇聯在內，全世界贊成與反對的聲浪各半。即使在蘇聯，也有很多人認為太空梭載人飛行還太早。因為若發生結束太空任務後返回地球的太空人罹癌死亡的案例，會被攻擊是太空飛行造成的結果。由於希望載人飛行不要停擺，才會如此謹慎再謹慎。有罹癌可能性的人是絕對不能上太空的。

所以，最後要進行非常縝密的觸診檢查。女性的話要檢查乳房，男性的話則是陰囊鞘膜腔，醫師要用指尖仔細而耐心進行觸診，檢查是否出現代表了罹癌可能性的腫瘤硬塊。男性受檢者們正在接受診察，只看到我突然迅速別過頭說道：

「請把褲子脫下來。」

諸如此類，難免讓人相當尷尬難堪。因為這是在蘇聯大使館做的檢查。

另一方面，因為ＴＢＳ是媒體機構，我要將那裡的醫療選拔檢查的狀況逐一電話報告，如果有什麼具有新聞價值的狀況發生，就可以立刻報導。

診察的結果，一位O先生被檢查出硬塊，我馬上打電話給TBS的新聞部：

「O先生的陰囊鞘膜腔觸診的結果，因為發現到疑似腫瘤的硬塊，需要進行更精密的檢查。」

但是那時候TBS的新聞部和大使館連繫的電話回路狀況似乎很差，電話那頭聽不清楚我說什麼，反問了好幾次。慢慢地我的音量逐漸提高，然而對方還是聽不懂。終於我鐵了心，用足以響徹大使館般的聲音大吼：

「是—這—樣—的，O先生的蛋蛋上面的皺褶啊……」

然後，彷彿之前的溝通困難是騙人似的，這消息順利傳達過去了。剛才的溝通不良，並不是電話回路的問題，都是我的錯，因為我沒有使用與對方相通的適當譯語。譯者應該經常念茲在茲，要選擇接受者能夠理解的譯語。

在溝通中，當訊息的發送者與接受者這兩位主角所用的語言不同時，也就是第三者——口譯者或筆譯者——登場的時刻。即使口譯員或筆譯者（因為分開寫很麻煩，文後將兩者合併稱為譯者）登場，地位絕對不同於兩位主角，他絕對不會成為主角。譯者的使命是將名為發送者的主人發出的訊息盡可能忠實地，亦即正確且恰如其分傳給名為接受者的主人。也就是說，譯者是侍奉兩位主人的僕人，他的命運就操在兩位主人的方寸之間，真是短暫無常的存在。

譯者做為訊息的中繼者，對發送者來說是代替接受者，對接受者來說是代替發送者的角色。而在一般的溝通之中，訊息的發送者心中都會設想接受者是何許人來選擇語言或表達，相反地，接受者這邊也根據發送者的不同來推敲語義。我剛才已經提到這一點，但因為譯者同時是接受者也是發送者，所以這個職業的內容與樣貌飽受本來的發送者與本來的接受者所左右。

所謂「孩子是父母之鏡」，所以「烏鴉窩裡飛出鳳凰」或是「鳳凰生出烏鴉」，按理來說是不可能的。雖說這種事不該出現，但有一次我旁聽某報社主辦的長壽學相關的研討會，當時所親眼目睹的情形，其實實際上經常發生。

前蘇聯的高加索附近有個被稱為長壽村的地區，那裡的零星村落裡有為數眾多的百歲以上的人瑞。長壽是自古以來人們經常追求的夢想，所以這長壽村地區從以前就是熱門的田野調查地點，以此為基礎，長壽學這個學問因此發展了起來。長壽者的生活到底是怎麼樣的狀況呢？在那裡的人類是否有什麼能延年益壽的秘訣呢？在研討會會場有日本的老人學的專家，也有一般民眾來聽講，大家對講台上從高加索遠道而來的長壽學者提出各種問題。

**問題一**　長壽者們的飲食習慣如何呢？

**回答**　（俄語）攝取豐富的蛋白質、礦物質、纖維、維他命、碳水化合物，但幾乎不碰動物性脂肪。

**口譯**　每位長壽者都攝取多種營養。

**問題二**　那麼，長壽者們平常過著怎樣的生活、做什麼工作呢？

**回答**　（俄語）長壽者主要種植葡萄、梨子及杏樹，並且飼養羊或山羊。

**口譯**　是的，每位長壽者每天都很有精神在工作。

這個口譯員，自信滿滿而態度坦然，又用讓人入迷的美妙聲音在翻譯，當天在場不懂俄語的大部分聽眾，可能一點也沒有懷疑在口譯員這端重要的訊息被過濾掉了。而聽眾大概會認為高加索的長壽學，是相當草率隨便又悠哉之物吧。

總之，在口譯的階段被割捨掉的訊息，結果就和沒說過一樣，這是理所當然的，而事實擺在眼前，有很多內容都被忽略了。更有甚之，從這個例子可以清楚知道，對於門外漢來說不了解的訊息，其實可以說和零畫上了等號。

我評論那個長壽學的口譯員的工作情形，好像事不關己一樣，事實上對於靠口譯這職業餬口的人來說，這是切身的問題。原文很優秀譯文卻草率，或是原本的發言其實很有智慧，聽眾聽了口譯員的翻譯卻把發言者當做笨蛋。因為僕人無能而增添兩位主人的困擾，像這樣的危險常常如影隨形。這麼說來，我從事口譯這一行以來也犯了無數次類似的罪行。

不過，另一種剛好相反的痛苦也希望大家能夠理解。也就是無以「烏鴉生鳳凰」的痛苦。原文是粗糙的內容，譯文也必須完整傳達那種粗糙。原發言者說了再愚蠢、再不合邏輯、再無理、再無恥、再無知愚昧、再卑鄙下流的事，譯者也沒有修正它們的權利的這種痛苦。大體上需要口譯介入的發言者，很多都是相對「偉大」的人。因此，大多數的聽者會認為：「不會吧，這麼愚蠢的話，應該不是那位大人物說的。這肯定是笨蛋口譯員翻譯錯了。」

譯者從發送訊息者那裡忠實地繼承的，不只是訊息而已。發送訊息者本來對接受訊息者有意無意抱持的顧慮，譯者也必須努力透過語言轉換，不能不符合原意。總之，翻譯必須讓接受者理解，首先要達成這個目的，所以接受者是誰對譯者來說也是左右翻譯內容的重大要素。

例如，一九九三年十月，因為葉爾欽總統的武力鎮壓俄羅斯舊議會結束了七十五年的歷史。在到達這個最終結果的期間，支持議會派的集會或其他聚會上，「將全部權力注入蘇維埃」的口號被熱烈喊出。這是列寧在一九一七年的社會主義革命時提出的口號。所謂「蘇維埃」意味著評議會，雖然是代議制，但是擁有立法權、行政權兩種權力，有時候還同時擁有司法權，所以嚴格來說，並不是一般只稱為立法機構的「議會」。因此，在專家的會議上，譯者把它直接翻譯成「蘇維埃」，這樣就可以理解。

不過，進行電視播出的口譯時，聽到節目的人是不特定的多數人，而且背景千差萬別，口譯時要用普通人能理解的用語，在這裡就是「議會」。

不能讓接受者理解的話，就無法達成溝通的目的。更有甚之，所謂譯者，也必須代替訊息的接受者在理解發送者語言的時候，根據發送者是誰來推敲那語言的意義。

例如，英語的 territory、俄語的 территория 這一詞，根據發送者的不同，譯語就有多樣的變化。葉爾欽總統與細川護熙首相的會談中，如果葉爾欽總統說出了這個字，百分之百會譯為「領土」；如果黑手黨的老大用恐嚇的語氣來說，恐怕會譯為「地盤」。雖然兩種都是同樣的東西。

正因如此，決定要為誰擔任口譯工作的時候，口譯員會拚命地整理那位說話者會使用的用語或表達方式，把它灌進腦子裡。

資深俄語口譯員關根禮子女士，被委託擔任來自俄國的美女模特兒們的記者會口譯，事先整理了連肩袖、打褶等等服裝相關的用語，確實記在腦子裡然後前往記者會會場。結果，這些模特兒雖然是模特兒，但卻是裸體模特兒，因此，她事前的準備完全白費力氣、徒勞無功。

如前所述，口譯或筆譯，必須隨時注意訊息發送者及接受者這兩位主人，為了讓這兩位主人有所發揮，譯者絕對不能搶鋒頭，必須扼殺「自己」才行。

而且，那命運還是取決於兩位主人，這麼一想，可不是非常殘酷而且不利的工作嗎？也罷。如果用比較學術的說法，翻譯是依賴訊息發送者與接受者而存在之物。這是關於口譯、筆譯，我擅自決定的三大特徵中的第二項特徵。

## 5 「口譯・筆譯＝黑盒子」論

敲打著文字處理機，我想到了我們這一行的另一號同類。我常用的文書處理軟體是對應NEC的PC－98系列電腦的「一太郎」。打好的文章要儲存於磁片，如果是用於同系列的電腦和同樣的文字處理機，隨時隨地都能迅速確實地反應，感覺神清氣爽。然而，如果把「一太郎」放入夏普的「書院」文書處理專用機的磁碟機，結果會是溫溫吞吞沒有回應讓人乾著急。此外，相反地，例如把富士通「Oasis」的磁片放進我的電腦裡也同樣沒反應。

平常不屑一顧，但在這時候變成珍寶的東西，就是轉換不同系列軟體的專門軟體，也就是轉換器（converter）。透過這個轉換器，A系統輸入的文書檔可以用不相容的B系統讀出來。而且，它還有一種功能讓人感動到想喊聲「幹得好」，就是能夠很厲害地維持原有形態。轉換器就像是個超級優秀的譯者。

這個轉換器的構造，或是資訊的轉換處理過程，到底是怎麼回事呢？對於不懂電器或電子構造的我來說，彷彿隔了一層神秘的面紗。不過，儘管對我而言是謎樣般的存在，但對人類來說既不是謎也不神秘，因為人類開發了這麼方便的東西，將它商品化、生產出來，那設計思想、構造和資訊轉換處理的過程完全清楚明白。

那麼，遠在轉換軟體出現之前進行的口譯或筆譯工作，它們的處理過程是怎樣呢？不知該說是幸還是不幸，目前也還不能完全說分明。我們還能繼續靠這行謀生，也是拜此之賜。在呼喚開發自動翻譯機、自動口譯機的同時，卻一直沒推出可以取代人類之物，也是這個原因。

關於口譯或筆譯三大特徵的第三點，就是這一點。翻譯這個過程無法捉摸。說得更簡單一點，不管是口譯也好筆譯也好，原文或原發言可以讀、可以聽、可以錄音、可以記錄，而譯文也是如此。也就是說，翻譯過程的出發點與歸結點，入口與出口是可以確知的。然而，在這中間的構造，也就是進入原文之後到完成譯文，這途中的過程是不清楚的，它被蒙上一層神秘的面紗。

研究者對輸入前的原始文本，與輸出之後的翻譯文本進行比較分析，只能推測、想像看不見的中間過程的樣貌。因此，有學者認為：翻譯的過程、譯者的頭腦都是黑盒子。

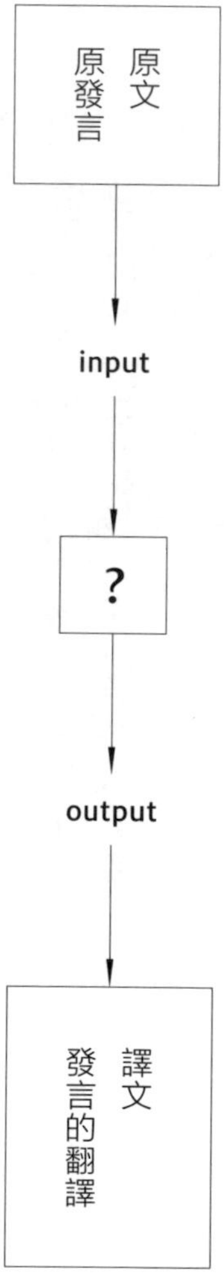


口譯、筆譯的中途過程，在這個黑盒子裡面到底變成何物呢？它是什麼樣的結構呢？為了說明那件事，至今許多口譯者、筆譯者或是研究者提出了各式各樣的假說。然而不出想像的範圍，全都是以抽象形式將翻譯過程模式化。其中，也有「完全無模式才是好翻譯」這相當離奇古怪的假說。

**翻譯的過程**

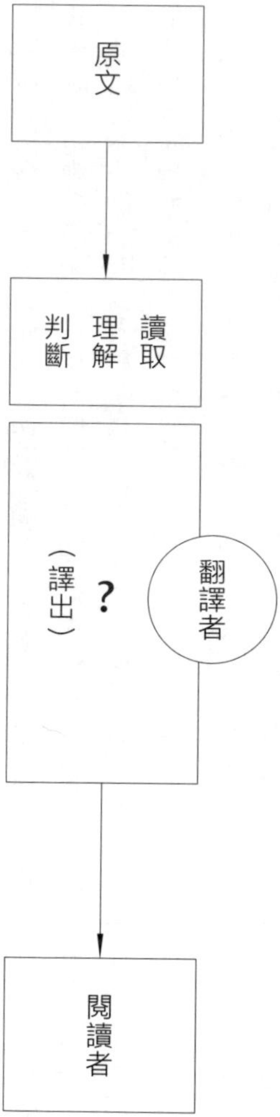

不論是口譯還是筆譯，由譯者進行讀取原文、原發言，或是聽取的行為，只有這一點是確實的。譯者根據讀到或聽到的東西再翻譯出來。

**口譯的過程**

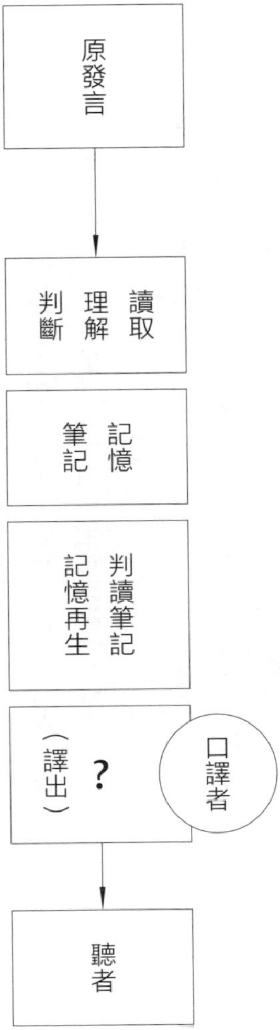


（《俄語口譯讀本》，宇多文雄、德永晴美著，日本放送出版協會）

以口譯來說，因為必須口譯的內容不會像文字在眼前逗留，還要加上在翻譯結束之前的記憶步驟，所以口譯員也會做筆記做為記憶的補助手段。此外，譯出時，必須回顧記憶的內容。如果有筆記的話，就必須判讀筆記。翻譯出來時，有時也同時以別的語言來表達。

如前所述，這樣看來，筆譯者、口譯者腦中進行的作業似乎也相當清楚，但其實仔細追根究柢，最重要的「譯出」那個部分，到現在都還是黑盒子。這個「譯出」到底是怎麼一回事呢？一個符號系統，在此可以視為某種語言系統，若要把用日語傳達的訊息以俄語或英語重新表達、置換，簡單地說就是轉換。這符號系統的轉換，也就是「編碼轉換的過程到底是如何進行的」這件事是不透明的。這不透明的過程，似乎是在我們的腦中進行。

中國有一道菜，讓活生生的猴子昏迷後放在餐桌上，圍坐在餐桌旁的人們就敲開眼前那隻猴子頭蓋骨來吃猴腦，據說這是最體貼客人的招待。但是，如果換成是活生生的人腦，只要不是納粹收容所或舊日本軍的石井四郎的活人細菌感染部隊，都不會那麼隨便去打開活生生的人類頭殼。而且就算打開人腦，口譯或筆譯過程之謎也不可能因此解開。於是，這些即使剖開頭腦也無法理解的過程，許多人就嘗試透過口譯的經驗或推測、分析來弄個明白。

上智大學俄語系教授、語言學者森俊一先生，同時也是一位擅長逐步、同步口譯的頂尖俄語口譯者，在會議的口譯人員不夠的時候，有時他會來請我幫忙。森老師認為：

所謂口譯、筆譯，基本上就是說法的轉換。首先，把日語式的日語換為俄語式的日語，再從俄語式的日語換為日語式的俄語，然後再換為俄語式的俄語這四個階段。當然，第二、第三階段，是在口、筆譯者的腦子裡進行的過程，就口譯者的情況來看，是發生於一瞬間的。——第八回「俄語口譯諸問題研討會」。一九八七年一月，於日蘇學院

我們可以看到很多筆譯者都有這樣的看法。英文學者兼筆譯家中村保男先生，曾寫下相同的見解：

「London has knocked some of corners off me.」這句話如果翻譯成「倫敦從我這裡敲下了好幾個角」意思就不通。再怎麼說，應該要翻譯成「多虧來到倫敦，讓我的稜角被磨掉了些」。第一句的文字不算是翻譯，只是理解原文。翻譯這個工作，需要理解原文，以及將理解到的原文轉換為貼切的日語來表達，要有這兩個完全不同的過程才能成立。因此，筆譯者除了做為語言學者須熟練第一過程，也必須像作家一樣可以書寫練達的自國語言。——《翻譯的技術》，中村保男著，中公新書

其實，利用電腦的翻譯軟體進行翻譯，這種機械翻譯長久以來已達到長足的進步，最近也臻於相當的水準。拜半導體技術發達之賜，以龐大記憶體儲存需翻譯的兩種語言，足以啟動具有一定判斷能力的人工智慧。即使如此，由於未能達到完全取代人類的最初期待，開發者幾乎斷言看見了機械翻譯的限制。機械目前終究還是甘於擔任人類譯者的助手，或者說，它必須是人類的助手。

中村先生所說的第一種譯文，是可以用機械翻譯來處理的。若翻譯軟體的開發是模擬人類

作業的形式而發展，也許這是必然的結果。

此外，第二階段的處理能力也在開發當中。不僅逐字逐詞置換，還能分析輸入的文章，進行譯語、譯文的表達和構造層次的調整。

在遙遠遙遠的將來，即使翻譯行為完全被機械化的那一天來臨，筆譯工作者應該會先面臨那命運決定的一天。文章語言比起口語更為標準化，結果理當如此。因為即使是把「日圓漲停」發音成「入圓漲停」的人，他在書面上也還是寫下「日圓漲停」不是嗎？

那麼，大多數的口譯工作者是怎麼樣來理解翻譯的過程呢？我想，包含我在內，應該有很多口譯員會對卡托·蘿姆布女士[14]的見解有所共鳴。

蘿姆布女士是精通英、法、德、俄、匈牙利五國語言、非常活躍的同步口譯者，她認為同步口譯必要的技能如下：

扮演極為重要角色的，是思想（啊，各位方家，我把心理學、大腦生理學及精神醫學通俗化，敬請見諒！）躲過原發言語言的黏人擁抱，同時拚命幫忙套上目標語言的語彙、形態、語法、音韻、文體的能力。——拙譯，《我的外語學習法》，卡托·蘿姆布著，創樹社

---

14 Karó Lomb（1909 – 2003），匈牙利語言學家，全世界最早的同步口譯者之一。

由這裡可以窺知，蘿姆布認為在使用語言表達之前，存在著不依賴任何語言的一種概念（她使用「思想」一詞）。事實上，被視為理想翻譯系統而研究開發中的「國際語」（Interlingua）[15]這種翻譯處理的模式，竟和蘿姆布女士透過經驗直覺體會到的翻譯處理有驚人的相似。

> 盡可能把輸入文章進行各種層次解析，最後把不依賴任何語言的意義（概念）記述下來。然後，從那被記述的意義，製造（或生成）別的語言的文章。這個方式，如果用來解析一個語言的文句，也可以從這裡生成多種語言。但目前的現狀是，意義或概念的解析、記述，乃至於據此生成文句的過程的研究還十分不完備，這是需要解決的緊急課題。——草薙裕〈機械翻譯〉，《日本語百科大事典》收錄，大修館書店

在這裡提到的「進行各種層次解析」，不止停留在蘿姆布所說的語彙、形態、語法、音韻、文體的層次而已，前提是要動員到為了理解輸入的文句不可或缺的文章脈絡，或者是以該語言為母語的人們所具備的常識。

15 翻譯語言時，若無適當翻譯者時使用的中介語言。一九五一年由國際輔助語協會（International Auxiliary Language Association）發表施行。

蘿姆布女士的理論，也很接近目前多數口譯者最支持的「三者兩語」模式的假設。

這個模式的基礎，是極為普通的、同一語言內的溝通，換言之，就是譯者沒有介入的情況下關於發送者與接受者兩者間的對話可用以下方式理解。

在這裡，我們假設有一個人想要傳達什麼給對方。這個想要傳達什麼的心意就稱為概念①（例如「我想和妳結婚」）。只要對方不會讀心術，這個人必須要把概念①以對方可以理解的形式來表達。因此，就要把這個概念轉換為符號體系（code），例如日語。把概念用文字或口語的形態來表達，而這個被表達的東西則稱為訊息。

對方聽取或讀取這訊息，然後去認知、解釋它（例如「我想每天早上喝妳煮的味噌湯」、「我希望妳能和我父母見個面」，或是「我想和妳一起進墳墓」），而獲得了概念②。概念①與概念②越接近，溝通進行越順利的話，我們就越容易判斷。如果這時候概念②變成「啊，這個人想要和我結婚哪」的話，雙方溝通就成功了。

**發送者**

概念① → 編碼化 → 表達 → 訊息 → 認知 → 解讀 → 概念②

**接受者**

例如，因為收賄事件而遭國會傳喚的證人表示：

「我不記得了。」

能認知此訊息且具有正常判斷力的日本國民之中，包含當事人在內，當然，根本沒有人會把它按照字面來解釋。根據這個國家的（廣義的）文化做為背景的法律上慣例或議會的規定，這種說法是明明知道卻顧及立場而不想透露時可以接受的表達，此外，是進一步做為躲避追究的取巧手段。藉由這個傳喚的事件，這種說法就從專家的獨家專利變成日本國民的常識。因此，在這種情況下，或許偏離了訊息發送者的意圖，但發送者的思慮幾乎完美地被識破。概念①＝概念②就很成功地成立了。

本來，無論是發送者的表達或是接受者的解釋，對概念解讀到何種程度，取決於廣義（包含當時政治情勢）或狹義的文化背景，而如果是有第三者如口譯員或筆譯者介入的不同語言之間的、甚至是異文化間的溝通，不難想像如果照字面來接受這個記憶喪失的說法，會有多大的危險性。剛才那些陳腔濫調的求婚台詞，如果是外國女性聽起來，有可能解釋為「你要雇我當女傭嗎？」或是「本來只覺得這個人很孩子氣，原來根本離不開父母啊」，或者「下次旅行是要參加九州古墳巡禮嗎，還是去莫斯科的列寧陵墓？」

如果將所謂譯者的中介者在場時的溝通圖式化，前面舉例的兩者之間的溝通的圖式剛好可以套入發送者、接受者之間的關係。對發送者來說譯者是接受者，對接受者來說譯者是發送者，這是理所當然的。不過，譯者和本來的發送者關鍵的不同之處在於，第一，傳達的內容不是自己想要傳達的概念，不得不傳達原發送者想傳達的概念。第二，從發送者接受訊息時的編碼，與對接受者傳達的編碼是不同的。

這時候當然也可以判斷，概念①和概念③越接近，溝通結果就會越好。然而，就連只有兩個人的溝通，例如彼此都講日語的人或是都講英語的人，他們之間的會話都無法避免誤解，所以，如您所見，不同語言間從發送者到接受者的傳達路徑變得更長、更複雜，訊息的遺漏或插入錯誤訊息的可能性變得更高。完全疏忽不得。

以口譯為例，簡單分解一下從以下圖表的訊息①到訊息②的過程，大致上有六個過程：原發言的聽取、解讀、記憶的定位與再現、編碼化、表達、傳達給聽者。在這各個階段，存在著訊息遺漏、犯下錯誤、錯誤訊息或置入多餘的訊息的危險。

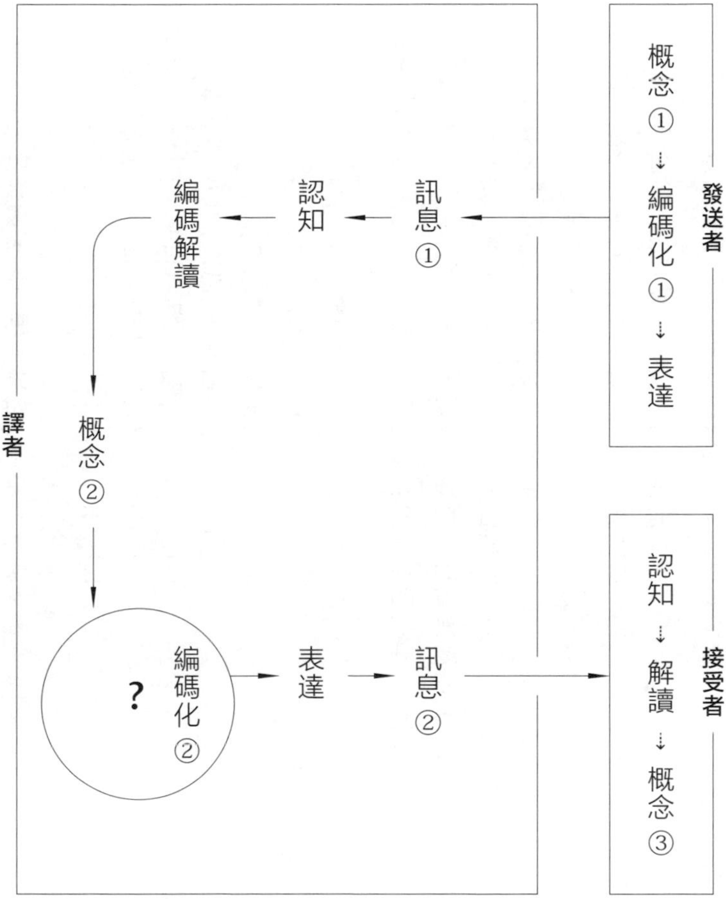
發送者
概念①
編碼化①
表達
譯者
訊息①
認知
編碼解讀
概念②
?
編碼化②
表達
訊息②
接受者
認知
解讀
概念③

我針對口譯過程中訊息遺漏這一點製表如下，提供大家參考。

原發言——————————————
原發言的認知（聽取）——（只能聽取的部分）——————
解讀（理解）——（只能理解的部分）——————
記憶的定位與再現——（只能記憶的部分）————
編碼化——（只能轉換編碼的部分）—
表達——（只能表達的部分）——
聽者——（只能聽取的部分）—

例如，如果沒有聽到全部原發言的話，就會傳達只聽到的部分。有可能在聽到的同時，可以理解的東西就變得更少了。在記憶的過程中，理解到的東西或許遺漏得更多。即使可以記起來，再現記憶的時候又有遺漏的危險。在僅剩的資訊量之中，不可以編碼化的東西全部都被割捨。然後，在傳達被編碼化的內容時，因為表達能力不佳造成訊息又再減少。傳達時發音不好、聲音太小，也會讓訊息流失，到達聽者耳裡時，因為麥克風的狀況或聽者一不注意而導致漏聽，實在是不可輕忽。訊息不僅是在各個過程中會遺漏脫落，再加上各階段都有和錯誤訊息暗中掉包的可能，口譯真是個越想越恐怖的行業。

以上的圖表中，從發言者的表達能力到聽者的理解力等等各點，一旦流失都不能彌補。這樣一直想下去的話，會陷入不可知論的無底泥沼，坦白說真讓人害怕。我每天都為發言者的表達能力或聽者的理解力感到煩惱，有時候甚至懷疑自己產生近乎殺意的憎恨。即使如此，也只能盡心盡力，然而被背叛、令人搖頭嘆息的事還是時常發生，說到底，我們的行業終究只能繼續期待並依賴發送者和接受者，要有這兩者才能成立，我也束手無策。

「那麼，這麼說起來，翻譯的過程不就很清楚了嗎？說什麼黑盒子，實在是太誇張了吧。」

說到這可能會被這樣揶揄，但是希望大家不要輕易就同意。因為「不論使用何種語言都無法表達」的概念是可能存在的。這樣的概念只在與他人溝通的途中被編碼化，但在自己的腦子裡簡直就像氣體或液體般不具有固定形態。

日本人常說「肩膀很硬」，沒有肩膀硬這種說法的歐洲人，大多數人就沒有肩膀硬的感覺了嗎？

討論「先有概念還是先有語言」，就好像「先有雞還是先有蛋」這問題一樣，會陷入無窮無盡的爭論之中，我的討論就在此打住。不過，與外在他者溝通使用的編碼，以及自己腦子裡處理、揉合各種的訊息與概念的編碼，應該不是那麼不同吧？

從這個觀點來檢討剛才的「三者兩語」的溝通模型圖中的編碼②，在這裡進行的編碼化，是不同的兩個語言之間的編碼轉換，正因為有這個機能，才有譯者存在的意義。編碼轉換是譯者執行的幾種作業的中心。只有當機能沒有達成，才有多餘的第三者介入的空間，畢竟應該沒有人有這種特地在溝通之路上繞著遠路的怪癖吧？若要說編碼轉換到底是怎麼形成的，終究還是非常難看得清（不得預見）。這又是黑盒子。

這個結構是如何變來的？運作機制又是如何呢？要全面地來說明它，當然我是力有未逮的。但我希望能根據自己的經驗及所學範圍，盡可能來為大家說明：為什麼它那麼難以說明？為什麼它如此複雜無法以機械取代？為什麼世上有這麼多良莠不齊的筆譯者、口譯員呢？

總之，在口譯現場，再怎麼優秀的口譯模式也常常發生讓人跌破眼鏡的情形。

## 短劇《因為懂俄語的日本人缺席而獲救之卷》

**腳本**　小林滿利子

**場所**　訪問對象的工廠會議室

**登場人物**　俄語口譯（以下簡稱口譯）

俄國重要人物（以下簡稱要人）

俄國重要人物隨行者（以下簡稱隨行者）

工廠的日本人

**工廠的日本人** 那個，那麼請讓我進行說明。敝公司的製品都在此展示，包括燐酸鹽、過氧化氮、二氧化矽、鎘、錳、過氧化氫製品、突出的椎間盤（看板）（編按：取「間盤」與「看板」的諧音玩笑）……（笑）。

**口譯** （俄語）不好意思，我不懂他說的專門用語。

**要人** （俄語）啊，別擔心別擔心，我大概知道妳不懂（笑）。

**口譯** （俄語）需不需要請他們寫下化學符號？

**要人** （俄語）不需要，反正我也不懂。

**口譯** （俄語）不過我記得您大學是主修化學的。

**要人** （俄語）確實如此，但那是很久以前的事了，早就忘得一乾二淨了。

**隨行者** （俄語）不用翻譯沒關係。這種部分可以跳掉。

**口譯** （俄語）可是這樣做的話，我根本說不出什麼東西來，因為我什麼都不懂啊。

**要人** （俄語）哎啊，別擔心，只要把要點傳達給我就好（爆笑）。

**口譯** ……（無言）。

**日本人** 那麼，沒有問題了吧。（以為自己講的全部被口譯而安心進行接下來的工作。）

這是以口譯員實際經驗為腳本的短劇，曾在第十三屆俄語口譯協會主辦的研討會上演。該短劇之所以能讓會場的口譯員們爆笑與鼓掌，應該是因為大部分口譯員自己也多多少少有過相同經驗吧。

## 6 來說點內幕

大致上口譯者或筆譯者絕大多數都是文科系、文學院畢業的，當中很多人就是因為理科不拿手而就讀文科系。然而在工作上，比起自己應付得來的文學、歷史、經濟、政治、教育、運動、藝術等領域，更常接觸到的是本來就很外行的科學技術相關領域，例如軍事、宇宙開發、核能、醫學、電子工學、新素材等等。如果搞不定這些棘手的領域，口譯或筆譯這個工作就不成立，也就是沒飯吃了。

召開國際會議時，參加者的旅費、交通費、住宿費、會場費、同步口譯設備費用等都需要大筆經費，口譯費用有如蒼海之一粟。國際會議是日、俄或數國專家的聚會，但參加者並不是為了交換彼此都熟知的一般論而開會，而是為了討論關於該時期某領域中最新、最前端的問題而聚在一起。

當然，如果能聘請各個領域的專家來擔任口譯是最理想的情況，但是就算是由俄國文學翻譯的權威教授們所召開的日俄文學研討會，也會雇用像我這樣的專業口譯員，其他領域就更不在話下了。

那麼，為什麼絕大多數是文科系出身的口譯員現在卻能夠擔任根本是外行的理科系、技術領域的口譯工作呢？這難免啟人疑竇。甚至一定會有人擔心，到底交給他們口譯是妥當的嗎？每當口譯員要把至今完全陌生的知識領域的專門用語即席地口譯出來，就日、俄語雙方的口譯來說，就必須大量用上日語、俄語兩種語言。

為什麼能辦得到呢？我常被問道。

為了回答這個問題，首先來思考一下，什麼樣的概念容易學習、容易理解呢？一般而言，在母語中習慣而熟悉的概念容易學，吸收率也高。因此，不論何種領域都要先從入門書、百科全書著手，以確實理解做為基礎來征服專門用語，只有這才是捷徑。就這層意義上來說，所謂口譯能力，是學習經常屬於新領域的意念與能力。

文學院出身的口譯員，儘管被認為不利，但或許反而有利。現在俄語口譯協會約有一百六十名會員，其中只有五名是理工科系出身，其他絕大多數都是在大學主修俄語或俄國文學的人。

有趣的是，理工科系出身的俄語口譯，要說他們比較容易接到理工領域的工作嘛，其實在大學所學的極為狹隘的專業領域中，在知識與活動範圍上他們有無法拓展的傾向。正因為深知自己專業領域的複雜度及困難度，反而對其他領域也難以出手。也或許相較於自己的專業領域，他們對其他領域有距離感吧。

就這一點來說，文科出身的人，不知道應該說是不知道要害怕呢，還是有一股豁出去的勇氣，結果反而是若無其事地接下了困難工作的一群人。

在早稻田大學俄語系博士班研究杜斯妥也夫斯基的小町直美小姐，寫下了擔任技術領域的口譯工作時的經驗：

> 接下了技術方面的口譯工作，光是聽到這個消息，認識我的朋友都大感驚訝。
>
> 「為什麼呢？」「妳不適合啦！」此外也有人問我，為什麼自找苦吃做這麼無聊的事呢？確實，剛開始時我不太能接受技術用語。對於飽讀杜斯妥也夫斯基以及米哈伊爾・萊蒙托夫的語言的雙眼來說，機械用語看來如此冰冷無情、令人抗拒。然而，當我身穿作業服、被日本與蘇聯的技術者們包圍，身上沾了機油、流著冷汗地這樣過了一個月，我對機械的態度稍微改觀了。再怎麼樣複雜的機械或裝置，都是人類製造出來的。對於這些人，對於抱著無窮探索心的人來說，怎麼會獨獨對機械感到無緣呢？——小町直美〈蚯蚓是公的還是母的〉新手科技口

譯體驗記〉《現代俄語》一九八〇年六月號。（旁點為作者標記）

這種包容而不顧後果的氣質，可說是文科出身的人特有的。

我認為，在文科出身的人看來，不論理工科的哪個領域感覺都非常遙遠，每一個領域都和自己保持一樣遙遠的距離，反而能夠處變不驚。

這一點不可否認，然而，最近的我覺得，文科出身的口譯員較多，應該還有更深層的原因。一言以蔽之，就是經過細分的各種實用知識，應用範圍相當狹隘，相對地，乍看之下無用的知識反而會在意想不到的地方派上用場。

這世上沒有像文學院這麼不切實際的學院；沒有像哲學或文學，尤其是詩學，那麼遠離現實利益的學問。不過，在口譯工作上，無論會議主題為何，我卻一次次被幾篇詩作中的一小節拯救。在不同語言的一來一往之間，尤其是語言的輸入與輸出時間間隔短暫的同步口譯，譯出的語言無論如何都會被原發言語言的結構所牽引。畢竟是文句結構本不相同的語言夥伴，譯者常常會很為難。在那樣的情況下，彷彿是獲得了天啟，很久以前背過的一首詩中某一節的表現，就成了我的救命繩索。

仔細想起來，自古以來的文學，都是利用語言徹底表現及傳達世上各種現象、人類的活動、思索的過程或心靈動向。幾千年來人們一直持續追求同樣的目標。文學對於語言本身的可能性，進行了諸多實驗。尤其是傳統詩作，為了保持頭韻、腳韻或節奏，被限制在一定拍數等的嚴格框架中；與此同時，為了追求自由自在的表達，宛如特技表演般，也開發、挖掘出準確的表現。

不論是哪種專業領域的工作，對口譯的基本要求，最後都是盡可能靈活運用兩種語言的能力。口譯必要的各專業領域的知識或用語，需要時再記起來即可。然而，靈活運用語言的能力並非一蹴可幾。

欸，當真？你或許會這樣懷疑，但一個案子，也就是一場會議，口譯員應該要記的單字數大約在二十到上百字，平均記四十到五十字左右就夠了。口譯員每接一個新的案子，就會特製自己的用語集。而這用語集絕大多數都是名詞。

例如，我們俄語口譯協會一年會召開三次學習會，這是口譯員們互通有無的場所，互相交換準備與實踐過程中獲得的情報。報告者一定會發表自己製作的用語集。這麼做一方面是因為既有的字典上字彙不足，即使字典上有收錄，若要從字典列出的單字中網羅某個領域的字彙，數量之多相當嚇人，這些字彙乍看之下都很相像，而且非常枯燥單調。然而，透過接觸該領域的口譯員的親自報告，我們可以得知各種用語的分量，把用語分門別類，將必要用語打上聚光燈，藉此更具體掌握關於該領域的知識及用語。

俄語口譯協會成立以來，今年（一九九四年）已邁入第十四年，學習會次數增加，迷你用語集的數目也達百件以上。一般而言，各種領域的用語集中，名詞與動詞的比例是九十九比一左右。換言之，不論是什麼場合的口譯，名詞大不相同，但動詞則幾乎不變。當然，不管是何種領域，只要能自由操控使用頻率高的有效的動詞，就是決定語言使用能力優異與否的先決要件。

不過，事情可沒那麼容易。首先，詞類之中最難記熟活用的就是動詞。關於這一點，精通五國語同步口譯、十國語逐步口譯、十六國語筆譯的語學達人卡托．蘿姆布女士表示：

> 有些單字容易記，有些單字很難記，各位應該都非常清楚。這有部分客觀、部分主觀的理由。
>
> 最容易記的，是具體的東西，例如窗戶、房子、書或鉛筆等表示具體物品的名詞。其次容易記的，是可以感受到的性質，例如顏色、形狀或大小等形容詞，換句話說就是藍色的、圓形的或小的等等形容詞。再來是抽象名詞。第四種是容易想像的具體行為，例如表示跑、親手送交、運送等的動詞。最難記的是表示抽象行為的動詞。例如履行、保證、中傷、採用等。——拙譯，《我的外語學習法》，創樹社

第二，不論哪種語言，所有詞類中變化最多的也是動詞。例如，日語中名詞鮮少變化，只

用て、に、を、は等助詞連結來表示變化；此外，表達動作、行為的名詞，只要加上「する」就馬上變成動詞（啊！文是添加上去！）。像日語這種黏著語[16]，本來就只有動詞是活用的。幾乎在所有的歐洲語言中，動詞都有現在、過去、未來等時態，有結束、未結束的語體，以及主動、被動語態等各種變化形態。為了能夠熟練地使用動詞，必須不厭其煩把動詞所有的變化形態牢記在心。

第三，名詞很容易判辨。尤其是關於專業用語的名詞，在兩國語言間可以等價交換的，或是極為近似的詞彙，很容易看得出來。相對於此，特別是在日語和歐洲語言之間，動詞特別難以認定，尤其是使用頻率高的動詞。

不同語系間的語言構造、文章結構本來就不同，在俄語或英語中以動詞表達的概念，不見得可以用日語的動詞表達。啊，如果可以那樣的話，我們早就被機械取代了吧。藉由本書，即使是一點點也好，我希望能把這種狀況傳達給各位。

---

16 黏著語（agglutinative language）透過在名詞、動詞等詞根加上不同的詞尾來表達語法功能。是具有詞形變化的一種語言類型。

# 第二章

# 狸與貉大不同

## ——口譯與筆譯之間的巨大鴻溝

## 1 耳朵聽進去，嘴巴說出來

就讀國高中時，英日翻譯，還有名為英文寫作實為日文英譯的課程很讓我頭痛。所謂口譯，就是把翻譯用口頭進行。如果是同步口譯，就是用飛快的速度俐落地翻譯吧？這樣想的人還真不少。

「好厲害啊！」

但是，也有人投以異樣的眼光。

的確，除了擁有超能力的神、鬼之外，那種境界並非凡人可及。而口譯員呢，以上二者皆非。

筆譯的媒介是文字，口譯的媒介是語音，這是兩者最大不同點與分水嶺。口、筆譯由於這最主要的不同，產生了附帶的差異，因而需要不同的方法、技術、能力。

在第一章，我曾說明口譯、筆譯的共通特徵，也就是翻譯這種行為的三項特徵。因此，我想在這裡整理口譯與筆譯的相異之處。

首先，口譯的最大特徵，就是它的媒介是從耳朵聽進來、從嘴巴傳達出去的語音。

「這件事不必特地一說再說吧！也太執著了吧？到底有什麼怨念是嗎？」

我估計會有人這麼想，不過還真被猜中了。至今，數不清的口譯員們，正因為媒介是語音，犯了文書媒介不會犯的錯、招徠不必要的誤解、栽了可以不栽的跟頭、讓不該皺眉頭的人皺起眉頭、嘗到了不該嘗的挫折感。

一個俄國團體前來視察某日本企業，領隊的團長在寒暄時，對那家企業的董事長說：

「您的葬禮，真是非常有派頭的葬禮。」

董事長聽了心裡一把火。其實，俄國人如果在大學裡有系統地學習日語，不但漢字可以運用自如，當然也使用平假名、片假名來標示日語。然而最近有越來越多人參加日語速成班、日語短期講座等，他們都是用羅馬字或俄文來學習日語的。例如：

組織　→SOSHIKI

葬禮[1]　→SŌSHIKI

他們是用羅馬字來記日文的。後者的「O」要發長音，所以標註為「Ō」。但因為學習者不習慣使用這種輔助符號，所以馬上就忘掉了。因此，「葬禮」和「組織」就混為一談。這種情況還算無傷大雅，但想要說「情勢」（JYŌSEI）卻變成「女性」（JYOSEI）、「空想」（KŪSŌ）變成「糞」（KUSO）、「顧問」（KOMON）變成「肛門」（KŌMON）、「少女」

1 日文漢字為「葬式」。

（SHŌJYŌ）變成「處女」（SHŌJYŌ）……如此一來，對當事者來說是悲劇，但對旁觀者來說無疑是一齣喜劇。

反之亦然。日本人說外語時，應該也常常犯了很多這樣的錯。日語這種語言，子音、母音的變化極為貧乏。因此，很多日本人在聽、說的時候，都沒辦法分辨L和R。例如把「日本的經濟狀況」轉換為俄語時是экономическое положение Японии，發音聽起來像[EKANAMICHESKAE PALAZHENIE YAPONII]，但日本人唸起來卻成了экономическое поражение Японии[EKANAMICHESKAE PARAZHENIE YAPONII]，意思變成「日本經濟的敗北」。本來想說послать [PASLAT]（發送），結果變成посрать [PASRAT]（大便）。

此外，日本人也不太會分辨V和B，所以развить[RAZVIT]（使發展）常常變成了разбить[RAZBIT]（搞破壞）。

去泰國玩時，日本人被提醒不要點咖啡比較好。「F」和「H」說不清的日本人，在泰國點「coffee」時會發音成「cohhee」，而「hhee」的讀音在泰文裡是指女性的私密處，結果引人竊笑。

比子音更嚴重的是母音。日語似乎是世上少數母音貧乏的語言之一，只有［a］、［i］、［u］、［e］、［o］五個母音。然而，法語甚至有十四到十六個母音。中學時代非常令我頭痛的，正是英語［a］和［e］之間還有［ɑ］、［æ］、［ə］、［ʌ］等難以分辨差異的母音。這些母音日本人很難發音，也聽不太清楚。本來想說「bad manner」（沒禮貌）結果變成「bed manner」（床上表現）；「earth」（地球）變成了「ass」（屁股），這些口誤的情形可能都會發生。這類悲喜劇有多麼常見，我們可以從母音比日語更少的語言來一探究竟。

如前所述，日語只有五個母音。而阿拉伯語好像只有三個母音，在阿語中沒有相當於［e］、［o］的音。因此雖然發出「音痴」（ONCHI）的音，卻被聽成「大便」（UNCHI）；想說「偏食」（HENSHOKU）卻發音成「皺眉頭」（HINSHUKU）；「醜女」（BUSU）被聽成是「老闆」（BOSU）；「幸福」（KŌFUKU）被聽成是「空腹」（KŪFUKU），此外，他們也無法分辨［e］、［o］這兩者的聲音。因此，和日本人一樣，母音只有五個的語言，若要使用有十四個母音的語言來說話表達時，一定也會上演類似的錯誤。

日語還有一個發音上的特徵，那就是高低語調。歐洲語系的發音，幾乎都是強弱重音，可以用發音著力位置來改變詞語意義。同樣的道理，以日語來說，高低語調的位置不同的話，即使是發音相同意義也不相同。嘴裡吃的糖果和天上掉下來的雨[2]，對說日語的人而言，聽、說時可以藉著高低語調來分辨。依此類推，同樣的情況也適用於強弱重音的語言中。

---

2 「飴」、「雨」在日語中為同音「ame」。

例如，很多日本人想說俄語的 писáть[PISAT]（寫）卻變成 пѝсать [PISAT]（小便）、худоба[KHUDOBA]（財產）變成了 худоба`[KHUDOBA]（危害）等等。

簡而言之，「發音不要造成誤解」，對口譯來說是非常重要的。

某個擔任美國駐軍口譯員的日本人，聽了美軍提到「日本的夏天很熱」，就跟美軍說，這種時候日本人很愛喝可爾必思這種美味的飲料。結果美國人哄堂爆笑。原來日本人說「CALPIS」（可爾必思）時，美國人好像聽成了「COW PISS」（牛尿）。

讓我來介紹一個與發音有關的國際級事件。秋山豐寬先生被選為太空人時，當時蘇聯的俄新社[3]向世界各國發布「秋山豐寬入選太空人」的消息，並介紹秋山豐寬的簡歷，其中報導了他畢業於日本的「國際農民大學」。

一年半後，一九九〇年十二月二日，在秋山豐寬飛上太空的新聞上，當時蘇聯最大報《真理報》（Пра`вда、Pravda）也發生了同樣的錯誤。《真理報》在頭版刊登一張秋山豐寬的大幅照片，用斗大文字介紹他的簡歷，其中也出現了「秋山豐寬，國際農民大學畢」的字樣。其實秋山先生是日本國際基督教大學畢業的，該校英文名為 International Christian University。有可能是俄新社的記者從日本打電話回蘇聯傳達這個消息時，用俄羅斯發音「HKRISTIYANSKII

3 俄羅斯國際新聞通訊社，РИА Новости，RIA Novosti。

（基督教的）」，可是卻被聽成「KRISTIYANSKII（百姓的）」一詞，最後再轉換為英文就成了International Framer University（國際農民大學）。

我有個精通英文的朋友，有一次看到樂譜封面上「CHOPIN」這個名字，問道：「『邱平』是誰？」我想您已經發現了，「CHOPIN」就是「蕭邦」。義大利人發音為「法蘭潔斯可．巴科內」的人名，義語口譯員聽了後結結巴巴地問道：「呃……？」其實一點都不難，把它變成英文的話就是「法蘭西斯．培根」。這樣的例子實在是司空見慣。譯者一定要注意固有名詞會因為發音錯誤而代表完全不同的事物的危險性。

其中，讓我們口譯員（尤其是跨日語和歐洲語系的口譯員）陷入恐慌的，就是翻譯時出現了中文固有名詞。毫無疑問，中國人當然是用現代中文來讀漢字的音。然而，我們日本人讀漢字的音，是模仿古時候的中文音來發音的，也就是所謂的「音讀」。這兩者之間的不同實在是超乎想像的多。例如，中國名人的名字用日語音讀的結果，毛澤東＝MAO TSE DON、鄧小平＝DEN SHA O PIN、周恩來＝CHYŌ EN RAI，雖然事先做好準備背了起來，但是出現未知的固有名詞時就完全沒轍了。例如俄語「HEILUNCZYAN（日語發音：HEIRUNJAN）」這個地名，有多少日本人會馬上連想到日文音讀是「KOKURYŪKŌ」的黑龍江呢？

日本人用音讀發漢字音，而俄語或其他完全不使用漢字的語言，用鸚鵡學舌的方式把中國人的發音移轉到俄語中，然而每當出現不熟悉的固有名詞時，只要不懂中文發音的話，就無法轉換為俄語。

俄國人讀出中國各種固有名詞的發音時，由於基本上是模仿中文讀音的俄語，所以只聽了那些音，我也無法翻譯成日語。

用文字來溝通的時候，中國人和日本人用筆談是極其方便的方法。即使不懂發音，只看到漢字也可以了解意涵。不過，相反地，以語音為媒介的口譯遭遇相同漢字不同發音的情況就會無法相通。筆譯時完全不成問題的問題，全由口譯來承擔這箇中辛苦。

因此，我們以同音異字極多的日語做為生財工具的口譯員，宿命就是必須細心注意選擇不要造成誤解的語言。

我曾出席某個會議，資深的英語口譯員翻譯日語「KÔGYÔ」一詞後，馬上補上「金字旁」，讓我非常感動。因為「KÔGYÔ」的日文同音異字包括「工業」、「鑛業」與「興業」。

又例如「KAGAKU」這個音，如果光從上下文脈中無法判斷是「科學」還是「化學」時，口譯員應該要婆心地補充說明是「science」還是「chemistry」。

在某個老人學的研討會上，邀請了當時蘇聯的長壽學專家來日本演講。演講時間約一小時半，主題是「如何克服 SYORÔ」。那場研討會上擔任口譯的是我的朋友，在順利完成該次口譯工作之後，她接到了主辦單位的電話：「上次謝謝您的口譯，演講我們錄音起來了，也把內容刊登在會報裡面，希望您能撥冗一讀。」她閱讀了文字化的譯稿內容後，一臉鐵青。因為口譯時想要傳達的是「如何克服『初老』」，但研討會上近百位聽眾顯然都想到別的地方去了。[4]直到讀了那篇譯文，她才了解到有這麼回事。

和筆譯的另一個不同點便是，口譯員必須時時謹記漢字要正確發音。我有一次在電視節目擔任同步口譯時翻譯了一句：「經濟改革之後，蘇聯人可以自由出獄。」播出後馬上被擔任主持人的女國會議員客氣地糾正：「那不是『出獄』（SHUTSUGOKU），而是『出國』（SHUKKOKU）吧？」由於已經播出，根本沒辦法補救，現在想起來還是會背脊發涼。不過如果這是別人犯下的錯誤，我一定會不禁嘻笑以對，真是個樂觀的傢伙。

在義大利設計展場上，美得像時裝模特兒的口譯小姐大聲說著：「在這裡裝上INKEI。裝上INKEI（陰莖？）。」她那甜美的聲音響徹偌大展場，想來想去，她應該是把「陰影」（INEI）讀成了「陰莖」（INKEI）。結果，「產生陰影」，就變成「裝上陰莖」了。

此外，最近熱烈召開的環日本海圈——圍繞日本海的日本、中國、南韓、北韓、俄羅斯為主的經濟交流圈——相關組成構想的會議上，電視台女主播以美妙清晰的聲音介紹北韓代表為「朝日（Asahi）協會副理事長」，聽來不愧是個稱頭的頭銜。當然，那時候坐鎮在同步

---

4 「早老」（初老）日文發音為「SYORŌ（しょろう）」，此處是誤以為「早漏」（早洩）的日文「SŌRŌ（そうろう）」。

口譯區的中文、韓語以及包括我在內的俄語口譯員們，馬上就了解到：「啊，她把資料上的CYONICHI（CYONICHI＝朝日＝朝鮮與日本）協會讀錯了。」當然，這個錯誤我們在口譯譯出時就及時修正了。

以下是從我的好友——ＮＨＫ電視台「法語講座」講師、日本頂尖的法語口譯員三浦信孝先生那裡聽來的故事。

這是發生在外務省主辦的「日法經濟技術混合委員會」，我和Ａ小姐共同擔任逐步口譯時的事。許多日本與法國經濟協力相關的項目陸續被提出，例如核能、電信、鸚鵡螺號潛艇（Nautilus）[5]探勘日本周邊海洋等，法國的技術還是相當先進的。在那多種項目中，有一項是「nodule manganese」，也就是「錳結核」[6]，據說太平洋的地底蘊藏豐富含量。由於當時正逢能源危機，錳結核做為新能源的來源而備受矚目，現在對它的研究應該也持續進行中。

會議中，每當變換主題時口譯員就輪班交接。Ａ小姐正好輪到這個新能源主題，她把它譯為「錳男根（？）」。[7]由於每一個主題大約進行三十分鐘左右，那三十分鐘內就一直聽她提

---

5 鸚鵡螺號核子動力潛艇（USS Nautilus SSN－571），隸屬美國海軍的作戰用潛水艇。

6 錳結核（manganese nodules），亦稱為多金屬結核（Polymetallic nodules），為海底岩石凝固物。

7 「錳結核」日文為「マンガン団塊」，此處「団塊」正確發音應為DANKAI，文中主角發音成「男根（DANKON）」。

到「錳男根」、「錳男根」。我感到很困擾，不知道怎麼辦才好。如果指出這個錯誤，她會不會忽然之間害羞臉紅而無法繼續口譯呢？基於這份關愛之情，我並沒有指出她的錯誤。我認為這是正確的應對行為。因為在場的每位人士，大家都了解那是指「錳結核」，會議也順利進行下去。

溝通若因誤譯而無法往前進行時，一開始就應該訂正錯誤；如果溝通順利進行時不要打斷，但小組成員原則上還是要以團隊為單位進行口譯。「你的翻譯很奇怪」，小組成員中也有人會馬上這樣挑剔，這樣是不行的。如果用了某種譯語造成口譯絕對無法進行下去的時候，就有必要提出更正。除此以外，只要順利進行，原則上不要更正，不這樣的話，那協助就會變成絆腳石。不過，事實上也有口譯夥伴一邊口譯一邊吵著「你給我翻好一點」，這種含有教訓意味的故事。

——第十三屆口譯諸問題研討會，一九九二年一月，於日蘇學院

以上是三浦先生沒有「救援」口譯搭檔的親身經驗談。接下來，則是「救援」搭檔無效的例子，這次是從日本頂尖的英語口譯員田中祥子女士那裡聽來的。

這是擔任以「日本稻米市場開放」為題、日本與美國的專家會議上口譯時發生的事。「日

本的稻米不僅是主食，也形塑了日本的風景。例如，月亮映照在被田畦切割的水田中，那樣的風景深受日本人所愛。」美國專家如此說道。當時口譯的是B小姐，坐在她旁邊的我，立刻把「田每之月」[8]幾個字寫在紙上給她看。然而，B小姐把「田每」讀成「TAMAI」，其實應該是「TAGOTO」。結果我的救援根本沒效。以後，我是不是應該連假名注音都一起標註呢……

現在又改回舊名聖彼得堡的列寧格勒，正如您所知道的，是座革命的城市。一八二五年的「十二月黨人起義」[9]、一九〇五年以失敗收場的「血腥星期日」[10]事件、一九一七年二月革命以及十月的「社會主義革命」[11]都發生在這座城市。掀起革命的舞台，大多落在城市裡的各個廣場。因此，搭乘觀光巴士參觀聖彼得堡時，俄籍的日語導遊在經過某廣場時解說道：「這個廣場上有許多革命家、勞動者都露了屁股（KETSU）。」包含我在內的觀光客，在那時候聽來覺得頭頭是道：「欸，俄國史上還有集體露臀事件，我還是第一次聽說耶。」這

8 「田每之月」（田毎の月）形容月夜下水田倒映出月亮的美景。

9 一八二五年十二月二六日，由俄國軍官率領三千士兵對帝俄政府的起義。革命發生於聖彼得堡的元老院廣場。

10 一九〇五年一月二二日，三萬多名俄國工人向沙皇發起改革請願，地點為聖彼得堡冬宮廣場。最後官方展開血腥鎮壓，造成一千多人死亡。這一天被稱為「聖彼得堡血腥的星期日」。

11 一九一七年俄國發生一系列革命運動，最終推翻了俄羅斯帝國建立了蘇聯。

聽起來很有趣的事件，有一次忘了是什麼因緣際會，我剛好問起了這件事，結果，我們抽絲剝繭推測是導遊把「血」的漢字讀成KETSU（與屁股同音），於是「流血」就變成「露屁股」，而他本來想說的是「在這些廣場發生許多流血慘案」。

以上許多例子，都在說明當口譯員在輸出語言之際，除了注意發音外，正確表達不要製造誤解也非常重要。然而，正確掌握原發言者的語言，當然還是最重要的。口譯員掌握的訊息如果錯誤，然後照著錯誤訊息譯出，再將它用無可挑剔的發音來表達，結果就變成誤譯。另外，聲音並不一定總是以理想的形態聽取。如果發言人講話方式非常曖昧難懂，常常就會導致口譯錯誤。

我的一個朋友在西伯利亞為青年交流活動進行口譯時，把日本一位青年一邊示範空手道一邊說的話譯為「我獲得了中國空手道選手權，排名第二種子」。當然，這番話引起在場各國青年一陣騷動。因為露一手空手道而受到大家矚目的青年，自己也嚇了一跳。其實這位日本青年說的是東京二十三區的「中央區」（CHŪŌKU），因為邊表演邊說話，聽在口譯員耳裡就變成了「中國」（CHŪGOKU）。

我也曾經在造訪富山縣林業實驗廠時，因為聽到廠長連說多次「KINKYŪKADAI」就譯為俄語的「緊急課題」。不過，越久了才發現那是「研究課題」（KENKYŪKADAI），於是把它翻譯成「包含緊急課題的研究課題」，勉強拉回正軌。如果實驗廠在茨城縣，我就會事先備戰，先安裝「i→e」「e→i」的過濾裝置。沒想到新潟縣的部分地區也是［e］、［i］不分，而富山縣的林業實驗廠場廠長竟然是那裡出身的人。

從聽取的觀點來看，不論哪種語言都有固有的難處，但我認為以英語當做生財工具的口譯員非常值得同情。英語的種類有英國的英語、美國的英語、前英國殖民地的印度、澳洲、加拿大、埃及等國的英語。據說地球上最普及的語言是「菜英文」，因此英語口譯員必須具備聽懂德國人的英語、瑞典人的英語、日本人英語、俄國人的英語等各種英語的能力。

以上一一暴露了自己和同業丟臉和失敗的事蹟，其實我想要說的是，口譯這一行因為是以聲音為媒介來傳達，有些困難之處是以文字為媒介的筆譯所沒有的。

因此，對口譯員來說，至少聽力本身要好，這是最理想的。增強、維持生理上或器官功能上的好聽力非常重要。就像是打著「美人」招牌的女演員，要極為努力維持美貌一樣，相對的節制與顧慮不可或缺。例如，很多年輕人每天戴著耳機，把它當成身體一部分，那顯然會讓聽力受損。說是命運的捉弄也好、不合理的要求也罷，既然是以口譯餬口，或是打算成為口譯員之人，萬萬不要愛上耳機才好。

此外，對於發言者所說內容，口譯員要確保「最容易聽取」的狀態條件。如果是使用麥克風或耳機等現代設備時，一定要事前檢查它的性能。如果不能使用麥克風或耳機，就要向主辦單位要求：口譯員耳朵到發言者嘴巴、口譯員嘴巴到聽話者耳朵的距離一定要盡可能越短越好，中間不能有遮蔽物，耳朵的位置要朝向嘴巴發聲的方向。聲音的傳達要如此單純清晰。不過，世上不如意事總是十常八九。

我曾經跟著電視台拍攝團隊前往零下六十度的西伯利亞，臉和耳朵已經不覺得冷而是痛得受不了，無法露出來。我用只在眼睛部分挖了兩個洞的毛線袋套住整個頭，然後在頭上戴了附耳罩的皮帽，最後再蓋上大衣兜帽。此外，臉上也捲了兩層圍巾，在這種狀況下進行口譯。因為口譯的對象也是這樣的裝備，所以我們的聲音經過重重過濾才到達對方的耳朵裡。現在回想起來，很驚訝自己竟把工作完成了。當然，這種時候應該也說不出什麼嚴謹的話來。

我的朋友三浦綠小姐，被日本廠商聘為俄國商業夥伴的隨行口譯，跟著前往俄國。結果日本技師突然生病，被抬進當地（即使在俄國也是偏鄉）的醫院就診。他的病名相當不潔，然而口譯員呢，只有她一個女性。結果醫師與患者在診察室進行患部觸診時，三浦小姐就在診察室的窗戶旁扯著嗓子大聲口譯他們的對話。

就口譯者、發言者及聽者的耳朵及嘴邊的最佳位置關係來說，宮中晚宴的場合是最糟的。因為口譯員的位置在有溝通必要的兩者中間後方。如此一來，發言者的聲音就和等著聲音傳入的口譯員耳朵背道而馳。而且最重要的，作為訊息關鍵的臉部表情，口譯員也看不清楚。口譯者在晚宴正式開始之前，會被招待完全相同的餐點，之後才上場口譯，但即使如此，同在一個餐桌上，坐在沒吃東西的人旁邊若無其事吃著大餐，這情景不是不太雅觀嗎？正因為代表身分階級制度的「宮中」是上世紀的化石遺物，正因為比起實質上的溝通，「宮中」更要求交談要符合儀式上的要素，宮中晚宴才以如此方式被允許不是嗎？有時候，也會遇到在下位的人模仿宮中晚宴的情況，不知為何，很多都發生在那幾個涉及建商賄賂案、縣廳蓋得富麗堂皇的縣長的口譯工作上，真是有趣的現象。

外表再怎麼美麗，演技像木頭的女明星的演藝生命不可能長久；同樣的，生理上聽力再怎麼敏銳，對於口譯員不可或缺的語言聽取能力而言還是不夠。首先最重要的，是聽得懂、說得清楚的能力，簡言之，就是對「意義不同的界線」的感知能力。我在本章開頭提到，日語中「R」、「L」都是「ル」(ɯ)，「B」、「V」都是「ブ」(bɯ)，被劃分在同樣發音範圍。但在其他語言中，若是這些字母會造成重要語意上的不同，口譯員除了要對口譯語言運用自如之外，必須能夠聽出、說出「R」和「L」、「B」和「V」的不同，說起來是極為單純的道理。然而，實際上要達到那境界，既不單純也不容易。

此外，所謂聽取語言的能力，從完全失去聽力的人能從嘴形、臉部表情及當時狀況也能驚人地正確理解對方所說的話來看，我們理解聽取語言的能力不是只依賴聽力。基本上，聽取語言這種行為，最終目的是要理解該語言的意義。從我至今舉的例子來看就可以理解，所謂意義，是依據前後關係、場面的狀況、時間點上聽者的知識與教養等等而掌握到的東西。

前莫斯科市長波波夫[12]曾在日本出席記者會時被問及「關於沙塔林與亞夫林斯基的經濟改革案[13]您認為如何呢？」他答道：「和俄羅斯的現狀相當有距離。這麼認真你爭我奪，真不愧是гарварский профессор」（GARVARDSKIJ PRAFESSAR）。結果我聽成了варварскИй профессор（VARVARSKIJ PRAFESSAR），翻譯成「這麼認真地你爭我奪，稱得上是野蠻學者吧。」

記者會結束後，一位日語優秀的俄國記者朋友走到我身邊，指出剛剛譯錯之處。我當場立刻為剛才的誤譯向記者們道歉，並將那句話訂正為「這麼認真你爭我奪，好比哈佛大學的教授了吧。」

這句話其實在暗指部分俄羅斯改革派經濟學者的恩師——傑弗瑞·薩克斯（Jeffrey Sachs）教授，他曾擔任俄國政府的經濟顧問，對於將激烈的物價自由化與緊縮財政整合的「經濟休克療法」經濟改革扮演著指導角色。不過，當時有好幾位記者已經趕著離開會場，所以當天某些晚報刊登了我的誤譯版本，現在回想起來，胃酸分泌量彷佛還是會立刻飆升，心情非常難堪，就像是鏟子已經不夠用要用挖土機挖洞自己跳下去般。

這種聽錯的情形，如果只是聽力差所導致的，其實並不那麼讓人介意。而是因為顯露了口譯員的無知，才會讓人懊惱不已。不是我不服輸，俄羅斯一般人民都聽聞過傑弗瑞·薩克斯

---

12 加夫里爾·哈里托諾維奇·波波夫（1936－），於一九九〇年至一九九二年期間擔任莫斯科市長。

13 此處指蘇聯邁向市場經濟，過渡期間的「500天計畫」。

教授的大名，我當然也知道。然而，知識和教養若在必要時不能如電光火石靈光閃現的話，就等於零，就是暴殄天物。

## 2 時間啊，暫停吧！

接下來要繼續談談口譯與筆譯的不同點的相關話題。打從本章開頭就一直持續強調，口譯與筆譯的媒介分別是語音與文字。但在這裡要請各位注意的是，文字是空間性的存在、語言是時間性的存在。利用記錄在莎草紙（Papyrus）、羊皮或刻在石頭上的文字來表達的語義，即使經過了幾千年，依然能解讀、保管，被保存到今日。

然而，別說是幾千年前，在錄音技術開發出來之前，不論是多麼偉大的偉人所說的話，只要沒有用文字記錄下來，人類發出的聲音語言，完全不留形影。不過呢，正因為語言本來就是在發送中途就會消失的聲音，人類為了不讓它消失才會發明文字，所以文字是擺脱時間限制的空間性存在，也許是自明之理。

總之，口譯以聲音為媒介，在流動的時間中發聲，不像文字能夠停留在眼前，是「會消失之物」。換言之，聲音不能重新再聽一次，是不可逆之物。當然，隨著唱盤、錄音機的登場，可逆的，亦即能倒轉時光的口譯也得以例外存在。

例如製作電視字幕時，可以無數次重聽某段聲音把它翻譯出來。不過這麼一來，與其說是口譯，也許還不如說是筆譯比較適合。

在大多數的口譯現場，脫口而出的語言，不論是發言者的發言或是口譯的翻譯，都只限於那個場合，它們一去不返。像筆譯般可以數次重讀原文或自己的譯文這種事，是不可能的。因此，對口譯員來說，自備天然錄音機（記憶力）是必要的。對於發言者說的話，口譯員至少必須在自己翻譯結束之前，把內容保存在記憶庫裡。在緊接著原發言後進行的同步口譯上，記憶力扮演著很重要的角色，但是記憶力負擔更重的口譯類型，還是逐步口譯。通常為了補強記憶力，口譯員都會記一些特別的筆記。

口譯員作筆記的方式，和學生時代在課堂上記的筆記相當不同。一般來說，課堂筆記都會記下討論主題、重點，一個月前、一年前在課堂上學到的東西即使忘光了，讀了筆記後應該可以理解上課的基本內容。

反觀口譯筆記的壽命，從發言者開始發言到口譯員譯完為止的存活時間非常短暫。此外，剛才聽到的話在口譯員的記憶裡還相當深刻，筆記終究不過是輔助記憶的方法。這種情況下，談話的要點或主旨還鮮明地存留在口譯員的腦子裡，因此筆記的重心就在於數字、專有名詞、精確的詞語、發言者獨特的表達方式等。因為口譯員必須用其他語言盡可能忠實而完全地把發言者的話再度呈現。

我常被問道：「那麼，這筆記是不是跟速記很像呢？」其實兩者大不相同。速記的目標，是盡量把發言內容完全地、可以的話一字不差地記錄下來，因此速記的基本記述單位是我們平常慣用的五十音極度簡化而成後的符號。

所謂口譯，經過記憶重現後，已經成為不同的語言，所以是不需要逐字逐句記錄的筆記。取而代之，由於口譯員必須將意義完全不遺漏地記起來，可以利用圖畫、漢字、數字符號，或只有本人看得懂的符號。總之就是記憶發言，然後以容易再現的形態來作筆記。其實有幾種固定的口譯筆記方法，但也有許多口譯員會自行開發。

記者在採訪或蒐集素材時也會作筆記，但記者在自己需要的訊息出現時才會作紀錄，沒必要記錄全部的發言。

口譯員不能這樣。口譯員沒有選擇發言者發出的訊息的權利。無論發言者如何胡言亂語，或是說了很愚昧的話，口譯員的職業義務就是把它全部傳達給聽者。

雖說會作筆記，但這也必須要累積一定的功力。剛入行時，一作筆記就會顧不得聽發言者的話，而且記憶也變得模糊。至於筆記的成果如何呢？結果是根本看不懂自己的筆記，當場呆若木雞非常難堪。有人覺得反而不要作筆記口譯起來還比較順，或是嫌麻煩就不再記了。

騎腳踏車也是一樣，在能夠運行自如、御風而行之前，會不只一次這麼說：「啊，我不適合騎腳踏車，我不學啦！」因此，明明有機會學騎腳踏車卻學不會，就這樣長大成人的人大有人在。就像這樣，以口譯這一行來餬口的人到頭來學不會作筆記，這種人也很常見。然而，我在此舉一個「他山之石」的實例，可以看到不會筆記的悲慘下場：

一九九一年四月，當時的蘇聯總統戈巴契夫來訪日本。在他抵達日本第二天，於首相官邸舉行的晚餐會曾在電視現場轉播，不知各位還有記憶嗎？

當時擔任海部俊樹首相的口譯員，是外務省一位蓄了鬍子的口譯官，他早就把準備好的譯文全部讀完了。戈巴契夫總統的口譯員，就是那位鼎鼎有名的L氏。總統明明正在讀演講稿，那個人卻兩手閒著沒事。別說是譯文，L氏的手邊連原稿都沒有，我為什麼知道呢？是因為在演講進行中聽到L氏拜託戈巴契夫：「啊，剛才那個部分請再說一次。」

為什麼沒有給L氏原稿呢？如果真的沒給他，為什麼L氏在演講之前沒有拚死地努力去要原稿呢？在電視台監看對照原文、譯文稿和演講的我感到納悶。

事實上，至少在演講前二十四小時，雙邊首腦會議的演講原稿會以外務省層級互相交換，並付上外務省認可的翻譯稿發布給各媒體。這麼做，大概是因為那樣的演講，外交上的字字句句都不能出任何差錯吧。

如果L氏擁有天才般的記憶力以及口譯能力，如果他擁有將花上數小時寫就的精闢文稿當場轉換為優美譯文的能力，那麼沒拿原稿是可被允許的。

然而，事實並非如此。L氏把好幾個概念或句子省略漏掉沒譯，可能是本人也亂了陣腳吧，浮躁口譯的結果，遠遠配不上當場得體的縝密而優美的文章（無論講稿原文或譯文都是如此優美）。

比起如此更讓我驚訝的是，L氏甚至沒有記筆記。看到這一幕的英語同步口譯員也驚訝不已。

我並不是要提高自己身價而貶低L氏，只覺得說不定什麼時候我們也會犯下同樣的錯誤。因此，我歸納出以下的教訓：

第一，原發言是以讀稿方式進行的話，一定要努力在事前拿到原稿。

第二，進行逐步口譯時，不要對自己的記憶力過於自信，一定要記筆記。口譯能力就是筆記能力，這麼說一點也不誇張。

我後來才知道，那次首相晚餐會的口譯員本來預定要請K氏，據說K氏當然在事前拿到原稿與譯文著手準備口譯工作，但是L氏在演講眼看要開始時才說「讓我來、讓我來」，硬把口譯機會搶了過來。同樣的招數，在戈巴契夫之前面對財界代表評價不佳的演說時，L氏再度故步重施。

這一點，我們也要引以為戒。

——拙文〈總統的口譯員〉，收錄於俄語口譯協會會報第三號

原發言者若是朗讀事先準備的文章時，口譯員一定要努力在口譯進行之前想盡方法拿到那份原稿，這在前面拙文中我再三強調過。不過，這麼說，可能會被嘲諷：

「朗讀原稿也好，即興發言也好，發出來的不都是聲音嗎？不知道何方神聖打從前面一再強調口譯員的翻譯對象就是聲音不是嗎？」

其實，那是因為，書面語言與口語，對於進行口譯的人而言具有決定性的不同。純粹的說話語言，也就是即興的說話語言，是邊思考邊講出來的。簡而言之就是配合思考的速度與順序來講話。這樣一來，訊息或意義傳達出來的速度比較緩慢，而且文句的構造比較單純，所以對口譯員來說，非常容易理解，容易作筆記、容易記憶，也容易翻譯。

反觀書面語言，在多數情況下都是花費幾小時、幾天乃至於幾個月的時間精鍊出來的，也

就是經過推敲的成果。書面語言極力省略冗文贅字，因此訊息密度極高，或是表達非常講究、蘊藏訊息複雜。

書面語言有時也會引用文學作品或哲學家的告誡。換言之，裡頭濃縮了遠比實際朗讀所需時間還要多得多的時間。當那樣濃密的訊息轉換成在發音途中即消失的聲音，要去聽取、理解、記憶它，並非易事。越專業的口譯員就越能深刻了解這件事，因而不會過度相信自己的記憶力。因此，發言者要宣讀文稿時，事先一定要盡最大努力把原稿拿到手。如果無法到手，至少也要記筆記。

那麼，我們能作多長時間的筆記然後將它重現呢？這答案根據內容而有不同，我個人最長紀錄是三十分鐘。而且那還是我非常了解的領域。對於不熟悉的領域、臨時抱佛腳的專業用語，例如擔任放射線醫學研究會等的口譯工作，即使作了筆記，記憶容量也追趕不上，結果須請報告者每發言一句就先畫個句點暫停一下。不過這世上強中自有強中手。這裡，再度請法語口譯員三浦信孝先生登場。

三浦：我要說一個工作至今最傷腦筋的故事。從事口譯工作大約有二十年時間，最傷腦筋的一次，就是在文學演講會上遇到 Mandiargues[14] ——這位最近過世，可說是超現實主義的末

14 André Pieyre de Mandiargues (1909–1991)，於一九六七年獲法國龔固爾獎、一九八五年獲法國國家文學大獎。

代作家、情色文學最後旗手般的人物，此人來日本時為他口譯時發生的事。當時演講主題是「情色文學的系譜」。以前，三島由紀夫的《薩德侯爵夫人》曾由我翻譯初稿，而這位作家把它翻譯為優美的法語，三島的這部作品後來在法國多次上演，非常賣座，並成為法國戲劇的固定劇目。因為這層緣分，他的演說由我負責口譯。為時一小時的演講，他一次都沒停頓下來（笑）。真是兵荒馬亂。最讓我走投無路的就是這一次……其實，在演講前事先討論時，我問他：「不知道您是否有原稿或筆記之類的東西呢？」Mandiargues是個冷淡而嚴肅、堅持己見、孤高的詩人與文學家，極難取悅，他說：「先打草稿再演講的傢伙腦筋都不靈光。我演講不用稿子。」（笑）我跟他說：「麻煩演講中間偶爾停頓一下。」但他答道：「要是那麼做，靈感會斷了線。我全部講完之後你再翻譯。」（笑）在演講即將開始之前聽他這麼一說，演講時我真的拚命地做筆記，記了好幾十頁吧。這是我最慌亂的一次經驗。

提問：結果還好嗎（笑）？

三浦：後來我聽寫錄音內容，刊登在現已停刊的中央公論社《海》月刊裡。慘不忍睹（笑）。當然我有重聽錄音帶，我自己修改了一些很離譜的地方。多虧我對情色文學多少有點興趣，有些部分再靠常識彌補不足，不懂的地方只好胡謅譯過。

——第十三屆口譯諸問題研討會，一九九二年一月，於日蘇學院

如果各位以為三浦信孝先生這一小時是最高紀錄的話，我再舉個例子，口譯學者艾德蒙・卡利在聽完法國外交官安德烈・弗朗索瓦・龐賽長達二小時半的全部演講之後才展開口譯的達人事蹟。

這是第一次世界大戰後從巴黎和平會談到國際連盟[15]成立期間發生的事。正是前者口譯團隊的領導者倫敦大學歷史學家保羅・曼托（Paul Mantle）教授，以及擔任後者口譯的安東尼・威爾曼（Antoine Wellman）等人建立了逐步口譯的基本型態，也被沿用至今。

逐步口譯基本型態的重點，就是口譯員沒有權利打斷發言者的發言。因此發言者可以自己決定要說多久，覺得必要時再中斷談話。停頓的空檔，和發言者發言的時間幾乎一樣，口譯員就趁此進行口譯。這種型態保障了發言者擁有最大的自由，卻也束縛了口譯員。此外，此派逐步口譯者開發了不論演說時間再長也能夠重現記憶的特殊筆記技術。

我一再提到筆記的必要性，但自己卻不擅長作筆記，口譯時因為無法判讀筆記而冷汗直流的經驗，或許雙手雙腳加起來數還數不完。即使如此，並不是因為惱羞成怒才這麼說，但筆記畢竟不過是輔助記憶的手段而已。它能幫助記憶在轉瞬之間定型，是重現記憶的符號線索。但說到底我們要仰賴的是記憶力，最重要的還是延伸與促進記憶力。

---

15 簡稱國聯，一戰後組成的國際組織。曾擁有五十八個會員國，後被聯合國取代。

本來，口譯員必須具備的，不只是「瞬間的記憶力」——口譯作業中從發言者發言到口譯結束為止的短期記憶力，還有兩種記憶力不可或缺，等一下談到時，再來思考有關延伸、補強記憶力的方法。

## 3 時間女神對口譯不留情

以前《金賽性學報告》曾經風靡一時。這是美國的金賽博士（Alfred Charles Kinsey, 1894－1956）以問卷方式進行性事調查後寫成的報告，收集整理了長期被蒙上神秘面紗的人類性生活相關的實際體驗。在日本曾召開多次《金賽性學報告》相關的研討會，聘請美國學者參加，因此動員了許多英語同步口譯員。這裡要介紹其中一位口譯員田中祥子女士的經驗談。

順帶一提，田中女士不僅是英語達人，據我所知，她也是我國所有語言的口譯員中，最厲害的日語高手。

舉例來說，「明年度日本ＧＮＰ成長率為４%左右。」對此發言，如果有人這樣回應：「Oh, it's too optimistic!」田中女士絕對不會翻譯成：

「那也太過樂觀了。」之類的不成熟語言。而是：

「這個解讀太過天真了」

這樣的口譯真是令人嘖嘖讚嘆。

有機會聆聽田中女士表現力豐富、準確、悅耳又有節奏感的日語的人，會重新認識到：屬於口說語言的非文章性語言的日語，是「如此美妙、豐富且富含柔軟性。」

我們雖無法像田中女士那麼嫻熟地運用日語，至少具備享受田中女士的日語的基本能力，此種幸福，可以細細品味。

然而，與人類性生活有關的領域多不勝數，就算是田中女士這樣的日語達人也有不知道的用語。

「這樣辛苦地記起來，就這次而已，以後不會再用吧？」

有的特殊用語會令人產生這類想法。

「啊，那麼令人害羞、粗俗的用語，雖說是為了工作，但真的要從自己嘴裡說出來嗎？」或是出現類似帶著一抹不安的表現。但因為是專業口譯者，在研討會結束之前，就要把這些用語好好印在腦子裡。

同步口譯這工作需要高度的專注力，所以大約會以三人為一組，每十到二十分鐘左右輪流口譯。同步口譯中的口譯員，因為要同時進行聽取、譯出兩種行為，本來應該聽取的發言者的聲音，會受到自己聲音的影響而消失無蹤，或是因為要掌握說話的順序邏輯而漏聽了數字或專有名詞，抑或一時想不起精確的譯語等。因此，同一組的成員不只為了輪流換班而存在，也要為正在口譯的夥伴記下數字、專有名詞或貼切的譯語等，在必要時遞出備查，或是在夥伴來不及的情形下取而代之幫忙口譯。

很弔詭的，剛才提到的性學研討會一旦開始，畢竟是專業意識發揮了作用，本來擔心難以說出口的用語，雖然害羞但還是以穩健的語調順利脫口而出。即使如此，一位報告者在說出某個單字時，田中女士一瞬間猶豫不決：

「啊，雖然可以用最近記的那個譯語，但我無論如何都不想說出那個毫不遮掩的、非常直白的說法啊……難道沒有婉轉一點的表達方式嗎？」

在那不到五秒的空檔，同一個口譯區裡的另兩位口譯員，以為田中女士是突然忘了那個譯語，就把她刻意想迴避的那個字，大大地寫在筆記簿上一起遞到了她眼前。

正如各位從以上的例子中所見，區分口譯與筆譯的第三項相異點，就是口譯被分配到的時間是相當短的。對於口譯員來說，時間的女神好像和我們有仇似的，毫不留情。

口譯從接收輸入的訊息到轉換為其他語言為止，時間的間隔幾乎等於零。在進行語順不同的語言的同步口譯時，時不時要先偷跑，基於自己的猜測先進行翻譯。例如，日語通常敍述部分在句尾，要將它轉換為主語後面直接加動詞的歐洲語言時，發言者還沒講完，就要大膽地猜測把它口譯出來。這麼一來，時間間隔連零都談不上，根本是負的。

其實不僅是同步口譯，逐步口譯也是必須緊接在原發言之後無縫接軌般進行口譯，因此思考時間極度被壓縮。日商岩井公司前莫斯科分店長月出皎司先生也是口譯專家，他的口譯能力十分高明，屢次以商社社員身分受雇為口譯員，而且長年對口譯界進行觀察。關於這一點，月出皎司先生表示：

這是非常有名的案例。如果我報出大名各位一定會「哇……」地驚呼的人物。這位已故的日本財金界大老級人物，曾到蘇聯與當時蘇聯最高領導人會面。

雖然是貿易問題為主的會面，但在當時的時代背景下，這位大人物認為必須針對北方領土的問題[16]發表意見才行。所以，就在最後談話要結束之前，他突然迸出一句：北方領土問

---

16 北方領土問題，又稱為「北方四島問題」。北方四島位於千島群島以南與北海道東北部之間，包括擇捉島、國後島、色丹島和齒舞群島。北方四島在地理上屬於千島群島，俄羅斯稱之為南千島群島，日本則稱之為「北方四島」。關於這四島的所有權，日俄兩國爭執了近四個世紀，仍始終未能解決。

題非常重要。後來，這位大人物在記者會上如此說道：

「我提起北方領土問題，那個蘇聯的某某先生（非常偉大的人物）說了『嗯，那個問題嘛……』就說不下去了。話都沒說完，是不是表示對我的主張提不出適當的反駁言論呢？關於北方領土問題，蘇聯那邊也感觸良多。我們是不是應該更強調這塊呢？」

實際的情形是怎麼樣呢？我從某人那裡聽說，蘇聯方面的口譯員把日本大人物的話口譯了出來，這位大老級人物，講話也不留情面。因此，蘇聯那邊的發言者說道：

「不，那個問題已經解決，不存在了。」

此時口譯員已經全員站起來。

「嗯，那個嘛……」

大老似乎言猶未盡，但當下大家都從現場撤退了（笑）。

——第十一屆俄語口譯諸問題研討會，一九九〇年一月，於日蘇學院

## 4 只能運用現有棋子

翻譯者為了能完成更完美的譯文，比起口譯員被賦予更多潤飾、思考的時間。筆譯時不但可以查字典、查參考書，也可以閱讀專業書籍，或是打電話詢問專家或前輩。曾有知名的筆譯家，為了想出好的譯文，三天三夜絞盡腦汁，結果在夢裡得到了最貼切的譯文。

然而，以上的方法口譯員都辦不到。在口譯進行當中，口譯員只能總動員自己現有的記憶材料。字典、參考書、專業書籍等等外部記憶裝置都不存在於備查名單。口譯不像筆譯，記憶的負擔可以讓外在記憶裝置代勞。

除了現有的記憶力，可以盡量依賴的是口譯時作的筆記，以及在口譯之前碰運氣製作的、一張紙大小的迷你用語集。另外，出生以來有意識、無意識形塑的教養與常識，事前累積或囫圇吞棗吸收的知識、語彙等，只能將這種種記憶棋子在瞬間抓出來運用。

我曾聽過一場環境問題相關的論壇，俄國報告者的發言和俄籍日語口譯員的翻譯結果落差大得驚人。

**俄國報告者：**（俄語）尤其嚴重的是，因為工業排水沒有適當處理，所以滲入地下，而引起地下水污染。

**口譯員：**（俄語譯為日語）有個特別嚴重的問題。下水道污染得很厲害，讓人頗為困擾。

**日本方與會者：**（日語）這意思是說，污水處理場的容量不足嗎？

**口譯員：**（將日語譯為俄語）地下水的埋藏量不足，不能利用是嗎？

**俄國報告者：**（俄語）的確，關於地下水又是另一個問題，由於濫用工業用水，所以很擔心地下水枯竭。因此，部分地區甚至出現地層下陷的危險，目前有學者已提出這樣的警告。

**口譯：**（俄語譯為日語）產業界使用很多很多的污水，所以已經沒有污水了。有些學者表示，地球陷落了。

**日本方與會者：**……（無言）。

因此，恐怖的是，無論發言者說了多麼博學多聞、深具洞察力和深度的事情，若超越了口譯員的理解和表達能力，說過的內容就不可能傳達給聽者。因此，決定要吃口譯這一行飯的人，必須持續不斷提升自己周旋於兩種語言的能力，要把這一點奉為這一行的圭臬。

各位知道「消極語彙」、「積極語彙」的概念嗎？不只限於語彙，通常知識大致被分為被動習得及主動習得兩種。而就算我們竭盡全力，積極知識也不會凌駕消極知識之上。讀了能夠理解，但想寫卻寫不出來的漢字多如牛毛。讀了森鷗外的文章，就算能夠理解、深受感動，若被要求「那麼，你也寫寫看媲美森鷗外的文章吧」，並沒有人能夠辦得到。

簡而言之，所謂消極知識，是能夠理解他人說的話、寫的文章，意味著被動的知識與語彙。而積極知識，是指自己說話、寫作時能主動使用的語彙與知識。

要理解發言內容，只需要消極語彙或消極知識就夠了，但如果想把聽到的事情轉換為別的語言再傳達，做為表達手段的語彙、知識、技術如果不是精通程度，就無法熟練地運用。口譯不斷往來兩種語言之間，必須縮短兩種語言的消極語彙與積極語彙的差距。

大學教授平常能夠流暢無礙地閱讀外國文獻，但若要用那應該很拿手的外語來發言，卻無法以符合學識和智慧的層次準確表達，常常會讓自己和身邊的人緊張不已，這就是積極知識和消極知識之間的落差造成的。

我的恩師德永晴美先生曾說道：

「聽到別人的口譯，如果覺得『這傢伙怎麼這麼差』，那個口譯員的水準一定跟你差不多。如果覺得『啊，這種程度的口譯我也辦得到』，那麼那個人應該比你厲害得多。」

這番話並不是在說明「嚴以律己、寬以待人」這樣的做人道理。聽別人的口譯時，只要啟動消極知識就夠了，自己發表或口譯時，積極知識就必須派上用場，消極知識經常在數量上超越了積極知識，客觀來說是理所當然的真理。

利用是非題或選擇題的考試可以確認、開發的，頂多是消極知識。論文、報告或口頭測驗等透過發表的形態才能測試積極知識或技能，並使其延伸拓展。不限於外語，日本學校教育系統的所有科日都是極為偏重前者，結果兩者的距離當然只有越來越遠。正用機械打出這些很像很了不起的事情的我，本來就很貧乏的漢字相關的積極知識也變得更加消極了。

## 5 不可搶先！

不知道是什麼因果報應，時間女神對口譯員的殘酷對待還不止這些。相對於筆譯者可以配合自己理解原文的速度來讀取原文，口譯員並無法調整原發言的速度。

這對翻譯必須要和原發言並肩而行的同步口譯者來說是特別嚴重的問題。時間的女神也許無法原諒對抗高高在上的自己的不遜之徒的挑戰。

美國總統柯林頓打從擔任阿肯色州州長時期，就以講話速度快而聞名。活躍於NHK報導等節目的同步口譯員篠田顯子女士，曾經針對這件事寫信給柯林頓總統：

「您講話實在太快了。不過現在當上了總統，您的發言透過同步口譯在全世界的電視或廣播播放。我們口譯員都想盡可能正確無誤地將您的發言傳達出去，但是若是用那樣的速度講話，我們很難辦到。」

然而柯林頓先生呢，當上總統後不見這封信對他產生影響。篠田女士這邊也不氣餒，她說：

「那個人好像是妻管嚴，下次我來寫信給第一夫人希拉蕊。」

口譯相關理論開始發展的時期，大約在一九五〇年代中期，葛弗（Gerver David）這位知名口譯學者測量了進行英語與法語同步口譯時最理想的原發言速度。根據這個測量結果，最理想的速度是每分鐘一百到一百二十個單字；如果每分鐘講了一百五十到兩百個單字，口譯的品質會下降，也就是訊息會遺漏，誤譯的機會也會增加。

其實，單字量大，並不見得訊息就比較多。

「欸，這個嘛……是的，我想說的是，簡單來說，也就是說，嗯，怎麼說呢，那個，欸……」

諸如此類訊息貧乏的發言，就算用飛快的速度講出來，也不會造成什麼困擾。發言者像連珠炮般快速講完，口譯即使不翻譯，對談話內容也沒什麼太大的影響。

比起單字的速度，訊息的速度才是問題所在。時間單位的訊息密度和口譯員的處理能力，其關係是成反比的。

前面我曾提到，本來口說語言的訊息密度就比書寫語言的訊息密度小。口說語言會消失不見，這是宿命。再怎麼張望、再怎麼翻找，說過的話好像船過水無痕，如果沒有錄音什麼都不會留下。對於消逝而去的事物，我們用聽力聽取，把它銘刻在記憶的皺褶中，為了對抗漏聽或健忘這類人類習性中的負面因子，口說語言也發展成相當難纏的語言。即使在違背意圖的多次反覆下，仍能繼續進行。而且，口說語言中還夾雜著很多可有可無、不影響談話內容的詞語。簡單來說，有許多多餘的詞語。以學術用語來說就是「贅語性」很高。

不論是哪國的語言，口說語言中的贅語率，也就是含有多餘詞語的比率達百分之六十到七十。根據時間及狀況的不同，贅語甚至可能多達百分之九十甚至一百也有可能。

這個贅語，可能是訊息女神對飽受時間女神霸凌的口譯員動了憐憫之心派來的救生船。同步口譯能夠達成，簡直是多虧了訊息女神藉著贅語性對口譯員高抬貴手。對口譯而言，尤其是對同步口譯這種行為來說，贅語性是存在基礎，是形成口譯機制與基本技術的依據因素，因此我想在其他機會再進一步詳細探討。

反觀書寫語言，通常贅語性很低，訊息密度很高。一般來說被稱為優美的文章會盡量除去多餘的贅肉、內容精實。不過，這種訊息極為濃縮的文章，如果發言者拿著這樣事先努力思考、把多餘詞語全部刪除的原稿，一口氣沒有抑揚頓挫讀下去的話，口譯員就會陷入無法履行工作的窘境。

我要奉勸國際會議的主辦單位及與會者，難得花費大把資金與寶貴的時間，也希望透過口譯員把內容傳達給使用其他語言的人，那麼，請務必不要用書寫語言來讀稿，而要用口説語言來表達。如果無論如何還是決定要讀稿，麻煩請事先把那文章交給口譯員。請將您反覆琢磨文稿所花費的時間，在正式讀稿之前撥一點給口譯員，哪怕是十分之一也好，讓口譯員先讀過文稿，抓重點、思考譯語，進行這些準備工作。

在聯合國等國際組織的會議上，同步口譯成為平常溝通的手段，但如果發言者快速宣讀沒有事先給口譯員的文章，口譯員們會一起憤而離席走出口譯區。這時候好像還會撂下這麼一段話：

「發言者現在以極快的速度宣讀文章，但是事先並未將那篇文章交給我們口譯員。在這種條件之下根本無法達成令人滿意的口譯。與其因為誤譯造成大家的困擾，我們選擇不要口譯。」

目前為止，日本的同步口譯員還沒做過這種事。但我常常想，如果真的遇上那種情況，大家會杯葛到什麼地步呢？

某個在日本召開的會議，因為難以忍受發言者以快速而毫無抑揚頓挫地照本宣科，日籍的法語口譯員D氏就從同步口譯區中跳出來毆打那位發言者，並抓住他的衣領吼道：

「喂，仁兄，給我想想口譯的存在再開金口！」

這是真實事件。我們口譯同業者，都能痛切理解D氏的憤怒。我呢，對於這類發言者，有時甚至會氣到萌生殺意的程度。

其實，為了阻止發言者擅自暴走，部分同步口譯系統會在口譯員手邊設置「麻煩請講慢一點」的按鈕，按下這個按鈕的話，發言者的麥克風會閃現紅色警告燈。

但就我個人經驗來說，這個紅色警告燈一次也不曾發揮它的威力。大致說來，暴走型的演說者血液衝上腦門、眼睛緊盯著原稿，應該不會分心注意到那含蓄閃爍的紅燈。如果發言者眼睛能瞥見那紅燈，應該就會顧慮到口譯並以適當的速度說話。

因此，偶爾會夢見聳動事物的我這麼想：如果口譯員按下警告鈕，台上就彈出類似拳擊手套的東西「咚咚咚咚」地連續打在發言者的臉上會如何呢？哪家廠商要不要開發看看？就算是先做個樣品也好啊。

說話的速度，說得更正確些，是時間單位的訊息密度，之所以讓口譯者如此敏感，並不只因為它影響到口譯工作能否達成，還因為它藏著危及口譯能否成立的危險。

## 記憶力之謎

口譯員必須具備三種記憶力。第一種是我先前已經提過的「瞬間的」記憶力，至少在口譯完畢之前記得發言者發言內容的能力，短則一分鐘，最長不超過一小時。

第二種是「中期的」記憶力，是至少在某個會議或研習的口譯工作完畢為止吸收、掌握不可或缺的專業知識及語彙時的記憶力，能維持半天到一個禮拜左右。

接著，第三種是「長命的」半永久記憶力。要靠口譯這一行維生，就需要這種已經內化的，無論任何專業領域都能自動、無意識地活用必需的知識、技能、語彙的能力。

而且，在必要時，這些記憶庫的內容要像電光石火般登場、發揮功用。

那麼，記憶力要如何增強呢？幼兒對於無意義的聲音的羅列或書寫在紙上的符號，宛如海綿吸水般可以毫不費力地記起來，幼兒特有的這種記憶力，狹義上，或說是單純意義上來說的發達記憶力，很抱歉，不論是我或是本書的各位讀者都不要奢望了。

不過，人類畢竟是對什麼都很貪心，正在開發可以增強（通常會隨歲月衰減的狹義上的）記憶力的裝置。但記憶裝置須從我們自己日常的經驗出發，才能確認並導出什麼事物容易記、什麼事物不容易記的方法。如果無此自覺，損失或許比老人因為痴呆而忘記私房錢或銀行存摺存放地點還要來得更大。

首先，第一點，有意義的東西容易記，相反就不容易記。若問「ガンサコロマンルダダ」（GANSAKOROMANRUDADA）和「ダルマサンガコロンダ」（DARUMASANGAKORONDA）這兩句中哪一句比較容易記？您應該也注意到了，兩句都有十個相同音節，但是以日語為母語的人，一百個人之中應該有一百個會回答後者[17]。換言之，沒有意義的東西，例如只是單純的聲音羅列就不容易記，然而即使是牽強附會只要內容有意義的話就容易記，也容易固定在記憶中。

我們這樣極為普通的平均值上的日本人，可以毫不費力地寫出平假名、片假名外加一千多個漢字，也可以讀三千個以上的漢字。英文字母雖然只有二十六個，對於那些識字率低的國家人民來說，卻有如難解的謎。不過，日本人擁有如此驚人的記憶力的秘訣，就在於漢字的特色。因為每一個漢字不只代表發音，還承載著意義，而且漢字的部首和偏旁都是有意義的，所以容易記又容易吸收。

企業為求和顧客有交集，會讓純粹數字羅列的電話號碼容易記，便會搭配數字的諧音來賭

17 ダルマサンガコロンダ是日語中「一二三木頭人」的遊戲名稱。

上公司的發展。考生為了把門捷列夫[18]的化學元素周期表、歷史年號、數學的 $\pi$ 或 sin. 或 cos. 這些符號與數字塞進腦子裡，也會藉助於諧音連想來幫忙記憶。

不過，在口譯進行當中如果還要連想諧音，彷彿像一邊走鋼索一邊躲避接二連三射過來的箭、一邊還想著晚餐的小菜要吃什麼好，這是普通人根本不可能辦到的特技。因此，碰到大量的數字或專有名詞等意義含量低的詞語時，記在筆記本裡是最妥當、風險最低的辦法。

若要追究什麼是「意義」，這恐怕橫跨了語義學與哲學等學問領域，是複雜而詭異的問題，我等無力解答。不過，我在這裡隨便說什麼「意義含量低」，其實是指「事物之所以為事物，其必然性很薄弱」的意思。

例如以下的句子：

「基輔市的人口現在有兩百六十七萬人。」

關於這個烏克蘭首都的名字之由來，和「倫敦」、「東京」或「巴黎」一樣，應該有各式各樣的歷史典故，對於生長在那城市的人們而言，會與特別的回憶與景象有所連結，這肯定是「意義很深」的東西。然而，對世上大多數人來說，基輔之所以是基輔這件事的必然性，跟

---

18　德米特里・伊萬諾維奇・門捷列夫（Дмитрий Иванович Менделеев, Dmitri Ivanovich Mendeleev, 1834 – 1907），俄國科學家，發現了化學元素的周期性，並就此發表世界上第一份元素周期表。

倫敦之所以是倫敦、東京之所以是東京、巴黎之所以是巴黎的必然性一樣，是完全感受不到的。

兩百六十七萬這個數字，對於基輔市民以及基輔市戶口調查人員以外的人們來說，為什麼不是兩百六十六萬或兩百六十八萬而是兩百六十七萬呢？在這當中很難感受到必然性。

第二，對於感興趣的東西容易記，反之就不容易記。不好意思要拿私事來舉例。我的兩歲侄子終於會叫自己的媽媽「尬」、叫爸爸「豆」[19]，但是他對交通工具非常感興趣，看到新幹線列車「回聲」、「光明」、「希望」、「山彥」、「翼」都馬上能分辨，也記得住日本列車或他國列車的製造公司、商標、機種、商品。對於身為伯母的我來說，每種列車看起來都沒有兩樣。

長達一小時不間斷的「情色文學系譜」的演講，口譯員三浦孝志先生雖說借助於筆記方能成功地記憶、重現演講內容，但他也表示：

「那是因為我多少對情色文學感興趣。」

這句話不就正巧說明了這個重點嗎？

不要說感興趣的領域，這世上存在的專業領域有些連想都沒想到過，對於常接到來自這些

19 源於日文「かあさん」（媽媽）、「とうさん」（爸爸）的發音。

領域的工作的口譯員們，從接下工作的那一刻開始，就要快速提高自己對該領域的興趣。人類對於和自己興趣相關的事物會感興趣。如果和自己的興趣無關，而是聘雇方相關的領域，那麼在接下案子後就和自己的信用、責任與收入有關。不管自己願不願意，興趣就被挑了起來。不可思議的是，原來再怎麼敬而遠之、斷言自己不甚拿手的領域，當知道、理解得越多，也就變得有意思了。如果「還沒吃就嫌難吃」，對沒接觸的東西懷有偏見的話，這一行會做不下去。連低級趣味的東西也樂於接觸，口譯員要追求的是這樣的好奇心與單純的勇氣。

第三，能理解的東西容易記，反之則不容易記。有關未知領域的發言，或是即使用母語也難以理解的概念等，就算聽了好幾次也會立刻忘光光，然而如果是針對熟悉的概念組合起來的談話，記憶的容量就大得驚人。資深的會議口譯員，與其花時間在多記專業用語，他們會傾注力量至少讀完一本該專業領域的書籍，這不僅能幫助對該領域有全盤的理解，對於記憶專業用語也有所幫助。重要的是，對於成人的大腦而言，背誦很是痛苦，相對於此，理解的過程則是快樂無比。

第四，有邏輯的東西容易記，反之則不容易記。雖說是邏輯，只要具備形式邏輯（formal logic）就夠了。簡言之，只要言語表現出的各事物之間的時序配置或因果關係很明確、不會不合理，那麼就容易銘記腦中。

屬於單字層次而缺乏意義的情況，就只是聲音的羅列，即使單字一個一個都有意義，但當那些單字的意義彼此沒有相關時，大腦不能理解，因此也就無法記憶。

請看以下的文句：

「把方向的方寫在心上，因為彼此沒有錯，好像還好。比起善，惡表示旗子是馬路。因為由旗幟擴大的構成等等可以完成制度。」

北杜夫[20]的隨筆作品《翻車魚大夫診療記》中，有一個精神分裂的男患者會隨心所欲構思新的漢字或文章。上面那個句子，就是身為精神醫師的北杜夫記錄下的男患者的談話。

對於第三者來說，面對單字與單字之間缺乏相關邏輯的文句，我們的理解力與記憶力會產生拒絕反應。

事實上，就算沒有罹患精神分裂症，但若是發言時好像只是在把單字串起來講，我們也會覺得對方「真的有點怪怪的」，這種事在進行異文化背景下的語言編碼轉換時就越有可能發生。

標記日語的符號五十音，每個文字都沒有意義，但是我們毫不費力就能順利記起來，這是因為「あいうえお」的排列是非常有邏輯、有規則的。如果把五十音字母亂排一氣的話，傲視世界的日本識字率說不定就會變低了。

---

20　本名齋藤宗吉（1927 － 2011），日本醫學博士、精神科醫師、小說家、散文家。

就算是長達一個小時的談話，如果每一句都有邏輯相關然後構成段落、每段也有邏輯相關組成全文，這樣就非常容易記。相對於此，如果句子與段落的連結不合邏輯的話，即使是一分鐘的談話也記不起來。

必須銘記在心的是，很多場合大多數的聽者無法理解發言者的語言，他們判斷口譯員翻譯正確與否的標準就來自翻譯的邏輯性。

因此，對於乍聽之下不合理也沒有脈絡的發言，口譯員更要仔細聆聽、拚命探尋邏輯的線索。有時候，會有精通日語與俄語的聽眾這麼說：

「哎呀，我完全不知道那個講者到底要說什麼，但是聽了妳的翻譯，才搞清楚了。」

對口譯員來說，這是最棒的讚美。

然而，所謂邏輯，或說是思考或表達事物道理的型態，畢竟都是從個人體驗累積形塑而成，因此要注意不能只根據口譯員自己的邏輯來理解，或把發言者的邏輯偷偷換成口譯員的邏輯等。以發言者的角度，努力掌握其邏輯，口譯員要追求的是這樣值得讚賞而謙虛的態度。

第五，有故事性的東西容易記，反之則不容易記。軼事、笑話、相聲等等，都是具有起承轉合的故事。多虧如此，即使只聽過一次也能清楚地留在記憶裡，或可以講給其他人聽。自古以來，所有民族傳承下來的傳說或童話，正如口傳文學一詞，是不識字的民眾自古用口語代代相傳的。正因為有故事，才能讓人記得驚人數量的訊息，用口說傳承至今。

盲眼的琵琶法師當然無法閱讀文字，但大家都知道他熟記了敘事詩的長篇鉅作《平家物語》[21]。這樣的吟遊詩人，曾出現在世界各國，他們走遍各個村落，說唱敘事詩。然而隨著廣播與電視的普及，對他們的需要也結束了。

厲害的發言者可以吸引聽眾的耳目，直到最後都能維持說話張力的發言者就皆具備這種說書人的素質。這樣的報告者，也存在於核能領域、醫學領域、經濟領域中。這些人的報告，口譯完畢之後即使經過數年，我也有自信能夠記得並重現。

而且，表面上好像看不到故事脈絡的談話，如果能感受到其中有如地下流水般的潛在故事時，當然也會格外減輕口譯員的記憶負擔。

第六，有節奏感的、音調佳的東西容易記，反之則不容易記。

眾所周知，歐美人把英文字母譜曲變得琅琅上口。

日語中有音調的，是五七五或五七五七七這樣有規律的音節反覆，這基本上決定了日語各

21 十二世紀鎌倉時代以來，日本樂史中出現一批盲眼的琵琶法師，專門說唱以《平家物語》藍本的武士戰爭故事，稱為「平家琵琶」流派。

種定型詩的型態。[22]剛才提到的《平家物語》也是，和故事性一樣，定型詩的節奏也有減輕記憶力負擔的功能。

很多日本人自然而然地把「百人一首」[23]當成遊戲，享受背誦的樂趣。日本人在日常生活中不知不覺就能脱口說出一茶[24]的俳句或啄木的詩歌，都是多虧了節奏感。

有調查結果顯示，小學生中，世上最早學會計算能力的是日本的小學生。我覺得這和日本「九九乘法」以詩的形式呈現息息相關。

第七，容易想像的東西容易記，反之則不容易記。各位記得《苦兒流浪記》[25]這個故事嗎?它是世界兒童文學選集中必定收錄的名作，描寫棄兒雷米和年老的街頭藝人四處旅行賣藝，途中遭遇各種悲歡離合，經歷千辛萬苦終於和家人重逢的故事。在這旅途中，雷米巧遇豪門母子，他們其實就是雷米的親生母親及弟弟，但當時彼此並不知道這個事實。生活在豪華船上、坐著輪椅的弟弟為了默書而傷腦筋，雷米看到這種情形，把文章拿來只讀了一次，很快就背了起來。少年（弟弟）問雷米：

---

22 五七五為三行共十七字音的俳句格式，五七五七七為五行共三十一字音的短歌格式。

23 「百人一首」一般指《小倉百人一首》，為選自《神古今和歌集》中百位歌人的百首和歌詩集。

24 小林一茶（1763 － 1827，本名彌太郎），日本著名俳句詩人。

25 《苦兒流浪記》（Sans famille）為法國作家賀克多・馬洛於一八七八年出版的小說。

「為什麼可以背這麼快呢？」

雷米答道：「這篇文章描寫環繞在山林中的廣大草原，太陽燦爛地照射著，草地因此閃閃發光。羊兒在草原上吃草的景象，就浮現在我的眼前。所以自然而然就能背起來了。」

也就是說，很容易可以浮現一幅畫面的東西就容易記。

大三時，我詢問順利通過司法考試的朋友背誦的秘訣。他說他想像一張用筆墨寫下非背不可的法律條文的紙，就像拍照般把它烙印在自己的腦海裡。

我在作口譯筆記時也常利用圖形或圖畫幫助記憶。上升、向上、發展或成長，就畫個箭頭向上；下降、下滑、低下或退步，箭頭就往下；罷工或抗爭就畫個拳頭。而寫漢字又比用假名能更快、更方便地讀取意義。漢字代表字義而非聲音，它們本來就是由圖畫衍生而來的。

以上列舉了我所能想到的七種記憶增強法，其實這些也都是訊息的整理方法。

如果把衣服或文件亂七八糟塞進架上或櫃子裡，不但放不下，往後需要時要找也要費一番功夫。先整理好再放進去的話，出乎意料之外可以放入更多，要拿的時候也能輕易拿到。記憶不也正是如此嗎？

即便如此，千年以前，表記日語的四十七個文字，並不是以字母羅列排出，而是被編成具有意義、節奏、意象與故事的〈伊呂波歌〉[26]，它的作者早已深知記憶力的秘訣了。脫帽致敬。

關於記憶，最後要引用的是美國一位工業設計師南西．馬丁的演講內容。此人在希臘取得學位，活躍於義大利。該演講曾由義大利語譯者田丸公美子女士口譯，她對它印象極深，所以講給我聽，我間接引用，是現學現賣的現學現賣。本來把別人的話再傳達給別人就是口譯這一行的本事，或許「現學現賣」是習性，但我竟敢在這理現學現賣，是因為這故事蘊含了口譯的真理。

就像這樣，各位前來聽我的演講，然而從耳朵聽進去後固定在記憶中的比率，只有百分之十。眼睛讀到的訊息的固定率比較高，有百分之三十，所以現在起我要給各位看幻燈片……

接著，自己體驗、經歷過的東西的固定率，最高可達百分之八十。因此，聽課、讀書都是必需的，自己直接嘗試則是一定必要的。

話不多說，我就此打住，我想請大家移駕到隔壁廳的工作坊，每個人都可以直接參與。

26 〈伊呂波歌〉（いろは歌），又作〈以呂波歌〉，日本平安時代的和歌，作者不詳。〈伊呂波歌〉全文以47個不重複的日文字母組成，以七五調格律寫成，為另一種記誦日文字母的方式。

不只是田丸女士和我，恐怕以口譯餬口的人們都會對這番話猛點頭吧。前往會議現場，試試自己臨陣磨槍吸收到的知識或概念，把它們更正確、更確實地成為自己的部分，就在會議當中，也就是口譯的現場。

「啊，這個會議明天才開始的話，我的口譯表現一定更加完美。」

會議的最後一天，我們總是這樣後悔莫及。或許什麼行業都是如此，但對口譯員來說，最棒而且最佳的學習場所，就是工作場所本身。

## 7「損益平衡」法則

我一直提到時間女神對口譯員如何冷酷無情，對我們怨念之深，但世間命運安排，巧妙到讓人不由得發出「嗯，原來如此……」的讚嘆。世上的損益計算，為的是最後帳目對得上。口譯員履行工作的條件雖然嚴苛，但跟筆譯比起來，值得令人感謝的，或說比較不吃虧的地方其實有三點。

第一點，對口譯的要求不像筆譯那麼追求完美。筆譯的使命，不只傳達訊息或內容，乃至於表現的方法，以文學作品來說就是表現方法醞釀的氣氛，全部都要傳達出來。對口譯不要求完美，是因為在時間壓力這個大前提之下才被允許的。

第二點，筆譯作品會留傳給後代。自己的成果，亦即工作的足跡，會以文字形式確實留給後世。就這層意義來說，和工作成果馬上就消失的口譯相較，這是令人羨慕之處。不過，這是就「名譯」而言。反觀誤譯、怪譯也是永遠永遠晾在他人眼前，如坐針氈也很難脫身，這不是很痛苦的事嗎？

就這點來說，口譯成果就算再差勁，都會消滅，不會留下痕跡。其實，如果做了一次非常經典的誤譯，就會深印在人們記憶中，有被誇張渲染、淪為口譯界傳奇的危險。即使如此，口譯不像筆譯會留下無法逃避無法隱藏的確鑿證據，口譯員也因此可以鬆一口氣。暫時把羞恥拋到腦後。

然而，慘的是最近的電視報導等節目，很多都會利用同步口譯，我擔任同步口譯時譯錯的地方重播了好幾次，害我一整天都盡可能不要和朋友見面，這種事情屢見不鮮。不過所幸電視新聞的壽命很短，頂多忍耐二十四小時也就撐過去了。

而且，基本上在絕大多數的情況下，口譯是只限於那個場所的「用過即丟」的東西。

第三點，我不太想大聲張揚這一點，但同樣是花時間，筆譯者只要擠不出譯文來，不管過了多久工作都不會完畢。反觀口譯員就算翻譯得再糟、再慘，甚至根本翻不出來，可是只要合約時間一到，工作就結束了。時間女神雖然對口譯員很殘酷，但或許在這方面就睜一隻眼閉一隻眼了。

由上述各點您可以知道，自己的個性是否適合口譯。也就是説，口譯這工作，受到嚴格至極的時間限制，如果無法達到最適、最佳的口譯就忍受次好的口譯。也就是説，口譯是必須不斷妥協的職業。

例如，如果一時之間想不起「尿液」的貼切譯語，就先臨機應變用「尿尿」、「小便」或「液體排泄物」等説法湊合一下。以前有位捷克的著名日語學家，陪著日本女性抱著生急病的孩子去醫院，結果尿液用「溺」（いばり）也譯得通。那時候的日本女性，聽説是想起了《源氏物語》，「啊，他是在説小御水（お小水）吧」作了如此理解。

這種事情，對完美主義者來説恐怕是無法忍受的吧？我想，對於要花費一天、兩天、三天琢磨字句追求完美的人説，口譯這份工作是絕對不適合的。

不過，另一方面，我覺得口譯員偶爾也應該要接筆譯工作。我通常撥八分的時間給口譯，至少也要拿兩分時間從事筆譯工作。為什麼呢？因為口譯這行為，仗著時間限制這個理所當然的藉口而不斷妥協，翻譯的成果常常伴隨著淪為非常草率而貧乏的譯文的危險。口譯員在有限時間內以追求最佳最貼切的譯語為目標，為了同時擁有筆譯者的秉性，就必須時常讓自己投入時間較為充裕的環境中，仔細查閱字典或專業書籍，為自己製造探索更含蓄的表達方式的機會。總是倉促成軍、臨陣磨槍的口譯人生，偶爾也要打上休止符，讓自己與較沉穩而有深度的語言為伍，這樣應該是有益的吧？

再者，口譯會隨著時間消失，但那些一而再再而三地被包容的過失、可預測的錯誤、聽來不順耳的習慣、像雜草般多餘的詞語，如果變成筆譯的話，一一排在眼前，可以一再檢視，就像被放在顯微鏡下，細微的弱點將無所遁形。

總之，口譯員若要檢視、提高自己能力，筆譯其實是既優秀又便利的方法。

## 8 顛覆口譯論一大常識的小事件

在本章中，透過與筆譯的比較，再三說明了口譯這作業以時間性存在的聲音為媒介，所以只限一次不能回頭，也就是具有聲音在遞送中會消逝的特徵。由於錄音技術的發達，或許大家會覺得情況已有大幅改變。即使如此，令人意外的是，把口譯內容錄音下來，大多是供自我檢討或自我陶醉之用，鮮少人為了實用目的而用。

僅此一次，只限於某場合。就這層意義而言，口譯就好比是舞台藝術。例如，即使同一個演員演出相同劇目，同一位舞者表演相同舞劇，或是同一位鋼琴家演奏相同曲子，在那時間點欣賞到的戲劇、舞蹈或演奏，都無法從頭再看一次、再聽一次。

口譯可以說是相同之物。也因此，長久以來大家都說「無法盜譯或代譯」是口譯的一大特徵。在筆譯的世界，似乎有些筆譯名家會讓自己的子弟兵上陣翻譯卻掛上自己的名字，這種事情時有所聞，但這在口譯界是無法想像的事。

我國英語同步口譯的奠基者西山千與金山宣夫，曾為阿波羅太空船登月時來自阿姆斯壯船長的宇宙實況轉播進行口譯，大家都記得那經典的一句：「這是一個人的一小步，卻是人類的一大步。」他們在英語口譯訓練講座的第一堂課即表示：

「就口譯而言，盜譯或是代譯，都是辦不到的……想做也做不到，有這種意圖也無法實現。」

然而，這個一般認為不證自明、理所當然、沒有反駁餘地的常識，亦面臨了被顛覆的狀況。

在閱讀以下介紹之前，請各位試想，口譯有可能被盜譯嗎？

這是波斯灣戰爭如火如荼進行時發生的事。某家東京主要民間電視台，在美國方面宣布重大發表的前夕，因為判斷當天不會再有特別事件發生，解散了所有英語同步口譯員。純粹以觀眾的角度來看，NHK和其他民間電視台都以同步口譯播出這個美國方面的重大發表，才一家電視台播放完全不同的節目其實是無所謂的，甚至還更合觀眾心意。但是，就電視台的想法，如您所知當然不是那樣。其他電視台都播了，賭上電視台的面子也不能不播。然而，同步口譯員都不在，現在才叫他們回來也來不及。那時候，被逼到絕境的該電視台國際新聞部編輯台，浮現了一個天才的點子。

NHK的衛星轉播中途不進廣告，美國那重大發表全程播出時也附上了同步口譯。那家民間電視台的記者便戴上耳機，邊聽NHK衛星轉播的同步口譯，然後試著跟讀。也就是說，跟著原來的口譯依樣畫葫蘆進行模仿。這樣播出的話，同步口譯的部分不也具備了嗎？這可真是一大發現。

跟讀被認為簡單又容易，但結果並不可行。主播的講稿也好，口譯的譯文也好，要像鸚鵡學舌般聽一句講一句，其實是非常困難的事。您只要試試在NHK的主播播報時跟讀看看就會知道。假如是沒有經過訓練的人，應該連三分鐘都撐不下去。

因為這樣，那家民間電視台國際新聞部發想的點子也就此打住了。

不過經過此事件，口譯，至少就同步口譯而言，理論上可以證明有盜譯的可能性。我平常就對日本媒體根深柢固的跟風意識又恨又怕，結果竟然因為跟風誕生了如此顛覆口譯論常識、大快人心的副產品。這世界如此有趣，真無法割捨，我不禁暗暗竊笑。

# 第三章 不忠美女？貞潔醜女？

## 1 不要被美貌誘惑

或許您會認為本章標題〈不忠美女？貞潔醜女？〉很不可思議，在這裡要思考的是：何謂好翻譯？當然，無可挑剔的理想翻譯是把原文想要傳達的事情完全正確地傳達出來。此外，以筆譯而言，譯文要好像本來就用譯文寫就般自然而工整；口譯的話，譯語要像本來就用譯語陳述般自然而合理、順耳。我們判斷這些都是好翻譯。

接著，對原文忠實與否、是否正確傳達原發言的座標軸，是測量「貞潔度」的標準，錯誤地傳達原文、或背叛原文就是不忠。而譯文的好壞、譯文工整程度如何、聲調是否悅耳，這些拿女子的容貌來比喻的話，工整端正的翻譯就像美女，生硬笨拙的譯文則像醜女，這樣組合起來共有四種可能：貞潔的美女、不忠的美女、貞潔的醜女、不忠的醜女。

最理想的口譯，或是最理想的筆譯是哪一種呢？當然，毫無疑問「貞潔的美女」是最好的。至於最傷腦筋的翻譯就是「不忠的醜女」。

然而，在第一章曾提到，翻譯這個行業的特徵之一是侍奉的主人（無論是主題或發言者）是瞬息萬變、輪流更換的。即使合得來的時候可以演出「貞潔的美女」，若要持續如此演出，就超越了人類能力，是不可能達到的境界。此外，如果你一直扮演「不忠的醜女」，則是無人搭理，無法以這一行維生。因此，世上的口譯員，絕大多數是「不忠的美女」或「貞潔的醜女」。那麼「不忠的美女」和「貞潔的醜女」孰好孰壞呢？男人也許會說這是個人喜好問題，但是，就口譯來說，要視時間與場合才能給出正確的答案。

例如，在派對這種場合，情緒氣氛很是重要。很多情況下，比起正確地傳達訊息，更需要無損當時氣氛，或是能炒熱氣氛的口譯。因此，與其為了正確翻譯講者的用字而一再改口重說或是因而語塞，還是把內容口譯得俏皮漂亮不要破壞情調較佳。不過，如果進行的是攸關數億日圓得失的重要商業談判，這時比起翻譯是否優美、語言是否聽來悅耳，更重要的是應該正確傳達對方想要什麼，或是為了什麼而不悅。所以說，視情況而定，有時「不忠的美女」比較好，有時則是「貞潔的醜女」占上風。

然而仔細想想，把譯文比喻為女子容貌或是對男性的忠誠度，雖然是源自歐洲的傳統，但還是讓人感覺稍稍不快。根據中村保男的《翻譯的技術》（中公新書），它來自義大利文藝復興時期的格言：「翻譯就像女人。忠實時像個黃臉婆，美麗的時候不忠。」此外，辻由美的《翻譯史散步》（みすず書房）書中指出，這樣的比喻來自大學者梅納日[1]，他評論譯文優美而受歡迎的皮瑞・阿布朗庫爾（Perrot d'Ablancourt）的譯文：「讓我想起我在土爾深愛的女人，她很美，但不忠。」自此之後，法語「Belles Infidèles」（不忠的美女）一詞就被用來指涉「美則美矣，但對原文不忠實的翻譯」。

1 吉爾・梅納日（Gille Ménage, 1613 – 1692），法國翻譯家、評論家。

無論如何，雖說是比喻，只把女性的容貌和貞潔程度視為問題，這真令人不悅。如果換成用男性來比喻，修飾男性的形容詞中並沒有相當於「貞潔」的用語。充其量用「誠實的帥哥」、「誠實的醜男」、「不忠的帥哥」、「不忠的醜男」這四個不嚴謹的比喻姑且代換一下。

這種說法的衝擊力較弱，因為一般而言女性並不像男性那樣，把對象的容貌、對自己的忠誠度看得那麼重。對於現實而貪心的女性來說，光是「帥哥」並無法滿足，還希望男性的身高、收入、學歷都要高。若考量到這一點，「不斷劈腿的三高男」和「對妳一往情深的三低男」這種說法或許比較妥當。然而對於比喻來說，就變得不恰當了。

一般認為，聽到外語之後把它變成母語，這比將母語轉換成外語來得輕鬆。確實，翻譯成字彙或表達比較豐富而且操縱能力更強的語言（大多數情況下是母語），比較能得到更工整端正、聽起來更舒服的譯語。因此，以同步口譯來說，在歐洲，主要是以輸出語言來組成團隊，進入同一個口譯區中翻譯。

例如輸出語言為法語的口譯區裡，其中包括從英語譯為法語、德語譯為法語、義大利語譯為法語這些口譯員。而且那種情況下，原則上他們都是以輸出語言為母語的口譯員。德語的口譯區中，成員的組成包括從英語譯為德語、法語譯為德語、義大利語譯為德語的口譯員。比起資訊的正確，相對來說，更重於追求譯文的優美。「她好像腳踏兩條船，但因為是美女所以我忍耐一下吧」，用另一種比喻來說，這種配置，重視帥度更甚於誠實度。

不過，在這種情況下，或許可以聽到更工整端正、更漂亮的文句，但在輸入的階段，也就是理解的階段，產生錯誤的可能性較高。理解階段的錯誤，因為發生在翻譯過程的初期階段，就算譯成再漂亮的語言，錯誤依然會被傳承下去。

由此可以得知，歐洲的口譯論認為，由外語翻譯為母語是最好的方法。不過這是基於歐語系語言彼此共有類似相通的文化背景，在具有親戚關係的語言之間進行口譯，才會得出這種結論。換言之，即使說翻譯「不忠」，其實不過是稍微花心的程度而已，被背叛的那一方（原發言）受傷也不深。

在日本，雖然也很重視譯文的優美，但可說是更講究資訊正確，也偏好從母語翻譯為外語的方式。此方式能以母語幾近完美地理解，但在使用外語傳達的階段會較為貧乏。不過即使如此，日本還是認為「貞潔的醜女」比較好。有人主張，這是因為對日本來說，國際關係需要的是更加縝密的溝通以逐漸成熟。不過，主要原因並不在這裡。

大約不過一百四十年前，日本經歷了為期兩百年以上的鎖國時期。這個島國的語言因為和其他語言的差距太大，導致不是以日語為母語的人很難理解它，容易產生誤解。這樣痛苦的經驗，成了支持目前口譯方式的基礎。背景文化或語言系譜關係疏遠的語言之間，在口譯時犯下的「不忠」，往往會讓對方（原語言）遭受無法修復的重創般的嚴重背叛。

進行外交談判時，本來傳統上就是由口譯員從母語譯為外語。例如葉爾欽總統和細川護熙首相的會談，葉爾欽總統的發言是由他從俄羅斯帶來的口譯官翻譯為日語。而細川首相所說的內容，就由日本外務省的口譯官翻譯為俄語。與外語相較，母語可以更正確地、幾近百分之百能被理解。把理解的內容轉換為外語時，用外語來表達確實會有一定程度的生硬不流暢，作為文章或許不是那麼工整，但是不會是情報上的錯誤。此外，因為更切身的感受而能有效傳達該國首相或總統所欲體現的國家利益，這也是基於「在把原發言設定為（口譯員的）母語」這派口譯想法。「就算是醜女，如果貞潔的話可以接受」，口譯時若重視傳達的資訊的正確性，會選擇從母語譯為外語，原因便在於此。

此外，日本的同步口譯區中，通常會由小組成員進行兩種語言間的雙向口譯。英語與日語間的口譯員小組、俄語和日語間的小組、中文和日語間的小組，由兩人到四人搭配的小組進到口譯區裡，將時時刻刻傳進來的語言口譯為對應的語言，這是常見的口譯形式。或許「貞潔的美人」是最理想的，但對「貞潔的醜女」、「不忠的美人」、「不忠的醜女」也就睜一隻眼閉一隻眼吧。

## 2 過分貞潔也是一種罪

我們常常會在口譯中看到，因為太貞潔或太誠實，結果讓人誤判了讓口譯者獻出貞潔，打算誠實到底的對象的本質。說得簡單明瞭一點，過於拘泥於字面反而傳達不出原發言者的意圖，這種口譯也屢見不鮮。話雖這麼說，沒想到很多人都認為，所謂正確的翻譯就是一字一句的對應。大沼淳先生剛擔任口譯員時的經驗談就是一個例子：

我第一次擔任比較像口譯的口譯工作，是跟著某代表團前往西伯利亞的伊爾庫茨克時的事。剛開始最讓我驚訝的事，就是一般人好像都以為口譯員是完完全全懂得那國語言的人。開什麼玩笑！不過，必須回應這麼純真的期待，好像也是口譯員的工作。一般人既然這麼認為，便無法期待他們站在口譯員的立場來設想。

事情發生在餐前致詞時。有一位日本女士站了起來開始致詞，但內容就是那種標準的「你到底想說什麼？」的日文，也不知道該從哪裡斷句才好。於是我不加思索，小聲地請那位日本女士偶爾也要停一下讓我口譯。接著她說的話果然變得容易懂了，那位女士講完「我們對於各位的……」這幾個字就停下來，然後盯著我催我快點口譯。內容切割太細，我並沒有準備翻譯。這雖然是個極端的例子，不過沒有接觸外語的人們，大致上都不曾想過口譯到底是怎樣的工作，他們以為如果說了「我們對於各位的……」，「wǒ men duì yú gè wèi de……」就會自然而然跑出來。

——大沼淳〈口譯員的現場報告「微笑口譯的告白」〉《現代俄語》一九八〇年九月號

剛接觸英語時，我想大家都會注意到，日語的「姊」、「妹」各有不同的單字表示，但在英語中都是「sister」，要明確指出姊姊或妹妹時，必須加上表示年長或年幼的形容詞。因此如果出現了英語的「sister」，要把它譯為日語時，如果不知道是姊姊還是妹妹的話就沒辦法翻譯。因此，迫不得已而用了「姊妹」把它當成一個單字。

然而，雖然到這裡日語還能表達，但如果換成是深受儒家思想洗禮的中文，那種親屬關係用語的複雜程度真是會嚇壞人。就連日本最頂尖的中文會議口譯員及川勝洋，每當遇到這種詞彙時也只能認輸投降。

有一次我曾幫一個俄國音樂家把他寫給台灣人的信件翻成日文，然後再由中文專家翻譯成中文。俄國音樂家在信裡寫道：

「在台灣到您府上叨擾時，承蒙您『いとこ』[2]親切照顧。」

---

[2] 可指堂兄弟姊妹或表兄弟姊妹，即英文之 cousin。

我把這樣平凡無奇的信譯成日語後，傳真給中文的翻譯者，不久後對方打了電話過來，問道：

「這個『いとこ』是女方那邊的親戚呢？還是男方的親戚？是男的呢？還是女的呢？比收信人年長呢？還是比較年輕呢？」

他說：「如果不知道的話不可能翻譯成中文。在中文裡，那些條件都有不同的稱謂。只說是『いとこ』的話是不能表達的。」

我將這些親屬稱謂，製成一目了然的圖表，請參考下頁。

日語的「いとこ」在中文中只能轉換為最下面一排八種稱呼的其中之一。中文裡並沒有把這八種稱呼統整為一的說法。從這個例子您可以知道，不同語言間一字一句要能完全對應，基本上是不可能的。

所謂詞彙，是把各種現象統整為一的東西。例如，提到「書」，您現在手上這本口譯論也是書，小說也是書、字典也是、雜誌也是、寫真集也是、繪本也是。這是「書」這個名詞被抽象化、統整起來了。各個國家與民族有著各種不同歷史足跡、形成了不同文化與傳統，當然整合的方式各有不同。因此我們還是要明白一字一句完全能夠對應真是不可能的。同為人類，語言統整的方法自然類似，這種情形確實存在。但是，並不是完全一致。我們必須銘記

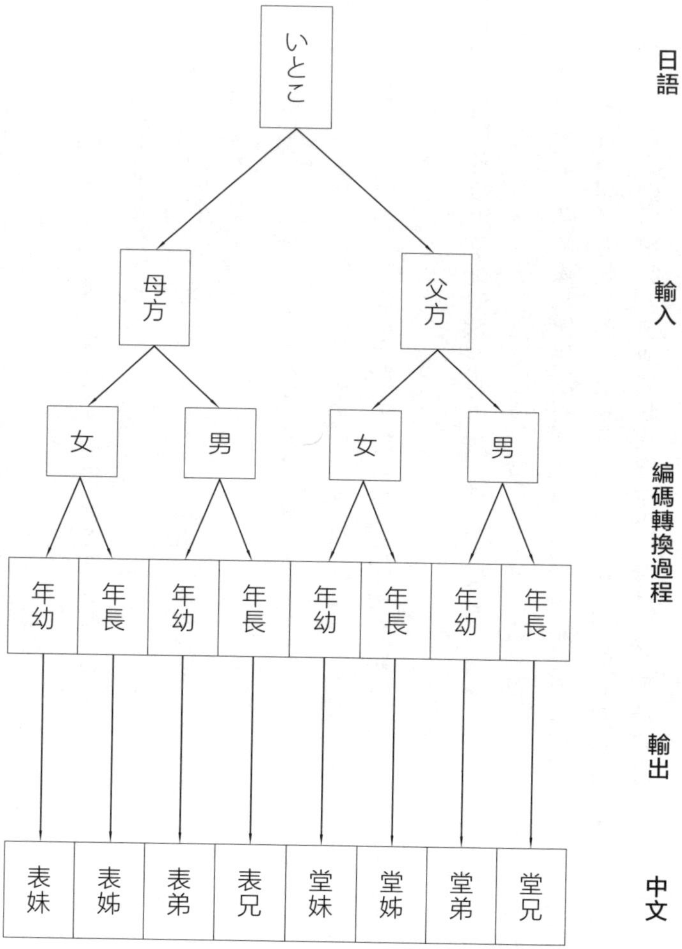
いとこ
母方
父方
女
男
女
男
年幼
年長
年幼
年長
年幼
年長
年幼
年長
表妹
表姊
表弟
表兄
堂妹
堂姊
堂弟
堂兄
日語
輸入
編碼轉換過程
輸出
中文

在心的是，就連單字這方面也不能指望完全一致，因此若要追求文章結構、邏輯組織這種層面上的一致，本來就是不可能的事。

事情要說得斬釘截鐵很簡單，但在實際的溝通現場，我也常常只看字面而忽視了本質意義，這種失敗時常發生，要從黏人的原文或原發言的擁抱中脫身是相當不易的。

有一次，某公司的社長因為商業談判前往美國，大受對方歡迎。此社長只會日語不會英語，但他帶了英語流利的海外市場部長同行。部長說：

「社長，你都說日語也沒關係，全部讓我來翻譯。寒暄致詞的時候請全部用日語就可以了。」

社長照著部長的話去做，用日語跟大家致詞。不過，演講到了最後，社長覺得既然都到了對方的國家來了，至少也要撂一句英語才行，於是說道：

「One please.」

為演講畫下句點。宴會結束後，英語流利的部長走到社長身邊問道：

「社長，您最後那句話是什麼意思？」

社長得意洋洋地說：

「嗯，你啊，連那句話都不懂嗎？就是『ひとつ、よろしく』（請多多指教）啊！」[3]

這可是個真實的故事。

## 3 切莫輕視招呼語

不能一字一句對應翻譯的排行榜第一名，就是招呼用語。

一個英國人搭乘法國客船，午餐時鄰座的法國人對他說：「Bon appétit.」（祝您胃口大開、請享用美味）英國人沒有在用餐前說這種話的習慣，他以為「這應該是初次見面的寒暄啊」。所以就對法國人自我介紹：「I'm Anderson.」（我是安德森）然而，到了晚餐時間，還有隔天早餐時間，法國人都說了同樣的話。英國人只好再一次自我介紹，心想：「搞什麼嘛，這傢伙記性真差。」英國人很不高興，去跟會說英語的船長抱怨。船長知道英國乘客不高興的理

3 日語中，請人多多指教、多多關照時常說「ひとつよろしくお願いします」。「ひとつ」本來是「一個」之意，但在這句話中等於「どうか」，亦即「請」的意思。

由之後，便對他說明這是法語的習慣，安德森先生的心情於是好轉。又到了晚餐時間，安德森先生對法國人說：「Bon appétit.」結果法國人滿面笑容回答：「I'm Anderson.」

如果像這個小故事一樣和平收尾，大家當作笑話看就得了，但如果是參與異文化間溝通的口譯，因為發言者和聽者都有各自不同的寒暄習慣，招來不必要的誤解、讓人冷汗直流的經驗可不只一兩次。以下有個例子，節錄自德永晴美先生的論文：

有一次，筆者的前輩C女士代替有急事的資深口譯員KM女士接下了蘇聯天才音樂家（以下簡稱「音樂家」）D氏的口譯工作。為這麼大牌的音樂家口譯，對C女士來說可是第一次，因此她在各方面都小心謹慎。

公演第一天，當然獲得熱烈迴響。熱鬧的謝幕也結束了，公演終於落幕。D氏朝向舞台角落的C女士這裡走來。這時候不跟對方說些慰勞的話好像不太好……

於是她說：「Вы устали? = (Are) You tired?」一聽到這句話，音樂家明顯露出不悅的表情。他的臉色呢，是會讓人連想到火災現場的火紅。為什麼會這樣？C女士丈二金剛摸不著頭腦。結果那一整天，D氏的氣都沒消掉。

那天晚上，C女士上床睡覺時，把白天發生的事情從頭到尾回想一遍。思前想後，應該就是那句「Вы устали? ＝(Are) You tired?」，就是「您辛苦了」這句話出了問題……啊！不能那麼說……這時候，她終於發現事情的嚴重性。

C女士確實是把日本式的招呼語用她的方式直接翻譯過來，但在這種狀況下，如果對音樂家說「Вы устали? ＝(Are) You tired?」，好像在說「您累了嗎？」語調不對的話，也有「您一定是累了」的含意。換句話說，對著才剛演奏完畢、意氣風發地下台的音樂家說了這句話，簡直等於在問他：「我覺得今天的演奏好像不太理想，是不是因為您很累呢？」

——德永晴美〈口譯員的田野筆記〉《現代俄語》一九七九年十月號

老實說，身為海歸子女，學生時代每當要從打工地點要回家時面對同事的問候：「您辛苦了」，我都會回答：「不，我完－全－不辛苦。」不過，仔細想想，這個非常日本式的招呼用語，不管翻譯為哪種語言，大概就是「感謝（您的工作／演奏／演講等）」的意思吧。

可以把極為難解的最先端科技相關研討會或構造複雜的機械設備的採購談判翻譯得很完美的口譯員，在某場慶功宴上卻翻譯不出招呼語當場呆若木雞的例子其實是屢見不鮮的。關於這一點，先前也曾請出場的月出皎司先生如此說道：

這種事講出來實在不太體面，但不會翻譯招呼語的口譯員，這種人還滿多的。能熟練地傳達非常艱澀的內容的優秀口譯員，反而不太會翻譯形式化的演講，這種例子也是有的。當然，口譯水準本來就低的人是另當別論。這裡提到的，是水準很高的口譯者也會翻譯不出來的情況。

第一個原因，就在於日本人的招呼語很注重形式而沒有內容，非常的空虛。華詞麗藻我們常說，但若想著要把它們翻譯為外語並試著分析，會發現內容既非華詞亦非麗藻。以招呼語來寒暄問候的情況相當多。很多日本人都是如此，真的是這樣。實際上遇到的話馬上就會了解，我想應該很多人都有過這種經驗。那樣的東西因為想如實翻譯反而會翻得不好。不可能會順利，因為它們本身就沒有內容。

有一次敝公司的某位年輕職員兼口譯員，在某個小型招待會上突然被前輩推了出來：「你來口譯！」那時候日本某大廠的部長出來致詞，以這常見的句子開場：「嗯……今天承蒙各位在百忙之中撥冗，許多人不辭千里遠道而來。」停頓一下之後，再說了一句「感謝各位」就結束了。敝公司的那位年輕口譯員，首先說了「嗯……」，然後接著翻譯了「Сегодня」（今天）。他繼續想了一想，那位部長說的話他全部都懂。他很緊張，努力地聽，全部都聽進了腦子裡，然而儘管心裡覺得「嗯，是這樣啊」，但最後只接著再譯了一個字「Спасибо」（謝謝）。想來，這次口譯倒意外成了口譯傑作喔。因為日本人說的內容就只有那樣而已。

不過這樣面子上有點掛不住。關於招呼語，我的建議是，乾脆從一開始就告訴自己，日語的招呼語也是形式的話，俄語的也是形式。這樣做了結論後，便能事先劃分幾種模式。把俄語的招呼語的模式先大致分為三種大範圍，將俄語優秀的某人說的話拚命記下來，然後用它製作分類。要用的時候再把專有名詞適當放入替換，馬上就變成很體面的招呼語。日語方面也是，三種分類中選一個用就可以了，這樣絕對會成功。我想這對口譯員來說是方便又實用的方法不是嗎？

——第十一屆俄語口譯諸問題研討會，一九九〇年一月，於日蘇學院

在以上引文中，月出先生指出，日語中有很多沒有內容的寒暄問候。但寒暄問候本來就是如此，不論哪一種語言都差不多。因此，如果想要跟著字面照翻，一定不會翻得好。

例如在英語、德語、法語和俄語中，白天的問候都是「美好的日子」，但沒有人直接把它翻譯成「美好的日子」，而是把它譯為「您好」。而如果把日語的「您辛苦了」照字面意義翻譯為外語，恐怕會得到「我根本不辛苦」的回答，結果又陷入翻譯不出來的窘境。

有一次我的英語口譯員朋友為英語節目進行同步口譯，最後把那節目的主持人說的話譯為「下週也請關照」。於是，節目播畢後電視台的製作人馬上走過來問道：

「哎呀，我一直很煩惱要怎麼把『多多關照』翻譯成英語，剛剛聽妳的翻譯，這句話的英語原文是什麼呢？」

「就是 See you next week 啊。」

對於她的回答，製作人覺得「什麼嘛」，好像大失所望。

如果按照字面意思來翻譯，「See you next week」就是「下禮拜也能與您再見吧」（来週もお目にかかりましょう），這樣聽起來翻譯腔很重，而且有十四個音節。換言之就是講起來比較花時間。而譯為「下週也請關照」才六個音，英語原文更是只有四音節。

像這樣，招呼語就是在某種狀況下的一種固定文句，有如咒語一般。因此，要把它轉換為其他外語時，最好是直接換成「在同樣狀況下其他語言中使用的招呼語固定語句」。我也曾經利用那種方法脱離窘境。

那是在名古屋舉行的某國際會議，愛知縣縣長致詞之後，接著是名古屋市長致詞。那時候，突然間不知道是麥克風還是耳機故障了，聲音無法傳到坐在同步口譯區的我的耳朵裡。縣長雖然有致詞稿，但不巧我手邊沒有市長的稿子。「好吧，」我立刻決定，把縣長稿子「愛知縣」的部分改成「名古屋市」就開始譯了起來。

乍看之下或許覺得這麼做很草率，但日本的縣市首長在國際會議上致詞的時候，通常是套用固定的句子：「我就是剛剛被介紹的○○市長○○。今天在此參與○○會議，代表○○市與市民致詞，我感到非常榮幸……」這樣翻譯，雖不中，亦不遠矣。就在我填入空白（說到底，寒暄問候就是一種語言的填空行為）的時候，耳機恢復正常，我把終於傳到我耳裡的名古屋市長的寒暄兜了起來，並不太辛苦。致詞或寒暄問候，就是這樣的東西。

## 4 逐字翻譯的口舌之禍

前面提到不能逐字逐句照翻的排行榜第一名是招呼語，其實很多情況下，照著字面翻譯甚至會引發國際爭議，或演變為國際事件。

一九五九年，身兼蘇聯共產黨第一書記與蘇聯聯邦總理的赫魯雪夫[4]前往美國與美國總統艾森豪進行會談。當時歡迎晚宴由洛杉磯市長主辦，身為主客的赫魯雪夫在致詞時說了一句「要把你們埋在地底」，結果瞬間讓歡迎晚宴變成混戰的修羅場。主辦者這邊抗議赫魯雪夫極為無禮的要脅，而赫魯雪夫一行則表示要提前結束旅程打道回府。

其實，赫魯雪夫致詞的內容是：「資本主義這體制正在滅亡中，社會主義則具有生命力。

---

4 Nikita Sergeyevich Khrushchev（1894 – 1971），一九六〇年代冷戰時期蘇聯最高領導人，曾推行去史達林化、農業改革政策，任內爆發古巴危機。

因此我們（蘇聯）要比你們（美國）更加長壽。」致詞的最後套用了俄語中慣用語的表達方式：「我們會為你們舉行葬禮。」在俄語中，「舉辦葬禮」雖然有хоронить（埋葬）之意，但因為口譯員把它英譯為「埋進土裡」，結果引發軒然大波。

日本歷代執政者每當造訪鄰近諸國時，對於日本為各國帶來生民塗炭之痛苦與巨大災難的行為僅表示「遺憾」，因而引發爭議，這並不是口譯員的錯。不過，接下來要為您介紹的，則是不能這樣就說了算的例子。以下節錄自大東文化大學教授近藤正臣先生的論文：

當纖維製品輸出美國急遽增加，造成第一波日美經濟摩擦時，尼克森總統曾表示在「兩三」年內——這個譯語也是一大問題——會將沖繩返還日本，並與佐藤榮作首相兩人單獨會談，當時只有口譯員與他們同席。尼克森總統對首相抱怨，他承受了來自美國國內纖維業者與工會希望達成協議的壓力。佐藤首相答道，會「妥善處置」或是「進一步討論」。因為兩人的共同聲明中並未出現這一點，所以被傳言是否另有密約。

其實，當時尼克森總統認為佐藤首相承諾了要採取何種處置，然而佐藤首相不覺得自己承諾了什麼，所以沒有採取任何行動。因此，尼克森總統認為佐藤首相說謊。在美國，說謊被視為人格上的重大缺陷。結果造成兩次尼克森衝擊[5]（停止美元兌換、與中國恢復邦交）發

5 The Nixon Shock，亦稱「尼克森震撼」，發生於一九七一年。

生時，直到新聞發布前幾個小時日本方面才被告知。日美經濟協議的開展並不甚理想。

為什麼情況會演變至此呢？當日方沒有譯出「進一步」而僅將「妥善處置」譯為英語時，尼克森總統會認為佐藤首相已經做出了承諾。要把它們「正確地」翻譯的話，可以是：

· I will examine the matter in a forward looking manner.

· I will cope with the situation properly.

有一說主張此時應該譯為：

· I will take care of it.

此外也還有其他類似的表達方式。然而問題是，相對於這些英譯都帶有真的要好好採取什麼對策的含意，使用日語表達「妥善處置」或「進一步討論」的那個人，卻沒有打算要採取什麼行動。

——近藤正臣〈現在，來思考口譯〉《時事英語研究》一九九〇年十月號

逐字逐句轉換所造成的誤譯，在筆譯作品中屢見不鮮。而且，和口譯不同的是，筆譯並不會消失，經過幾個世代還會呈現在讀者眼前。

接著來看看契訶夫的劇作《萬尼亞舅舅》的翻譯。主人公就是與劇目同名的萬尼亞這名中年男子。他因為親妹妹和自己崇拜的知名學者結婚而引以為榮，為了援助學者一家的生活，他不惜用自己在農村努力耕田賺來的錢接濟妹妹全家。在萬尼亞的金援之下，學者更加有名，變成一個自負而可憎的男人。後來萬尼亞的妹妹病死了，留下獨生女桑妮雅。而學者在妻子死後馬上娶了一位年輕貌美的太太。儘管如此，萬尼亞還是收養了桑妮雅，也繼續送錢給住在首都的學者夫婦。

故事從學者夫婦到鄉下萬尼亞家度暑假展開。桑妮雅對這個沒有血緣的繼母、父親續弦的年輕妻子並沒有好感，常常頂撞反抗她。但是隨著劇情發展，兩人變得相互理解、意氣相投。那時候，繼母愛琳娜對桑妮雅說：「（至今妳都叫我『Вы』）從現在開始叫我『Ты』吧！」

這一段話，著名的筆譯者湯淺芳子翻譯為：「那麼，就叫——『妳』嗎？」

讀了這句話，讀者會覺得很突兀，也完全不懂是什麼意思。

另一方面，根據神西清先生翻譯的契訶夫全集，這部分的譯文是：「那麼，現在起妳會叫我『媽媽』吧。」

人稱代名詞是相當難對付的東西。以前英語的第二人稱也分為兩種，現在已經不再這樣區分了。然而，法語、其他歐語系還有俄語，都有兩種第二人稱。在俄語中，不太親密、較為疏遠的人就稱為「Вы」，關係很親近的人就用「Ты」。同一個家族、父親、母親、孩子之間使用「Ты」。「Ты」除了用於親戚之間，非常親密的朋友也可以使用。

因此，神西清的翻譯，在這種情況下是正確答案。而湯淺芳子的譯文則是逐字翻譯下的一個失敗的例子。因為過於貞潔，或許反而變成類似出軌了。

關於人稱代名詞，不是只有日本人面對歐語系時才會感到煩惱、誤解，或發生丟臉的情形。顯然，對於以歐語系為母語的人來說，日語的人稱代名詞也是讓人頭痛不已的根源。曾在日本留學的格魯吉亞裔俄國作家Grigory Shalvovich Chkhartishvili[6]，相當貼切地點出這個問題：

歐洲人的精神構造，本質上是獨我論的，因此標記自己的「自我（ego）」的第一人稱單數代名詞是屹立不搖之物。然而，踏入了日語的世界，本來應該絕對不成問題的這個支點在腳下開始崩塌，自己到底是誰呢？——是「わたし」呢？還是「わたくし」呢？是「ぼく」呢？

6 筆名為Boris Akunin（1956－），俄國知名偵探小說、歷史小說家及翻譯家。

還是「おれ」[7]呢？——實在是讓人弄不清楚。

——Grigory Shalvovich Chkhartishvili〈你……〉《最新日本語讀本》新潮文庫

Chkhartishvili還舉了一例，在芥川龍之介的短篇小說《疑惑》中，妻子臨終前，在百感交集下只說了一個字：「あなた（你）。」這讓主角大感驚嘆（「那時候，我在那個『あなた。』之中，感受到無數的意義、無數的情感。」）[8]對此俄語的女譯者，只將這裡譯為「Вы」。Chkhartishvili認為這是失敗的例子。

在那一瞬間，妻子稱呼丈夫為「Вы」，而且後面還加上了「……」，這對俄國讀者來說只代表一種意義。那就是「你這個沒用的畜牲，在我瞑目之前只說得出這個字」的意思。

哎呀，這可把原作搞砸了。

——同樣摘自前書

7 皆為第一人稱「我」的說法。「わたし」、「わたくし」漢字為「私」，前者為後者的略稱；「ぼく」為「僕」，「おれ」為「俺」，多用於男性，後者偏方言。

8 あなた除了「你／妳」，同時帶有尊敬的意涵，亦做「您」，同時也是夫妻間的一種暱稱，類似「親愛的」。另外，若漢字為「彼方」，也有遠方、昔日之意。

想來，在口譯或筆譯介入之前，原發言者說了什麼單字、用怎樣的語順說話，接受者都無從得知。如果曉得的話，就不需要口譯或筆譯了。彼此想要知道的是：對方到底想說什麼？對方到底對自己有何要求？譯者務必要把訊息的核心傳達出去，這是譯者的使命與圭臬。也就是說，比起使用什麼字句來表達，譯者更應該要追求的是要完全掌握整體訊息，把訊息的本質傳達出來。乍看之下出軌不忠，但其實心底愛著對方，這是可以接受的。

屠格涅夫[9]有一中篇小說《阿霞》（Asya，Ася）中，主角似乎是屬於俄國貴族階級，他在德國鄉下小住時認識了一對同樣是俄國人的兄妹。十七歲的妹妹阿霞既可愛又活潑，生為貴族千金卻率直大膽，是個被她哥哥佳金稱為「怪人」的性情古怪的男人婆。主角發現，自己不知何時開始迷戀上她。然而，活潑的阿霞卻失去了活力，也開始躲避主角。一天，主角收到阿霞的信，到了指定地點赴約。他發現阿霞變得又瘦又弱，阿霞站在那像隻怯懦的雛鳥邊發著抖，對他說出愛的告白「Я люблю вас」（相當於 I love you）。（參照315頁「編輯部注」）

這篇中篇小說在日本首先由二葉亭四迷[10]翻譯，並將篇名改為《初戀》。面對明治時代的讀者，他把這句告白譯為「我死而無憾了」。

---

9 Ivan Sergeyevich Turgenev（1818 – 1883），俄國現實主義小說家、詩人。

10 二葉亭四迷（1864 – 1909），日本小說家、翻譯家，本名為長谷川辰之助。

江戶時代到明治時代[11]，「愛」這個譯語還不是那麼膾炙人口，那時它被譯成今日被稱為「神之愛」的「神之御大切」[12]。其實，在這篇作品中，有一段阿霞的哥哥對主角說話的場面，二葉亭四迷就把它譯為「(我妹妹)正愛著您」，但即便使用第三人稱，把那可憐姑娘的告白翻譯為「愛著你」是不自然的吧。而從「我死而無憾了」這句譯文看來，它非常高明地傳達出還是戀愛生手、像個孩子般純潔無瑕的女孩投入而專情的姿態。相對於她奮不顧身的告白，映照出怯懦、在決定性的關鍵時刻一句重要的話都沒說的男主角那沒有擔當的言行舉止，這樣的翻譯更具刻畫效果。

非逐字的翻譯，這是很傑出的成功例。我希望各位能夠理解，從字句中抽身、變得自由，懷抱更寬廣的視野來傳達本來的訊息，這是多麼重要的事。

在這裡，就前文曾介紹過的口譯過程，也就是在原發言之後聽取、理解、記憶、重現記憶、轉換編碼、把內容表達出來傳達給聽者的過程之中，編碼轉換的部分的困難正是如此。在進行編碼轉換的時候，逐字逐句的置換是極其危險的事。然而，我們都很容易陷入這危險之中。

剛才提到，所謂語言，例如單字這個部分，能將世上的現象統整或是細分。長久以來共有

11 江戶時代起訖為一六〇三－一八六七；明治時代為一八六八－一九一二。

12 日文中「大切」就是重要、貴重之意。以前日本基督教傳教士將神之「愛」譯為「御大切」。

文化或歷史的民族間的語言，其統整方法、切割方法都非常類似，這樣的民族在語言上很多地方可以一字一字對應。當然，此類語言較容易學習，翻譯時也有很多部分可以像機械般對號入座。專門擔任歐美的歐語系口譯員當中，能夠精通兩種語言甚至數國語言的人有如過江之鯽，都是這個原故。

不過，相對於歐語系擁有共同文化背景或歷史進程，日語是非常不同的。由於相異點多，逐字逐句的對應變得不可能。這是口譯過程中被認為是黑盒子中心的編碼轉換的困難之處。

因此，當我有機會去聆聽英語、法語或義大利語等歐語系語言與俄語之間的口譯時，簡直是又妒又羨。歐語系之間相當多語言可以逐字逐句對應處理，對我們日俄口譯員而言那些平常就很苦惱、有時感到無言以對的概念單位不同而造成的口譯困難，對他們來說幾乎不成問題。因為找不到對應的概念而焦急慌張的事情，對他們而言好像並不常見。

我崇拜的俄語會議口譯員柴田友子女士，在一次旁聽他人的英俄口譯工作之後，得到這樣的感想：

「真的是流暢無礙非常厲害，我雖然聽得入迷了，但是他們簡直就像機械一樣，真的好可憐啊。跟那種情況相比，周旋於日語和俄語間的口譯員，有廣大可以加入想像力與創造力的空間，不知為什麼我反而覺得很開心呢。」

或許會被認為自不量力，但我聽了柴田女士的話後也不禁笑了起來。從這件事您也可以發覺，很多口譯員都是凡事往好處想的樂天一族。

## 5　雙關語能夠轉換嗎？

接下來再繼續看看其他難以進行編碼轉換的情況。先前我說過最不適合機械式逐字逐句置換的是招呼語，它即使無法照著字面翻譯，但還是可譯的。那麼，雙關語、諧音可以翻譯嗎？可以口譯嗎？各位可以試試思考以下的文字，如何用英語、法語、中文、德語或西班牙語來口譯或筆譯。

男は度胸、女は愛嬌、でしょうが。で、その続きは、……漬物はラッキョウ、薬は三共、大学は立教で、クラシックはN響、里帰りは帰郷で、坊主はお経、これが世界の八大宗教。[13]

——井上廈《吉里吉里人》新潮文庫

---

13「度胸」、「愛嬌」、「ラッキョウ」、「三共」、「立教」、「N響」、「帰郷」、「お経」的尾韻都是「きょう（KYO）」，跟「宗教」的尾韻相同，作者便戲稱此為八大宗教。

就算把前面這段文字逐字逐句翻譯，也沒辦法達到它的目的。這是基於日語發音而設計的語言遊戲。如果只抓出意義來翻譯，譯出的語言便失去語言遊戲的趣味。因此，這是不可譯的。然而，很遺憾的是，雇用口譯員的客戶之中，相當多奇人異士認為語言遊戲也是可譯之物。

某家大型商社的會長在視察舊蘇聯的飛機製造廠時發表了感想：

「啊，這飛機看來真像是『藝妓婆婆』啊。」

傷腦筋的口譯員正想不出要說什麼時，彷彿雪上加霜似的，會長得意洋洋地加了一句：

「這麼一來，『誰也不想上吧』。」

如果本來就知道落語中的「起承轉合」的舖陳，像這樣莫名其妙的東西，還是可以翻譯。如果是我的話，會把「藝妓婆婆」轉換成「年老色衰的賣春婦（аряхлая проститутка）」就能突破困境了。最難對付的，是像以下的客戶。

「喂、喂，口譯員，把這個翻譯給老外吧。『那裡蓋了圍牆耶』『喂』」[14]

不過文學這種東西，本來就處處充滿文字遊戲。在時間方面遠比口譯充裕的文學翻譯，其

---

14 原文「塀（へい）」（圍牆）和語助詞「へー」（喂）發音一樣。無特殊意含。證明了作者說的不可譯。

# 大家出版 讀者回函卡

感謝您支持大家出版！

填妥本張回函卡，除了可成為大家讀友，獲得最新出版資訊，還有機會獲得精美小禮。

購買書名 ______________________　　姓名 ______________________

性別 □男 □女　　E-MAIL ______________________

聯絡地址 □□□ ______________________

年齡 □15－20歲 □21－30歲 □31－40歲 □41－50歲 □51－60歲 □60歲以上

職業 □生產／製造 □金融／商業 □資訊／科技 □傳播／廣告 □軍警／公職
□教育／文化 □餐飲／旅遊 □醫療／保健 □仲介／服務 □自由／家管
□設計／文創 □學生 □其他__________

您從何處得知本書訊息？（可複選）

□ 書店 □網路 □電台 □電視 □雜誌／報紙 □廣告DM □親友推薦 □書展
□ 圖書館 □其他 ______________

您以何種方式購買本書？

□ 實體書店 □網路書店 □學校團購 □大賣場 □活動展覽 □其他__________

吸引您購買本書的原因是？（可複選）

□ 書名 □主題 □作者 □文案 □贈品 □裝幀設計 □文宣（DM、海報、網頁）
□ 媒體推薦（媒體名稱）______________ □書店強打（書店名稱）______________
□ 親友力推 □其他 ______________

本書定價您認為？

□ 恰到好處 □合理 □尚可接受 □可再降低些 □太貴了

您喜歡閱讀的類型？（可複選）

□ 文學小說 □商業理財 □藝術設計 □人文史地 □社會科學 □自然科普
□ 心靈勵志 □醫療保健 □飲食 □生活風格 □旅遊 □語言學習

您一年平均購買幾本書？

□ 1－5本 □5－10本 □11－20本 □數不盡幾本

您想對這本書或大家出版說：

中雙關語或諧音之類的翻譯是可能完成的。例如剛才引用的井上廈[15]的《吉里吉里人》這部作品，其實是有如語言遊戲寶庫的小説，請大家從是否可譯的立場，來看看其中幾段文字。

ダス　トモネ　　　　ハインリッヒ・ハイネ

イッヒ　アッテ　アイネ　メッチェン　アルヒハイデルベルヒ。ウント　ヒトメボレルン
ダス　メッチェン、ヤーボール　ツレコムシュタット　ヤス　ホテルン。イッヒ　オシタオ
シーテン　ウーバー　フートンシーテン、ウント　トリンケン　パンティッヒ。イッヒ　ファン
バルト　ディッヒ　ノケゾルレン　ウーバー　マットレス、ウント　ゲザークト　コンメコン
メ　イッヒ　モルテ。アイン　ツバイ　ドライ　クリカエシテット　ダス　メッチェン　ナキ
ダシテン、イッヒ　ヤバイケン　ニゲタッテン。バッテン　メッチェン＝ムッター　ソク　コ
ンメ、ウント　セマリケン　ハイラーテン……マイン　カンプ　エンデ。

這段文字雖然是日語，不過是在模仿德語，變成戲仿德語的文章。如果把它翻譯成法語、中文或德語，要怎麼翻譯才好呢？

---

15 井上ひさし（1934－2010），日本小説家、劇作家。同時也是本書作者米原万里之妹婿。

還有一個，下述模仿中文的歌覺得如何呢？

共同結合一人娘，必須要，兩親的免許／共同結合二人娘，必須要，姉，最早的／共同結合醜惡的面貌娘，必須覆要，她的面貌，使用手巾／共同結合於他家二階，必須要不洩，鳴響／共同結合熟悉的精神的親密的娘，必須要，全力的鬼神的奮戰／共同結合過去的情婦，必須要喋，過去的逸話／共同結合發酵糸豆屋的娘，必須要作造，無限的糸／共同結合蔬菜屋的娘，必須要覺悟，曳大八車／共同結合校長愛孃，必須要覺悟，退學的危險／共同結合出身名門的生長高貴的令孃，必須要著用，羽織袴，或最高級禮服……

以上三段引文都出自《吉里吉里人》，可以試想要怎麼翻譯才好。就口譯來說，因為時間上極度受限，可以斷言幾乎是不可譯。但是對於被時間女神網開一面的筆譯而言，卻是可譯的。

例如「男は度胸、女は愛嬌……」這一段，可以在譯語中尋找類似這樣的語言遊戲，如果沒有的話就自己編。這段話中，「男は度胸、女は愛嬌」（男人要有膽量，女人要惹人愛）是傳達的重要內容，其他「漬物はラッキョウ、薬は三共……」[16]等等，可以不必要翻譯成一樣的東西。

---

16 「ラッキョウ」為薤；「三共」為日本藥廠名。

因此，首先把相當於日文「度胸」、「愛嬌」的詞彙全部找出來，然後從中找出尾韻或頭韻相同的詞，應該會有幾個適合的，也就是諧音可以搭配的詞彙。找到押同樣韻的六個字，以它們為基礎編出一段語言遊戲即可。這個工作相當花時間，但並非不可能的任務。

接著來看看「ダス　トモネ」這一段。這段文字內容其實是日語，只是在形態上模仿德語。如果要把它譯為法語，那麼先將日語內容轉換為法語，然後利用這轉換的法語文章模仿德語來作文章。法語中常常這樣模仿德語，可以說是一種小把戲。把幾乎同樣的內容轉換為德語的模仿就可以了。俄語也好、中文也好，原則是相同的。

那麼，如果把它翻譯為德語要怎麼進行呢？這次不要考慮德國的海因里希・海涅[17]，來試試英國著名的浪漫派詩人拜倫或濟慈，然後把原文的意義翻譯出來，將那文章模仿為英語的形式就可以了。

第三段文字，與其說是中文，其實是模仿中文的歌曲。我想各位應該注意到了，這是把日語的色情歌戲仿為中文的歌。順道一提，在《吉里吉里人》的盜版中文譯本裡，這個部分好像直接把這段模仿的中文刊登上去了，而且中文意思也可以通。讀了這段文字的中國女性會害羞臉紅地說：「中國才沒有這樣的女性。」這是我從去過中國的日本朋友那裡聽來的。

---

17　海因里希　海涅，Christian Johann Heinrich Heine（1797 – 1856），德國浪漫主義詩人。

只不過，此種方式會無法達成本來的翻譯目的。就那樣直接轉載，中譯本的讀者就沒辦法體會到日本版讀者體會到的怪異感。原作以外語來表現一般讀者熟悉的歌曲的這種語言遊戲的意義，都在翻譯時喪失。

因此，如果是我的話，首先會去找內容和這首色情歌曲類似的、在中國流行的色情歌曲。找的時候要基於這種信念：同為人類，就算是不同民族、不同語言，想的東西其實差距沒有那麼大。而且，這首歌其實是在模仿漢文，也就是在模仿對中國人來說具有權威性的古文。這是為了利用高格調而繁文縟節的文體來表現這首色情歌的怪異感。

不過，像中文這種中華思想文化的旗手，不可能在外語中尋求其古典精髓。對中文而言，日語、韓語、越南語都是蠻族的語言。因此，這段文字若譯為中文，模仿中國的古文也許是最適當的。當然，如果翻譯為歐語系，可以模仿拉丁文、古希臘文的風格來翻譯。那麼一來，透過翻譯傳達的內容就會達到原本日語中想要達到的目的。但要完全一致，是不可能的吧？

如前所述，包含雙關語在內的語言遊戲，不僅理論上可譯，只要看看小田島雄志先生的功力——沒有割捨莎士比亞戲曲中頻頻出現的雙關語而把它們翻譯為貼切的日本雙關語，就可以知道實際上也是可譯的。

吉爾（Robin D. Gill），一個擁有驚人日語能力、博學多聞，讓我們這一行膽戰心驚的美國人。

他以編輯、譯者的身分活躍於日本，同時也是一個毫不留情的「誤譯獵人」，讓人敬畏有加。他指出誤譯的同時所示範的譯文，精采而正確，令人讚嘆不已，其中最搶眼的表現，就是對於語言遊戲的處理。在此介紹一例，是吉爾對於把「Will your child learn to multiply before she learns to subtract?」這句海報標語被翻譯為「算術都不會時不要生孩子」時的文章。

那是關於下村滿子女士調查美國「增加中的10世代媽媽」實際狀況寫下的連載的插畫（朝日新聞，一九八六年七月四日），雖然文中正確傳達了海報原文的意涵，但那語氣完全變了調。

我首先要說，這英文原文寫得很棒。「您的孩子在學減法前先會乘法嗎？」其中 multiply（乘法）也有「繁衍子孫」的意思，所以也是雙關語[18]。如果把這句話翻譯成：「您的孩子在學算術之前先學『鼠算』[19]嗎？」或是「您的孩子在學會算術前先學產術[20]嗎？」這樣感覺比較接近原文。

——Robin D. Gill《誤譯天國》白水社

---

18 雙關語的日文為「掛詞」，發音為「かけことば」，此字和乘法的日文發音「かけさん」兩字為諧音。Robin D. Gill 利用「掛詞」和「乘法」又玩了一次諧音的語言遊戲。

19 是一種日本算術，一般題型為「若干時間裡、老鼠的數目增加多少」，表示數量的激增。

20 日文的「算術」與「產術」同音。

被評為不可譯之最的詹姆斯 喬伊斯[21]的《芬尼根守靈夜》一書，有如語言遊戲的百寶箱，而兼具勇氣、毅力與才氣的柳瀨尚紀先生，為了挑戰這不可能的任務，投入十年的歲月終於完譯出版。像小田島雄志、吉爾或是柳瀨尚紀一樣的翻譯者，世上的確不多見。

偶爾，甚至說是極為罕見的情況下，口譯員也能靈光一閃將某語言的諧音置換為其他語言的諧音，並誘出不同聽者的相同反應。不過，因為那機率和中樂透一樣小，所以奉勸企圖聘用口譯達成溝通的人士，比起測驗口譯員的實力，若重點還是在與談話對象的溝通，千萬不要輕易嘗試雙關語。

總歸來說，就筆譯而言，類似的語言遊戲的編碼轉換是可能達成的。不過就口譯方面而言，這幾乎是不可能的。因此若要以口譯員介入等方式進行語言溝通時，語言遊戲還是節制一下比較好。

---

21 James Joyce（1882 – 1941），愛爾蘭作家、詩人。

## 6 專有名詞連續轟炸的恐怖地獄

口譯還有讓人非常苦惱的另一個地方，就是專有名詞的羅列堆砌。如果是認識的專有名詞，還能明白它的意涵，或其特殊意義；但若是第一次聽到的專有名詞，對口譯員來説不過是一堆沒有意義的聲音的堆砌而已。請各位試想，如果這無意義的聲音的堆砌不斷累積下去，口譯會變得多麼混亂。

韓國垂楊介遺址位於韓國忠清北道丹陽郡艾谷里，是南漢江上游沿岸的台地遺跡。周邊的舊石器時代的重要遺跡，包括Cyo Ma Ru Yon Gi Ru洞窟、San Shi岩陰、To Da Mu Ku Ni Ga Ru洞窟、Kun Gi Ru Ga等，在丹陽郡的Che Wan，則發掘了Chan Na E台地遺跡。

這一段文字，是我擔任考古學相關研討會同步口譯時實際上負責的部分。因為事前拿到了原稿，所以還可以應付，但是如果只聽到聲音，前述這段文字突然飛過來的話，我也是完全束手無策的，會陷入無法口譯的狀態。

最常碰到這類情況的，是擔任觀光導覽口譯的時候。為俄國訪日重要人物導覽觀光名勝時，通常會聘用日本人導遊，然後再由口譯員把導遊的話譯為俄語。那種時候，我常常無言以對。要說是哪裡會變得無言呢，正是專有名詞堆疊之處。為了讓各位也能實際感受一下，請看以下由旅遊導覽書節錄的文字。其實各地的導遊所說的內容，幾乎都是這樣的。

此地與平將門有一段淵緣。平將門的祖父為平安時代中期的武將，為桓武平氏之祖高望王，父親是鎮守府將軍的平良將，以下總為根據地拓展其勢力。繼承父親的領地之一族紛爭，後來發展為「天慶之亂」，亦即「平將門之亂」。雖然曾有一段時期鎮壓關東地區，平將門被稱為新皇，但因平貞盛、藤原秀鄉聯手攻擊敗戰而死。死後，平將門被視為庶民之守護神，廣受民眾信仰。

日本人對平將門有某種程度的認識，可能是因為歷史課或是小說、電視節目之故，光聽到這個名字就會浮現熟悉的印象。但對於對此一無所知的外國人而言，平將門這個名字不過是個聲音而已。平安時代中期也只是聲音，因此，應該置換為「十世紀」比較容易了解吧。桓武平氏之祖高望王或鎮守府將軍也是一樣，如果沒有說明桓武平氏、鎮守府是什麼，也是不具意義的聲音。還有，如果沒有說明下總這個地區，它也只是聲音而已。不過，如果這些全部要說明的話，口譯就會追不上導遊說的話。

關於以上平將門的導覽，外國人的感受如何呢？為了讓大家實際體會一下，我們來參考外國的導覽書。

位於爪哇島接近中心位置的日惹，十六世紀初推翻巴章國的馬打藍王朝將其分為日惹蘇丹國與梭羅蘇丹國兩區，從梭羅王朝來的哈曼庫布渥諾一世於此定為首都而開始發展的。

因為是以文字呈現，這段內容對於各位讀者先生女士來說比較容易掌握，可以調整讀取的速度，也可以重讀好幾次。但在口譯現場，它是以聲音傳入耳朵，是不可能重聽的「消失之物」，而且口說的速度也非常快。

在國際會議上，口譯多以接力方式進行。在日本，例如原發言是印尼語，會把它譯為英語，然後英語的口譯員把它譯為日語，接著義大利語的口譯再把日語譯為義大利語、俄語的口譯譯為俄語、德語的口譯譯為德語、中文的口譯譯為中文。試想，在這樣的口譯形式中，這些第一次聽到的專有名詞頻繁登場，延續了二十分鐘左右。如果是以下的發言，口譯會變得多麼混亂？

被市郊的 Jyadomisu 山脈所包圍的 Danumanudo 盆地，有 Puroputadamana 王朝歷代皇帝及其親族的陵墓。其中，現在 Donajyamazusu 十四世的直系曾祖父 Dondobana 四世的同父異母弟弟的 Mensoguroki 二世從 Gazaramina 家迎娶而來的 Sa-manakara-na 皇后，為了悼念早死的次女 Dodebudei-nehan 公主的亡骸而建立的 Himuranakinashi 陵墓是特別美麗的。

人名、地名、建築物名稱、名勝古跡的稱呼、團體名稱等，當人們知道其歷史背景、故事來歷，便會喚起印象，也就具有意義。但對不知情的人來說，它們都只是聲音的堆砌而已。一連串沒有意義的純聲音的連續，要用聽覺來正確掌握，是極為困難的技巧。同時，如果專有名詞沒有被正確發音也會隱藏指涉完全不同事物的危險。此外，前章曾提到記憶力，沒有意義的東西是不容易記的。它會占用記憶的容量。為了感知、記憶專有名詞，其他重要的元素，包括為了理解文章整體意義所需的注意力和記憶容量就會減少。而且，和其他具有意義的單字比較起來，要同步歸納、整理專有名詞幾乎是不可能。因此，當專有名詞過度集中，會讓口譯員疲憊不堪，陷入無法口譯的狀態。可能會發生像是父母為了祈求兒子長壽而取了「壽限無……」[22]的一長串名字，結果當「壽限無……」不小心掉進井裡，因為名字太長反而延誤救援時間，最後溺死的悲劇。

---

22〈壽限無〉為日本江戶時代的落語，後來成為繞口令遊戲。故事講述父親請和尚為兒子幫忙取吉祥名字，和尚說了很多吉祥話，難以抉擇的父親最後決定全部放入，於是成了日本最長的名字：寿限無五劫の擦り切れ海砂利水魚の水行末雲来末風来末食う寝る処に住む処やぶら小路の藪柑子パイポパイポパイポのシューリンガンのシューリンガンのグーリンダイグーリンダイのポンポコピーのポンポコナーの長久命の長助。

只有多次經歷這種修羅場而存活下來的資深口譯員，才能在進入如壽無限地獄般的密林後看似無法脱身卻不做無謂爭鬥，沉著應變並唸出以下譯語：

在市郊盆地區，有 Puroputadamana 歷代皇帝及其親族的陵墓，其中特別美麗的，是 Dodebudei-nehan 公主長眠的 Himuranakinashi 陵墓。

## 7 慣用語的逆襲

來聊一個從前的故事。在蘇聯和美國兩大超級強國冷戰關係逐漸瓦解的過程中，雷根總統和戈巴契夫經常進行會談，簽訂了一連串的縮減核子武器的條約。每當進行會談或簽約儀式，兩位一定會進行演説，也會動員各電視台的英語、俄語同步口譯員。這時候口譯員們煩惱的來源，就是雷根很喜歡使用諺語，戈巴契夫則動不動就引用文學作品。

演説中一定要引用諺語、成語或文學哲學書籍，並插入偉人的箴言警句，這是歐洲的雄辯術的一種模式。基本上在演説中被引用的，都是成為該國國民共有財產、做為國民平均教養的一部分所必然熟知的作品。因此，對於歐語系的口譯員來說，以希臘神話為首，希臘、羅馬的故事來歷、舊約及新約聖經，還有《伊索寓言》等都是必讀作品。口譯員至少要把開頭的部分記住，讀讀文摘之類的也可以。

文學作品方面，常常出現在演說中的，包括英語圈的莎士比亞、拜倫、濟慈；俄語方面就是托爾斯泰、杜斯妥也夫斯基、契訶夫、普希金；法語方面則有巴爾札克、盧梭、雨果等等。日本方面常被引用的，則是漢文、古文的素養，包括杜甫或李白等人的詩、《萬葉集》、《源氏物語》、《枕草子》、《日本憲法》，還有石川啄木、夏目漱石、森鷗外、芥川龍之介等人的作品。若是國際會議，則會不時提到聯合國憲章。

此外，口譯員也必須要背誦口譯雙方語言中的大量諺語。陌生的諺語出現時，常會讓口譯員當場臉色發白。但如果能事先熟記，再沒有比這更強的夥伴了。事先整理諺語，其實是有道理的，諺語記得越多反而越容易記。完全沒聽過的諺語會把當下的記憶容量塞滿，而能自動脫口而出的諺語則會大大減輕記憶的負擔。

例如，如果出現「醜女的深情」這個諺語，我會立刻翻譯成俄語的「熊的親切」。這句話出自一個寓言：為了要打死停在兔子臉上的蚊子，熊很親切地摑掌下去，結果兔子反而死掉了。

中學時代，我們被要求背誦大量對照日文諺語的英文諺語。例如「覆水難收」就是「別為打翻的牛奶哭泣」（Don't cry over spilled milk.），或「船工多了打翻船」就是「廚子多了煮壞湯」

（Too many cooks spoil the broth.）。位於地圖兩端、歷史進程極為不同的民族，卻擁有相通的真理。能確認這件事，真是令人欣喜的發現。當我發現「懲羹吹齏」可以對應俄國諺語「被羅宋湯燙到，看到水也要吹涼」，我感動到想跟大家分享。

不過，不能對應的諺語也很多，例如俄語的格言「愚蠢的夥伴是最強的敵人」，不過，就這樣直接翻譯成日語也説得通，只要把它譯得像是諺語就好了。或是「贈馬之齒勿視」（Never look a gift horse in the mouth.），意思就是「不要抱怨收到的禮物」。

不過，有時會碰到非常難懂的諺語。例如俄國俗諺「壞話不會垂到衣領下」，是表示壞話只要忍耐一下就會被忘記，大致相當於日本的「謠言不過七十五天」。還有「舌頭會帶路到基輔」也不好懂。這句慣用語中，舌頭也就是人類的語言，因此即使不認得路，向人問路就可以到達很遠的地方。這樣的東西如果沒有事先背起來，如果突然出現在演説中就會無法翻譯。

俄國人常常把類似慣用語的一句話掛在嘴上：「散三明治掉下去定律」。我的俄語口譯員好友三浦綠小姐，從其適用句導出，類似日語諺語中的「哭臉偏被蜜蜂螫」、「倒楣時候遇到鬼」。簡言之，就是「禍不單行」。

「散三明治掉下去的時候，一定是有餡、較重的那面著地。散三明治掉了已經很不幸，更可惜的是放了魚子醬或火腿的那一面落地，甚至還必須打掃吧。」

對於三浦綠小姐中肯詳細的說明，我既感動又開心。文藝評論家、文學家沼野充義先生則表示：

「這種想法似乎很久以前就有了，大概不是源自俄羅斯的。猶太人的意第緒語裡有個關於凡事都不順利的男人的故事，這個三明治的典故應該是出自這裡。還有，這句話好像也和『墨非定律』類似。」

所以啊，慣用語是很深奥的。是絕對不可輕忽之物。

三浦綠小姐又跟我分享了一個可以對應日本諺語的俄語，來自她自身的口譯經驗。

日語中有句俗諺「一颳風木桶人家就大賺」[23]，表示牽強附會的因果關係，類似的說法在俄語中也有，像是「吃肉會感冒」，這牽強邏輯的推理是「吃肉↓精力旺盛↓勃起↓睡覺時把毯子撐起來↓毯子被撐起，本來蓋上的腳尖露了出來↓腳很冷↓感冒」。

像這樣，字典、參考書、成語慣用語字典都沒收錄的用語實在不勝枚舉。對於使用某種語言的人士而言，例如操俄語的俄國人、操日語的日本人，這些用語數量應該比自己意識到的還要多得多。憑藉一般單字的意義或文法知識無法解釋的成語、慣用句，很多都是靠口譯員

---

23 這個諺語的邏輯推論是；一颳風↓起風砂↓砂子飛進眼裡↓盲人增多↓盲人彈三味線說書謀生↓製作三味線使用的貓皮的需求大增↓貓減少了老鼠就增多↓老鼠咬木桶↓木桶暢銷↓做木桶的大賺。

自行發現相對應的內容，想起來這也是理所當然。因為是初次翻譯的對象，對於諺語表現，譯者自然會嘗試用普通的單字或文法知識來嘗試解釋。

在某個國際會議上，有日本人發言道：

「社會民主主義與民主社會主義有什麼不同，我不太了解。感覺就好像咖哩飯和飯咖哩有什麼不同，或者大便和味噌有什麼不同……」所幸，當時擔任同步口譯的不是我，而是本書開場即隆重介紹的，我的口譯師傅——俄語達人德永晴美。德永老師在心裡碎唸：

「該死，咖哩和味噌蘇聯都沒有。日、蘇都有的只有大便[24]。」

所以，他把「咖哩飯和飯咖哩」翻譯為

「火腿蛋、蛋火腿」，

把「味噌和大便」翻譯為

「發酵的豆醬和大便」。

慣用語像這樣可以順利翻譯的情形其實並不多見。以下是跟它纏鬥下我的失敗例子。

日本某民間電視台為了要直播蘇聯的排球比賽，向蘇聯國家廣電委員會買下播放權。然

---

24 原句中出現兩次くそ，一是句首的語助詞，一是句末的糞。

而，管轄排球會場的蘇聯國家體育委員會透過廣告代理商，把在排球場周邊看板的廣告權利賣給了日本企業。此舉造成了直播節目贊助商的敵對企業名在比賽中一直搶演露出。當然，節目製作人為此氣瘋了，甚至直接和國家體育委員會理論。他和對方見面時，一副想要動手打架的樣子：

「這在日本就叫『穿上別人的兜襠布相撲』啊！」

我急中生智，把它翻譯為：

「穿上別人的褲子摔角。」

蘇聯國家體育委員會那邊的人聽了，表情像吃了小子彈的鴿子一樣僵硬。在當時那個情境之下，製作人講話有如機關槍掃射，我竭盡全力拚命處理那語言子彈。不過，當事件告一段落，若好好地想一下，在這種情況，相撲選手的「兜襠布」象徵力量或權威，而我的翻譯好像只讓人留下不乾淨的印象而已，為此我頻頻反省。

在那個時候，把「穿上別人的兜襠布相撲」翻譯成「狐假虎威」也不適合。沒有現成品的時候，量身打造，只能這樣創出新諺語，當我為此苦惱不已，那個製作人撇清自己正是苦惱的根源，說道：

「如果是我的話，就翻譯成『讓別人的太太賣春幫我賺錢』呢。」

他竟然說了這麼不正經的話。

日本人有句話説「彷彿百年待河清」，這「河」就是中國的黃河。黃河因為泥沙淤積而變黃，要等它變清澈，等個百年也沒有結果。這句話用來比喻等待沒有指望的事情。有日本口譯員把它翻譯為「彷彿百年待火星」，偶爾也有人這樣誤打誤撞傳達其中「含意」。不過，這樣的偶然，不就正如「等待河清」一樣嗎？而且它的難度就跟「在地獄碰到佛陀」或「在南極推銷冰箱」一樣高，所以還是「不要等第二隻泥鰍」[25]比較好。其實，平日喜歡親近母語中各式各樣的慣用語、成語等，或許是口譯員的嗜好。我也會在「閒泡茶」[26]的時候，常常翻閱慣用語詞典，當遇見了形容卑賤之人才會邊嫌食物邊把更多食物塞進嘴裡的俗諺「下賤者謗食」時，我受到驚嚇，直把手摀在胸口上。

關於日本慣用語的難處，山形方言研究者丹尼爾・卡爾（Daniel Kahl）也舉了好幾個例子，例如「露出腳」[27]、「火之車」[28]、「人面廣」、「眼光高」、「賣油」[29]、「濕手抓粟」。[30]（火

25 「二匹目のどじょうを狙わない」意指不要期待第二次好運、不要跟風。
26 「お茶を挽いている」形容古代青樓女子沒有生意時的閒暇貌。
27 「足が出た」比喻超出預算或露出馬腳。
28 「火の車」比喻經濟拮据困苦。
29 「油を売る」比喻工作中的偷懶行為。
30 「濡れ手で粟」沾濕的手可以一把抓起許多粟米，比喻輕鬆獲利。

腹捧腹〉《週刊文春》一九九三年十月七日號）

這些都是沒辦法逐字逐句翻譯的慣用語。口譯員如果聽到「眼睛掉下鱗片」這句話，總不能陷入沉思「欸，『鱗片』該怎麼說……」，還吞吞吐吐翻譯不出來吧。在這裡，又承蒙沼野充義先生的指教：

「這並不是日語的慣用句，而是源於聖經的表達方式。生病而看不見的人，因為耶穌的力量『好像有鱗立刻掉下來』，結果就恢復視力了。[31]英語的『鱗』是scales（The scales fall from one's eyes.）。這一句話在俄語中，『鱗』被翻譯為『пелена』（覆蓋），所以就變成『как пелена с глаз упала (спала)』，但它們的起源是一樣的。」

換句話說，原本該苦思「鱗」要怎麼翻譯的我，真正是「眼睛掉下鱗片」啊。

我的西班牙語口譯員友人加瀨多根子女士在演說中也講了一個故事，說明慣用語不能等閒視之。

以下是失敗談。我常常會把失敗拋在腦後，但別看我這樣，其實還是很懦弱的，只要一想到失敗案例就會連續好幾晚睡不著覺。偶爾莫名心情低落時，還會猛然想起六年前的失敗。

---

31 《新約聖經》〈使徒行傳〉典故，譬喻聖靈充滿，茅塞頓開。

不過本人是那種想著逃避吧、逃避吧，索性把酸臭之物蓋鍋了事的名人，雖然將自己的失敗全蓋上了蓋子，但如果說到別人的失敗，再多我都記得起來。

有一次，其實這已經是很久以前的事了。西班牙某省的省長一行人，受到日本的姊妹縣邀請訪日。對於派對這種場合日本方面雖然不太重視，但我認為派對氣氛的好壞足以影響對方的態度。例如，派對上的寒暄致詞，日本人認為這是很簡單的事，但我個人認為，是否能把那歡迎的氣氛好好傳達出來，是非常重要的。

因為西班牙省長的興趣是蒐集蒸汽火車頭模型，於是日方以模型相贈。模型型號C57，日本的縣議長說明「此模型被譽為『奔跑的貴婦』」，但在場的口譯員省略了「貴婦」，譯為「奔跑的女人」。

當時安然無事，不料兩天後，我跟著西班牙省長一行人前往京都訪問，省長突然想起來，說道：「那個縣議長，品味很差吧。」「怎麼說？」我反問，他說因為之前派對上議長說了一句「奔跑的女人」。我說：「啊，口譯員譯為『奔跑的女人』，但其實是因為C57的造形很美，議長說的是像奔跑的貴婦一樣。」「是這樣的話就好。妳知道『奔跑的女人』的意義嗎？」「不知道。」他說：「『奔跑的女人』就是為了釣男人而忘我的女人。」說到「釣」，那可真的品味低俗。說得更通俗些，就是非常想和男人上床的女人。那位口譯先生真是犯了不得了的錯誤。托他的福，日本縣議長變成品味低俗之人還渾然未覺，在派對上悠哉喝著美酒。哎呀，類似的恐怖失敗，我應該也在很多地方犯下不少。早知道當時就該帶把鏟子去。

——第十三屆口譯諸問題研討會，一九九二年一月，於日蘇學院

而成語、慣用語之中，最難纏的恐怕是罵人、損人這一類的話。是說者蓄意的也就算了，但如果是譯者在不知不覺中誹謗、中傷、侮辱、嘲諷了對方的情況，這發生在別人身上會覺得滑稽至極，但倘若設身處地，光用想的就會背脊發涼。因此，接著另設主題，是對罵人用語的考察，敬請見諒。

## 8 罵人用語考

物理學博士安德烈·薩哈羅夫[32]（諧音同砂糖）曾被流放到高爾基（苦的），該市市名應該改為斯拉托基（甜的）。這個俄國玩笑話曾經一度流行。不過如您所知，長年以被視為「蘇聯文學之父」的作家高爾基之名命名的城市，已經不再是那個窩瓦河畔「蘇聯氫彈之父」

---

32 安德烈·薩哈羅夫（Andrei Dmitrievich Sakharov，1921 – 1989），俄國物理學家，主導蘇聯第一枚氫彈的研發而被稱為「蘇聯氫彈之父」。因對蘇聯改革的貢獻於一九七五年獲頒諾貝爾和平獎。

的流放地。作家的出生之城，已經被改回他出生時的名字，同時也是其作品中所稱的「下諾夫哥羅德」。

隨著參與史達林時代肅清活動的史料被攤在陽光下，「高爾基」之名從莫斯科最繁華的大街消失，文學報導中也不再與「俄羅斯文學之父」的普希金被並列雙璧。但高爾基的作品並非全無價值，其中有好幾部不忍割捨的傑作，以及難以捨棄的名言。

例如，關於俄語，高爾基盛讚它為「世上無同類的髒話寶庫」。

高爾基應該只會說俄語，然而世上有一千五百到三千種語言，他有沒有資格說「無同類」，理所當然會產生疑問。不過，另一方面，這句話又頗有說服力。

的確，根據語言的不同，有些語言中某種類別的語彙會極端地多，或極端地少，這種情形屢屢可見。例如，日語學家金田一春彥老師曾經指出：「長久以來為農耕素食民族的日本人的字彙之中，表示肉體各部位的單字就遠比狩獵民族的阿伊努人[33]的語言來得貧乏；口語中內臟各器官的稱呼，全部都從中文借來的。」又或者是，長久以來過著肉食遊牧生活的蒙古人，竟把各種類的蔬菜極其簡化隨便地通稱為「草」。這樣的場面，在司馬遼太郎「街道散步」系列的拔尖作品《蒙古紀行》裡便有生動描寫。

33 居住於日本北海道、俄羅斯庫頁島等地的原住民。

現在已宣布主權獨立，自稱為「薩哈共和國」的國家，過去是雅庫特自治共和國。十年前左右我曾造訪，聽說雅庫特語沒有罵人、貶損、誹謗的語言，所以雅庫特人只有在吵架時會講俄語。這可以說是支持高爾基說法的有力後援。

舊蘇聯時期在日本出版社長年擔任編輯的俄國人涂馬金先生（Pyotr Tumarkin），與許多日本譯者有交流，太太也是日本人。做為日語的高度觀察者，他分享了自己親身的經驗談：

日本人只要把頭歪向旁邊，或是說聲「是那樣嗎？」就可以表達難以同意對方。如果是俄國人的話，則必須說出十倍、二十倍的罵人、損人的話。水谷修先生曾說：「日語的背景裡包含了內心戲及對對方的體貼，相對於此，英語對於對方則具有攻擊性，有時會過火。」（月刊《日本學》一九九一年十月號）他對英語的見解，完全可以適用於俄語。

——俄語口譯協會主辦第四十一屆學習會，一九九三年十二月，於上智大學

此外，俄國的小說等出現的各種惡毒髒話與嘲諷其中百分之八十是不可譯的，一位著名的俄國文學教授曾如此抱怨，事實確是如此。假如是其他種類的單字，就算找不到適當的日

語，通常會使用定語[34]或換個說法，但罵人的話如果還要加上解說翻譯，會失去罵人的氣勢，因此髒話便成為苦惱的根源。雖然很令人同情，不過，當我們把「このとんとんちき」（這個白痴二百五）、「おたんこなす」（笨蛋廢材）、「豆腐の角に頭をぶつけて死んじまえ」（用頭撞豆腐鬧自殺）這些說法拿出來瞧瞧，腦海裡不禁浮現了世界各國的日本文學翻譯者窮途末路的姿態。相信罵人語言的世界選手賽上，日語同樣也在奮鬥不懈吧。我自然而然偏袒起日語來了，這可能是國粹主義在作祟。

然而，在非文章化的語言之中，髒話的種類比起書面語言要來得更加豐富，使用頻率也更高，這是萬國皆通的語言特點。不過即使如此，我們口譯員鮮少遇上髒話場面。因為當口譯員介入企圖溝通時，不論是決裂之前的談判也好，或是從頭到尾都在指責與中傷對方的會談也好，雙方的潛意識中都會存在著彼此是外國人的念頭，也會想要保持最低限度的風度。

對口譯員來說如此寶貴的對罵口譯，其實我曾經經歷過一次。不，更正確的說，根本是陷入口譯窘境，無法完成工作的事件。那時，日本電視台獲得蘇聯的協助，得以對現改稱聖彼得堡的列寧格勒所舉行的國際排球比賽進行實況轉播。比賽會場有八部攝影機將畫面傳送到轉播車，日本導播便透過蘇聯導播對各攝影師提出各式要求，以及指示選擇哪一部攝影機的畫面傳回日本。而我的工作就是要把它們口譯出來。本來還好聲好氣的蘇聯導播，面對指示

34 定語：名詞前面的附加修飾、限制之內容。定語可能是名詞、代詞、形容詞、數量詞，有時也會是動詞或詞組。

的畫面沒有傳過來時開始變得焦躁，剝掉客氣的假面後投入了和攝影師之間的激烈爭執。

其實，導播只要說一句「攝影鏡頭給我好好跟著球跑」就結了，但是他們動用了十倍的時間和語彙叫罵，好像這樣還不夠似的。這時候我發現，「屎」類和「雞雞」類的單字，彷彿像感嘆詞一樣點綴其中，雙方不惜在對話中大量使用，當穢言穢語集中到如此程度，滑稽的感覺已大過於憎惡。那時候，完全被遺忘的日本導播拜託我：

「喂、喂，告訴我他們在說什麼啦。」

但我就算想翻譯，結果還是說不出話來。因為我找不到可以對應的日語。雖然譯不出來，但是我完全懂得他們對罵的內容，這都得私下感謝平日俄國損友們的薰陶。

不久後，日本電視台（而且，還是NHK）播出了一段對話，與俄國導播和攝影師間的對話有異曲同工之妙。日本自衛隊監聽了蘇聯偵察機在擊落大韓航空客機前刻的飛行員間的對話，電視台決定將對話直接加上日語字幕播出。我想應該有很多人還記得，當然，翻譯時穢語的部分都省略了。不過，光是聽到的，那髒到極限的大量粗話，數量遠遠超越了自衛隊所需的情報量。如果把它文字化，我想大概就是以下的模樣：

「××××××××喂××××××是我××××××○○○○○啦。×××××聽得到嗎？×××××××××」

「××××××××××啊××××××聽得到。××××××××××××××××○○○○○○啦。×××××××××××××」

「×××××××××××看到了嗎？××××××那是×××××××K啦。×××××××K啦。××××××××××」

以上××××××的部分全都是粗話。那些一定是暗號吧？應該也有人會那麼想。但我覺得百分之九十九點九不是這麼回事。偵察機飛行員們的對話內容量少但用那些非粗話的語言就能表達其意。正是在完全沒想到會被監聽的情況下，偵察機飛行員之間才會交換如此大量的粗話。

此外，接觸到如此寶貴的俄語互罵的場面，我強烈感覺到髒話對於表達親密感有很大的貢獻。別人沒有介入的餘地，可以營造出好友圈的氛圍。其中，猥褻的粗話，那種紳士淑女就算失言都不會從嘴裡吐出來的措詞，在這方面的功能是很強的。其實，排球現場轉播的蘇聯導播和攝影師們的互槓，或是自衛隊監聽的蘇聯偵察機飛行員們的對話，就是充滿了這種字彙。

髒話語言中，相較起來，終究只是比較上來說，「母狗」或「母狗的兒子」算是有品的。俄語和英語中都有這種說法，當然，罵女性時就用前者，罵男性時就用後者。所謂「母狗」，不論對方是誰都能以身相許，也就是暗指亂搞關係、不檢點的女人。簡而言之，用日語表示

就是「ずべ公」、「ずべ女」、「あばずれ」[35]。所謂「あばずれ的兒子」，就是指「父不詳」、「身分不明的傢伙」這樣的意思。

義大利語和西班牙語中，「妓女」或「妓女之子」這種罵人的話好像比較常用，不過它們的旨趣是相同的。

恩格斯在《家族、私有財產、國家的起源》中即曾提及，日語的「あばずれ」、「ふしだら」也就是「對男性門戶開放」的女性變成一種負面形象，「處女」、「貞淑」也就是「對男性門戶森嚴」的女性變成一種正面形象，這兩種女性形象的演變過程，在寬鬆的母權社會瓦解、以私有財產制為基礎的父權社會確立下合而為一。在母權制度下，孩子和哪個男人生的完全都不成問題，但隨著財產權和死亡過繼的發生，演變成骨肉相殘的慘事。男人被只想讓具有自己血脈的孩子繼承財產這種排他性想法俘虜了。因為確立了擁護這種願望、將之正當化的制度，男性的獨占欲就「升格」成為法律或道德規範，於是「あばずれ」、「ふしだら」成了危及這種排他的財產權的威脅與罪惡。

先前介紹西班牙語慣用語中意指「非常想和男人上床的女人」的「奔跑的女人」，也是被歸類於這一類的貶義語。

---

35 都是指品性不端正、放蕩任性的女人。

說起來，在我小的時候，小孩吵架時相當愛用的罵人話是「你媽媽是凸肚臍的」。我記得自己也常常讓它派上用場。藉著貶損別人的母親來罵對方，這一點和「母狗的兒子」這句話的手法如出一轍。這當然會讓人非常生氣。聽說在西班牙，只要說出「你媽媽」這幾個字，對方就會氣到像被掐喉面爆青筋。俄語中，這種母親中傷路線中也有一句「操你媽」。實在是太聳動又太偏激，跟它比起來，我們日語那句「你媽媽是凸肚臍」相當天真無邪孩子氣。

曾有位年紀較長的日本人訪問中國時，因為停留期間受一名中國年輕人許多照顧，他覺得跟中國年輕人變得很親，懷著疼愛之情與由衷的感謝，便說：「你，是我的兒子。」年輕人本來很高興，沒想到不久後卻臉色蒼白憤而離去。原來「你是我兒子」竟等同「操你媽」的意思，據說這是最高級，也是最低級的侮辱。這是我從由中國歸來的友人那裡聽說的。

啊，中國不愧有四千年的歷史，「操你媽」這麼低級、直截了當的說法，可以演變成這麼迂迴的說法。這正是文化的表現了不是嗎？在體會到這一點的瞬間，我彷彿被包覆在感動的波浪中顫抖不已。

然後，就在心情稍微平復後，有個閃過的假設盤踞心中不肯離去。「你媽媽」是「凸肚臍」，畢竟也是指涉那種狀況不是嗎？[36]也就是說，這也是「操你媽」的一個變種，它留有

---

36 「肚臍」為女性性器的暗喻，因此「你媽媽是凸肚臍」其實是在咒罵對方媽媽有畸形的性器官。

餘韻，因為事情說得太白就是不風雅，這不是很恰當地反映出日本文化的特徵嗎？

正如以上所述，不可機械式對應慣用語、成語、諺語，它們是無法輕易轉換編碼之物。異文化間並沒有共有慣用語、成語或諺語的背景，也就是過往的脈絡，所以只以一般語彙或文法知識是不可能完全理解的。通常，所謂脈絡，意指單字、整合的措詞的前後關係，但當我們提到前後關係時，並不只是文章中的前後關係，也包括語言如何發生的全體狀況，以及這種說法誕生的遙遠遙遠過去的背景。

因為這層原委，下一章我要獻給「脈絡」。

# 第四章 太初[1]有「脈絡」

## 1 脈絡的背叛

這是之前的故事了，一九八五年十一月，戈巴契夫和雷根兩人第一次單獨會談，選中瑞士日內瓦做為會談場地。

那年三月，戈巴契夫就任蘇聯共產黨中央委員會書記長，還是初出茅廬的閃耀政壇新星。尸位素餐的布里茲涅夫、安德羅波夫、契爾年科[2]，留下了許多閒話笑料之後相繼去世，戈巴契夫清新登場。這位克里姆林宮新出爐的最高權力者，上任後果敢地帶領停滯腐敗的蘇維埃社會進行民主革新，並認真挑戰開拓僵化的國際關係。然而當經濟改革、開放政策開始成為流行語，六年之後，戈巴契夫竟被迫辭去總統職務。當時，戈巴契夫正極力扮演揭開國家改革序幕的角色，但恐怕包括他本人在內，誰都沒料想到會有後來的結果。

這個男人備受全世界媒體的矚目，我常覺得這不過是後發資本主義國家的貧乏現象之一。但本來日本媒體就有豪華重點式集中主義傾向，追隨美國的單細胞思考習慣也幫忙成就美蘇中心主義的世界觀，在這「歷史性的」美蘇高峰會開始之前好幾天，已經連日採取總動員的態勢。

---

1 引自《新約聖經》〈約翰福音〉中的「『太初』有道，道與神同在……」英文原文為：In the beginning was the Word。

2 三人均為一九六〇－一九八〇年代的蘇聯最高領導人。

隨著會談的日期越來越接近，每家報紙的版面、電視台各個頻道的畫面都清一色是美蘇首腦高峰會談的報導，氣氛也越來越熱鬧。

其實在這段期間，我看了蘇聯方面發行的各大報，覺得蘇聯的報紙也變得格外有意思。高峰會談相關的報導雖然占了相當大的篇幅，不過基本上並沒有造成日常生活各個領域失去平衡。會談當事國的媒體是非常冷靜的。得知這種情形後，我真的覺得日本各家報刊以全版報導，實在是相當異常的舉動。

讓我感到困擾的是，因為在這種時候被動員擔任電視轉播的同步口譯，不知不覺被社會還是媒體營造的高昂氣氛所煽動，自己也激動了起來。回想起來，令人慚愧的口譯內容透過電波流傳到大街小巷，丟臉的是口譯員，雖然是自食其果，但我還忍不住說些懷恨的話，真是抱歉。

順帶一提，我初次擔任電視實況轉播的同步口譯，是布里茲涅夫去世相關的蘇聯官方公告，第二次是安德羅波夫的、第三次是契爾年科的訃告。由於蘇聯政府對情報進行嚴格管制，當時各媒體的莫斯科特派員都是閒到每天專心看歌劇與芭蕾舞劇度日，簡單來說，就是蘇維埃政府發出的新聞極為稀少。戈巴契夫登場後的蘇聯，以及蘇聯瓦解後的俄羅斯，變成了世界新聞的震央，如今回想，竟恍如隔世。

所謂蘇聯領導人逝世相關的官方公告，其實就像以下我那笨拙有如玩笑的樣板式文章：

「今日，一九○○年○月○日○時○分，我國的黨與國家的偉大領導人、馬克思．列寧主義出類拔萃的思想家、為國際共產主義運動的奮鬥不懈的鬥士，我蘇維埃聯邦共產黨中央委員會書記長、蘇維埃聯邦最高會議幹部會議長、○○同志逝世的消息，在此謹以哀悼之意告知大眾……」

這樣的刻板文章就像是蘇維埃體制的象徵，僵硬、絕無更動可能。不論是用於哪一位書記長，都是一字一句沒有兩樣，只把名字及死亡年月日及時間代換就可以了，真是沒有口譯價值的內容。

然而，我能這麼輕鬆評論，是因為我是局外人。其實，朗讀這樣無聊至極的刻板文字的播報員，其壓力之大非比尋常。以下，是我從蘇維埃中央電視台主播那裡直接聽來的真實故事。

首先要請各位先了解一個概念，那就是播報所有關於書記長言行舉止的新聞，是攸關名譽、誠惶誠恐的工作。在「列昂尼德．伊里奇．布里茲涅夫同志」之前一定要冠上「蘇維埃聯邦共產黨中央委員會書記長、蘇維埃聯邦最高會議幹部會議長」，為了要讓這段稱謂順利脫口而出，播報的主播在正式播出前必須心無旁騖地不斷練習。

於是，雀屏中選的某知名主播，在攝影棚來回踱步努力進行發聲練習。而攝影師和導播因為好心想舒緩主播的緊繃的神經，便半開玩笑地對主播說：

「主播啊，等一下小心不要唸成什麼『колхо'з коллективное хозяйство（集團農場）議長列昂尼德·伊里奇·布里茲涅夫同志』哦。」

那時候，主播被逗笑了，氣氛稍微緩和下來，然而它就像是個強迫觀念，被深印到主播的腦海。正式播出時，主播播報道：

「今天，〇時〇分，集團農場議長列昂尼德·伊里奇·布里茲涅夫同志……」

主播在讀稿途中，意識到自己犯下的錯誤非同小可，恐懼之餘竟造成心臟病發作突然倒下。

播報這種一字一句都不能出差錯的樣板式重大發表，對於蘇聯主播來說是多麼戒慎恐懼，但對遠在一萬公里外他國電視台口譯區裡的口譯員而言只是一件無聊的工作，並無法挑動起我們不能漏掉任何一字的高漲的熱情。

因此，前面提到的日內瓦會議，它結束後由戈巴契夫發表的聲明對我來說才是實際的第一個電視實況轉播同步口譯工作。這一點就足以讓我血液直衝腦門了，再加上連日來媒體的過度報導，工作的場所又是全體浮躁不安的電視台，誰來安撫我不要緊張也沒用。在這種狀態下，我走進了被挪用為同步口譯區的主播室。

當時我的心跳數在瞬間激增，脈搏頻率開始飆快，我可以確實感覺到這個器官在身體內部所占的位置，也可以清清楚楚地像透視人體解剖圖般那樣真實感受到心臟幫浦把血液運送到體內每個末梢。可能是神經系統異常亢奮的關係吧，感覺所有的動作都變得緩慢，自己和外界之間好像生出一層透明的膜。

啊，怎麼辦……這樣下去，已經看到失敗就在眼前，口譯員生涯肯定就此永遠葬送。我開始胡思亂想，變得更加緊張。對了！從日內瓦傳來的畫面和聲音如果斷訊就好啦！自暴自棄的當下，願望落空，希望它斷訊的聲音透過耳機傳到我的耳裡。正當陷入一籌莫展的危機時，我卻意外得到解救。

傳進耳機的聲音，並不是身為俄語口譯員的我應該翻譯的戈巴契夫的發言，而是主持人瑞士總統的法語致詞。瑞士總統開始說道：

「Président et Secrétaire général……」

和我一起待在口譯區裡的法語口譯員把它譯為：

「議長閣下及事務局長閣下……」

口譯室裡要為雷根總統口譯的英語口譯員和我，聽到這句口譯往後倒抽一口氣差點滑落椅子。多虧發生這件事，對於能夠馬上忘掉自身失敗卻能受到他人失敗激勵的可悲的我，因此完全忘記了緊張，又回到沉著鎮定的狀態。

就連不太懂法語的我都知道那句法語是「總統閣下及書記長閣下……」，是對在場兩位領袖的稱呼。

而「議長閣下及事務局長閣下……」這樣的翻譯，讓瑞士總統的原發言，也就是他招呼美國總統雷根與蘇聯書記長戈巴契夫的那個場合狀況完全被背叛了。

像這樣，單詞被置於狀況中，簡言之就是也包含言語之外的先後關係，我們通常稱之為脈絡或文脈，或是背景（context）。而詞語的意義，經常受到脈絡支配，也就是被先後關係所左右。因此，正如此例，譯語被脈絡背叛的情形，其實經常可見。

翻閱字典可得知，président 這個單字和英語一樣，都可以譯為議長、社長、總統、總裁、董事長、校長、審判長。啊，這也是一款汽車的品名不是嗎。（我們特別要注意這種專有名詞化的普通名詞。波斯灣戰爭爆發時，不知道哪家電視台的英語同步口譯員突然毫無頭緒的一直說了好幾次「愛國者、愛國者」，讓人苦思不得其解。結果並沒有什麼大不了，其實是指 Patriot 飛彈。）

此外，président 可以譯為事務局長、事務總長、幹事長、書記長、總書記。不過，在具體的脈絡中，可能的翻譯範圍會變窄，在前面提到的場合中，譯為「總統閣下及書記長閣下」是唯一可被接受的版本。

## 2 解讀《解體新書》[3]全靠脈絡

使用母語的時候，誰都會無意識地依賴脈絡。尤其是同音異字多得驚人的日語，多虧脈絡幫助，聽進耳朵裡的某詞彙不會和同音的詞彙混淆，方能順利溝通。聽到「KAKI」這個音，日語中有「花器」、「柿」、「牡蠣」、「火氣」、「夏期」這些字可以選擇。如果是花道的老師說「KAKI 有形形色色的種類」時，就是指「花器」；如果脈絡是「日本 KAKI 的產地，以廣島及東北的松島等地最聞名」，那麼就知道是「牡蠣」。「軍服常常使用卡其色，據說其語源是印地語中指泥土的『卡其』一詞。不過，也有一說指出是源自『KAKI』這種水果，其原產地在日本。」從這上下文我們可以推論是指「柿」。聽到讀音為「KAKU」的動詞時，我們會根據「手紙を書く」（寫信）、「絵を描く」（畫圖）、「汗をかく」（流汗）、「恥をかく」（丟臉）、「裏をかく」（出奇招）、「義理を欠く」（不懂人情世故）、「背中を搔く」（抓背）這些前後文的不同來分辨其意義，說話時也會配合脈絡來表達不同意義。

大多數時候，我們不會把「彈痕」和「男根」[4]搞混，也不會誤會「性能」是「精

---

3 《解體新書》出版於一七七四年，由杉田玄白譯自德國醫學家 J. Kulmus 所著 Anatomische Tabellen 的荷蘭語版本，是日本第一本人體解剖學翻譯書籍。

4 讀音皆為「だんこん」。

囊」[5]、把「富農」當「不能」[6]，都是多虧單詞使用時可依循的情況、脈絡。

口譯工作，其實很多時候都要靠脈絡這條救生船解救。首先，就像前面提到的，在面對一組同音異字時，當然也是在脈絡的幫助下才能擇一使用。

此外，需要注意一個問題：並不是說話者／原發言者所說的話就一定正確無誤。例如，在某個以俄國人為對象的研修會場，日方主辦單位表示：

「各位，明天的行程並沒有正式的拜會活動，所以穿『強韌』的服裝也沒關係。」

而口譯員在譯出的過程中，把「強韌」修正為「輕鬆」[7]，這也是由脈絡推論出來的結果。若有幸原發言者使用了正確的語言，卻又不一定發音清晰，或是可能遇到麥克風或耳機狀況不佳造成內容無法清楚傳送到口譯員耳中的狀況，又或是口譯員本人一不小心漏聽，此時脈絡就是唯一的依靠。

一九九一年二月，在波斯灣戰爭的最後階段，伊拉克外交部長阿齊茲展開兩次莫斯科拜訪外交。二月二十二日，戈巴契夫總統和阿齊茲之間達成以無條件撤退為主條件的八項協議，

---

5 讀音皆為「せいのう」。

6 讀音皆為「ふのう」。日文中「不能」有「性無能」之意。

7 日文中強韌是「タフ」、輕鬆是「ラフ」，讀音相近。

發布這場全世界屏息以待的雙方會談結果的，是俄方總統府發言人伊格納千科（Ignatenko）。NHK在半夜進行衛星轉播，由我擔任同步口譯。

「蘇聯方面參與這次會談的，包括總統戈巴契夫、外交部長別斯梅爾特內赫、普里馬科夫特使，以及……」

說到這裡，我漏聽了第四個人的名字。「趕快想辦法！」或許是我這番心意傳達到老天爺那裡，我突然想起發言人急著跑進記者們等待的會場時說的第一句話：

「我剛從會談會場直接趕了過來。」

幸虧如此，我很有自信地翻譯為：

「還有，我本人。」因此得以銜接下去。

我國首屈一指的英語口譯員原不二子女士提供了一項建議，在同步口譯進行中，如果遇上無法衡量發言本意的表達方式，或是沒聽清楚重要單詞時，必須要按兵不動等待接下來的句子：

當我聽到「由於IMF（國際貨幣基金）等國際組織的『mystique』」這句話時，我心想：咦，IMF的「神秘」是什麼？……若說是國際組織很難接近，感覺也很奇怪，若說是有什麼「奧秘」也和脈絡不合，那時候我就按兵不動，等待接下來的資訊。然後，就發現原來是「mistake」而不是「mystique」。換言之，發言者想要說的並不是國際組織的「奧秘」，而是「錯誤」。在口譯進行中發生聽錯或不懂的情況是難免的事。此時不要驚慌，靜待接下來的資訊，就會豁然開朗。

——原不二子《口譯這工作》

如您所注意到的，口譯中她能這樣「咦」一下懷疑自己的耳朵，都是靠脈絡之賜。為了尋求「正確答案」而等待接下來的資訊，進一步的脈絡也成了有力的線索。我們可以說，脈絡能在只有單詞而沒有傳達意義的情況下，發揮有如買保險般的功效。

出現完全不懂的單詞時，很多時候也會使用同樣方法來推測它的意義。

例如，Технико экономическое обоснование 這個用語，如果按照字面翻譯，就是「技術的、經濟的根據」。一九九二年六月刊行的最新《岩波俄語辭典》中，並沒有收錄這個詞。不過，隨著蘇聯、俄羅斯的經濟開放政策下共同開發計畫相關會議與文件上頻繁出現此一用語，根據所有的脈絡都可以理解為這是為了判斷是否應該著手開發而採行的動作。什麼嘛，不就是「feasibility study ＝可行性研究」嗎？這樣的解讀方法，和江戶時代的蘭方醫解讀《解體新書》[8]的方式如出一轍。

其實，日常生活中我們使用母語時常常都在進行「解體」分析。母親可以從孩子的哭聲大致判斷孩子是肚子餓、想小便，或是想要被抱起，就是以當時的狀況做為判斷依據。同樣的道理，寵物的飼主也是從小貓小狗的叫聲進行判斷。閱讀書籍、報紙、雜誌或是看電視、聽廣播時，遇到了不懂的單詞，我們不一定要查字典。這是因為我們可以從先後關係大致確認它的意思。從出生到現在，我們蓄積了大量字彙庫，其中絕大部分並不是來自查字典、查書或是父母老師的教導，而是憑藉脈絡而習得。

個體的發生沿襲自系統的發生，原始人獲得語言的過程，其實也就是由此而來的不是嗎？因此，雖然《聖經》上說「太初有道」（In the beginning was the Word），我則認為「太初有脈絡」[9]才對，不是嗎？

可以做為依據的脈絡，不一定是語言文章而已。促成該發言的談判對方的質問，或是發言者的經歷、立場、臉部表情，亦或是發言者國家發生的事情，都可以是脈絡。

我國義大利語口譯領域第一人的田丸公美子女士，對於某次義大利某國會議員訪談的口譯

8 「蘭方醫」的「蘭」指荷蘭。
9 「作者是以英文 In the beginning was the Word 中的「word（語言）」和「context（脈絡）」相比較。

中出現的 preliminare（英語為 preliminary ＝準備方式、前置作業）這個字，可能是靈機一動，或是出自一時大膽，田丸女士把它譯為「前戲」。結果，那是正確答案。那位受訪的國會議員不是別人，就是性感女星轉戰政壇的「小白菜」[10]。

經過以上細說分明，您應該能夠理解，以語言謀生的口譯員，必須認命地好好培養對這亦敵亦友的脈絡的敏感度。接獲工作委託的口譯員會死纏爛打要求提供相關資料，就是因為必須和會議、談判的雙方擁有相同脈絡才行。

Компенсация（相當於英文 compensation）這個單詞，在處理戰後問題的語境中就是「賠償」，出現在醫學會議中就是「代償作用」，心理學的討論會上提到時就是「補償」，技術洽談的情境下可以譯為「補正、修正誤差」。希望您能了解口譯員在事前都是為此竭盡所能蒐集資訊。口譯員每天都會瀏覽新聞，就是為了不與世界動態這個脈絡脫節，而埋首書齋的語學書蟲型的人不適合從事口譯這一行的原因也就在此。

之前已經提到，口譯這一行，幾乎每天都要面對不同領域的工作、出席不同主題的會議。也就是說，該會議上的眾人已共同擁有的脈絡，口譯員並不擁有。

通常，會議的第一天，口譯員通常會覺得好像在黑暗中摸索。到了第二天，就可以理解

10 原名為「伊蘿娜・史特拉」（Elena Anna Staller，1951－），為匈牙利裔義大利藝人、成人片演員、政治人物，以藝名「Cicciolina」而廣為人知。一九八七－一九九二年擔任義大利國會議員。

「啊，大概是根據這樣的脈絡在發表吧」。第三天就會非常清楚發表內容。接著，到了第四天，就會比當事人或主辦單位更加瞭若指掌。這是因為世上事物都是第三者能看得更清楚。因為具有客觀角度，再加上口譯員個個都在拚命理解內容，所以可以看得更透澈。

不過很遺憾，很少國際會議會連續舉行四天。大多數的會議頂多舉辦三天，或是兩天、一天，甚至半天而已。

因此，口譯者必須不厭其煩發揮纏功在事前蒐集情報與資料。當然，還要包含會議的主題。例如，關於某演說者，他的身分背景如何？專長是什麼？而根據演講的內容，有時也需要參考履歷。舉例來說，某人現在是歷史學者，但他大學時代如果主修生物學，那麼他的生物學素養就有可能穿插在演講之中。

我就曾有過因事先調查發言者履歷，而在同步口譯時得救的經驗。大家或許認識安德烈．薩哈羅夫這位鼎鼎有名的反蘇聯的物理學家。薩哈羅夫博士於蘇聯經濟改革之後獲釋出獄，受到俄羅斯政界歡迎。他逝世不久前亦曾來訪日本。薩哈羅夫置個人生死於度外，被視為是對抗獨裁體制的人權守護者與民主主義旗手，在各地深受愛戴。當他訪日時是由我擔任他的同步口譯。

那場演講結束後的聽眾問答中，有聽眾詢問薩哈羅夫博士有關巴勒斯坦問題的立場，我便一面口譯他的回答（因為是同步口譯所以是緊跟在原發言後三秒到四秒之內譯出），但是在薩哈羅夫博士的發言之中嗅到一股對於巴勒斯坦人的不合理、異常冷淡的非人道態度。另一方面，我也感到不只置信，因為想到薩哈羅夫博士長久以來身為人權與民主鬥士這令人敬佩的經歷。難道是我聽錯了嗎？

然而，口譯是不容許沉默的，該譯出的語言還是必須把它說出口。

面臨決斷的我，想起不久前讀過的薩哈羅夫博士的傳記。他的第二任妻子葉連娜．邦納[11]是猶太人與亞美尼亞人的混血兒，此人不僅是才女，可說是一位女中豪傑。薩哈羅夫被流放至高爾基時，陪伴身旁並一直鼓勵著他的就是邦納女士。可以說，提到薩哈羅夫就不能不提邦納。因此，流著猶太人血液的邦納女士對於薩哈羅夫具有一定的影響力。由於這層原因，對於巴勒斯坦問題，薩哈羅夫博士可能帶有不小的偏見。多虧事先讀過的傳記，讓我有自信地翻譯博士那對於巴勒斯坦人的冷酷發言。

---

11 Jelena Georgijewna Bonner（1923 – 2011），為前蘇聯人權活動人士。

## 3　弄錯脈絡的悲喜劇

我一直強調脈絡、把脈絡視為金科玉律，但是如果說話者和聽者設想的脈絡不一樣的話，場面就會變成雞同鴨講了。

不好意思又要拿私事做例子。我妹妹是黑肉底，膚色很黑。有一次我聽到她跟常去光顧的米店店員的對話：

「哎呀，您被曬得好黑啊。是去海邊玩了嗎？」

「沒有啦，是『JI』啦。」

「啊，是『JI』哦。那很辛苦吧。唉呀，要保重啊。」

我妹妹說的「JI」是「地」，也就是與生俱來的意思。我想您已經發現了，米店店員說的「JI」是「痔」，就是那個隱疾。同個國家的人也常會因為弄錯脈絡而產生誤解，而在異文化的交流上，脈絡不同的頻率更是大幅增加。這是因為所謂文化這個背景，可以說是宏觀的脈絡。

例如，不同的常識。在日本理所當然的事，其他國家的人卻完全不知道。反之，其他國家認為是常識的事情，對日本人來說卻難以想像。這種時候就會產生溝通上的分歧。

俄羅斯在面臨物資不足的顛峰之際，決定到日本學習先進的物流相關知識，派出前蘇聯各國運輸相關的專家前來日本研習。物資不足的原因之一，是由於各地生產的東西沒有有效物流，造成大半的農產品還沒被消費就腐爛了。

這次研習包括運輸部的法律、政策、歷史等理論、概論相關課程，之後由大型運輸公司負責介紹實務層面。最後一天課程即將進入尾聲時，再由宅配業者進行說明。這是「今天出貨，全日本不論何地，明天一定可以送達」的系統。為了落實這系統，汽車輸送與鐵路、船運、航空該如何連結與連絡？而電腦的檢驗系統又該如何引進？引進到哪裡？宅配業者的代表利用許多圖表誠懇仔細地竭力說明。口譯這方也極為辛苦。經過半天，說明內容結束。宅配代表詢問：

「那麼，有什麼問題嗎？」

結果有位俄羅斯的研習生問道：

「到底為了什麼，非得隔天送貨到府不可？」

聽了這個問題，我突然覺得疲倦一擁而上。

對於包裹寄出之後寄不到是當然、寄到簡直是奇蹟的國家的人來說，宅配的話題並沒有現實感，這麼一想也是理所當然的事。

事情可以像這樣和平的落幕，變成笑話也就罷了。但是以參與異文化間溝通為業的口譯員，一定都有過因為發言者和聽者各自設想的脈絡不同，而招致誤解的冷汗經驗。我本人就做了無數這種蠢事。然而，前面也提過我的本性是自己的失敗會很快忘記卻會被他人的失敗所激勵，所以提到蠢事，我依舊只想得到別人的例子。

以下的例子，再次引用自日商岩井公司月出皎司先生的故事。

這是技術洽談時常常出現的狀況，我把它設定為一種案例研究。請各位假想日本工程師和蘇聯工程師在工廠談話的場景。

**蘇聯工程師（以下簡稱「蘇」）**：請問您，這過程中金屬的損失有多少呢？

**日本工程師（以下簡稱「日」）**：損失是嗎？並不會損失什麼。沒有損失。

**蘇**：不，我聽說加工時金屬會減少很多。

**日**：啊，你是說加工餘量嗎？製造部會確實把它運出去的。只要給我們看過就沒問題了。

**蘇**：不，我問的是金屬損失的配額。

**日**：配額？損失的配額？我們沒有那種東西啊。不，照著設計圖來切削的話就好了。如果沒照著設計圖切削就會變成不良品，檢驗時就把它們淘汰。

**蘇：**（誤解中）檢驗？啊，那樣的話，你們提案的系統，就會有檢驗階段，並記錄金屬的損失量囉。

**日：**欸，那種事情不可能辦得到吧？我們有說過那種事嗎？那麼，既然您提到了那我們就這麼做，不過費用會增加。再說，到底為什麼要做那種事呢？

**蘇：**（變得焦躁，改變問題）那麼，我請問您，這金屬切削的過程中，一個階段會產生多少切屑？

**日：**啊，切屑是吧。損失還算好吧。切屑不是什麼大問題。我們會用吊桶盛接，然後再用堆高機運出去就沒問題了。

**蘇：**嗯……不，我不是在問那個問題，不過，我們這邊沒有堆高機啊。而且運出去時不用起重機的話會很麻煩。總之，會產生多少切屑呢？

**日：**嗯……沒有堆高機嗎？那麼，沒關係。用橋架型起重機就成了。您的起重機負載量是十五噸，這樣是可以的，我們仔細計算過了請不要擔心。嗯……但是一回合的量嘛，喂，打電報去現場問問看。

**蘇：**（對著口譯員）喂，口譯員，他們連這種問題都答不出來嗎？

**口譯員：**雖然沒說答不出來，但他們說需要花點時間。

如果這樣進行洽商絕對會失敗。到底哪裡失敗？哪裡出了差錯呢？對日本人來說，切削的過程，問題在於要投入多少材料、要花費多少時間，此外，還有成本是多少。簡言之，對日方來說，所有的事物都是成本，要換算成金錢，要管理。蘇聯方面，未必所有的事物都能換算成金錢。成本無法全部化為金錢計算。蘇聯的管理和日本的成本管理是不同的，而在現在的情況下，各個程序都是基於節省資源的立場，必須製造多少金屬、不可以出現損失，一切都是金屬成本的考量，有這樣的規定。因為這是國家決定好的事。為了遵守規定，因此他們想知道每道程序中會出現多少的金屬損失量。但是，日本人並不知道有那樣的規定，所以認為他們在問什麼蠢問題。

那麼要怎麼做才好呢？當金屬損失配額這個話題出現時，口譯員應該對蘇聯工程師說：

「請等一下。我也不太了解，所謂『配額』是什麼呢？本來材料有這麼多，我知道把它切削的話金屬就會減少，但是，必須減到什麼程度，您的國家規定的配額是多少呢？」

如果口譯員這樣問的話，蘇聯工程師大概會回答：

「啊，其實在我國配額是這樣這樣這樣的。」

如此一來，口譯員就可以說道：

「在日本沒有這種想法，所以日本人才會答不出來。」

像這樣，口譯員先「整頓交通」一下，然後日方就可能表示：「了解。如果需要那些資料的話我們來準備，但通常日本沒有這方面現有資料，所以需要一些時間。一個禮拜可以嗎？」

這樣應該就可以解決了。如此一來蘇聯人不會覺得日本工程師是笨蛋，日本工程師也不會怒氣沖沖覺得蘇聯工程師一直在問還沒發生的事。

這是我們商社人對於口譯員的期待之一。其實由商社的人來口譯最好，但如果語言不通，商社職員根本做不來。所以，擅長該語言的人，不僅有解釋特權，也有其義務不是嗎？

——第十一屆俄語口譯諸問題研討會，一九九〇年一月，於日蘇學院

月出先生用了「整頓交通」這種說法，但像這樣周旋於不同語言間的溝通行為，溝通雙方當事人若沒有先整理好相同土俵[12]，也就是「相同脈絡」，也沒有用。因此口譯員對於另一方的當事人不熟悉的制度或習慣（所謂的脈絡），要有所掌握、補充，考量各字句或發言的背景，或是化為口譯的基底，這些都不能掉以輕心。

---

12 以土及角柱搭建而成的日本相撲競技舞台。

## 4 見習格達費的口譯

我曾經聽過一段日本料理相關書籍在美國出版的經過，也因此再次深刻認識到前述內容的重要性。美國某出版社採訪日本廚師料理方法，然後記下廚師所言編輯成書。例如，出版社人員請廚師說明烤魚的做法。廚師說：

「現在酌量灑上鹽。」

出版社人員便問道：

「『酌量』到底是多少呢？」

廚師說：

「哎呀，就是酌量啊。」

如果是日本人，提到烤魚要酌量加鹽巴，大概都知道要加多少。這是因為平時國人就常在魚上灑鹽烤來吃的關係。不過，對打從出生以來鮮少看過或吃過日本料理的人，要跟他們說「酌量」加鹽到底是加多少，實在很傷腦筋。結果，廚師只好實際示範烤魚給出版社的人看。

於是，廚師加鹽時，用手抓起一把鹽，而出版社的人就測量那一把鹽是幾ＣＣ、幾公克或是幾茶匙，把它確實記下來。此外，既然要「灑」鹽，那麼要從什麼樣的高度灑下去呢？此時就特地用量尺測量從放魚的砧板到抓著鹽巴的手部位置的高度，嗯，三十二公分。

協助製作這本書的日本編輯頗有感觸地說：

「同為外國人，歐洲的編輯就不會做得這麼徹底。美國不愧是由來自各國移民創立的國家啊。」

在美國這個異文化雜處的多種族國家中，他人和自己不具有相同脈絡是理所當然之事。面對不特定的多數讀者，編輯自然而然有這種心理準備。相對的，不過一百四十多年前，日本這個島國才解除了持續了兩百年鎖國狀態，某首相甚至不小心透露他認為日本是「單一民族國家」而導致非議，在日本以日語為母語的民族的確占了全國國民的絕大多數，可以說和美國成為極端對比。

外山滋比古在其名著《日語的邏輯》中，把我國的語言命名為「島國語言」，並指出透過文學形式更能凸顯其特徵：

提及日本文學，首先，短詩型文學非常發達。在島國中，行家就是讀者，所以作品中做了仔細說明的話會被認為嘮叨、囉嗦。如果陷入說理，就被認為平凡無奇而被輕視。即使沒有也能理解的部分就刪除，這是日本詩學的原理。面對讀者時，不需要作說服或辯論。只要將作者的內心以獨白、詠嘆方式投放出就好。（中略）

不過，另一面就是缺乏戲劇性，這是島國文學形式的特色。對於詞語往返下的美感，人們追求的是極近距離下極微妙語感等，並不會有餘裕去享受超越了立場對立的人士之間進行的遠距離傳達及對話。

——外山滋比古《日語的邏輯》中央公論社

對日本人來說，已經清楚明白的事情還要嘮嘮叨叨說出來會被認為沒有教養、多此一舉、失去餘韻。簡言之就是違反日式美學。沉默是美。越是沉默寡言越受社會尊敬。這是我們與生俱來的文化背景。這種類型的人類與不同文化圈的人們溝通時會失敗，是理所當然的結果。不知從何時開始，面對這痛苦的失敗，日本人對自己蓋上了「非邏輯性」的烙印。

因為職業之故，我不得不和這日本人的「非邏輯性」打交道，經常感到煩惱、被它逼到走投無路，抱著平時對它的恨意，追根究柢下，基本上歸納出三種主要原因。

第一，對方講了一個字就彷彿心有靈犀，日本人之間的溝通持續浸淫在這樣的習慣中，這實在是實在是實在是省略太多了。因為就連不共有脈絡的人們之間無法傳達之物也被省略了。

有一次，利比亞的最高領導人格達費[13]訪問莫斯科，並召開記者會。因為是絕無僅有的寶貴機會，各國記者蜂擁至莫斯科的媒體中心。媒體必須在記者會開始一小時前入場，記者會開始三十分鐘前所有的門都被封鎖，五分鐘前綠色貝雷帽部隊就咚咚咚地進入會場，站在入口旁，擺出針對會場記者們的盯梢陣仗。終於，格達費進場，站上講台，對著身邊的口譯官說了一、兩分鐘的悄悄話，然而，口譯官竟然花了二十多分鐘「口譯」那內容。如果記者會上有人提出問題，格達費又是在口譯官耳邊竊竊私語一分鐘左右，然後再由口譯官喋喋不休地進行口譯。

這是個極端的例子，格達費和他的口譯官是自家人，所以可以在非常簡單、已經明白的部分就極盡省略的方式下互相理解。不過口譯官為了讓記者會上的記者們明白他們的對話，就必須補足所需的脈絡，因此需要花時間。

已故的某日本知名政治家，有一次舉辦派對邀請前蘇聯使節團，我也意外受邀。在這派對上我發現兩件事。

第一，在這足足持續兩小時的派對中，這個前部長當然和很多人寒暄問候，但他自始至終

13 一九四二－二〇一一，利比亞前最高領導者、獨裁者，統治利比亞長達四十二年，為阿拉伯國家中執政時間最長的領導者。

只用了一個單詞，讓人不敢置信。那個單字就是「どうも」[14]。

第二，如影隨形跟在字彙庫極為貧乏的政治家旁的口譯員，把這個「どうも」因應場面及寒暄對象等「脈絡」，著實驚人地，將它靈活而微妙地翻譯為不同內容。

Я рад видеть вас（很高興見到您。）

Здравствуйте（您好。）

Долго не виделись（好久不見。）

Очень приятно（初次見面。）

Прошу любить и жаловать（請多多指教。）

Большое спасибо（謝謝。）

Простите меня（抱歉。）

До свидания（再見。）

以上，還只是我從不確定的記憶線索中找回的幾句列舉而已，很厲害吧！如果情況和此相

---

14 「どうも」具有許多意思和用法，例如打招呼時用「どうも」、道謝時可用「どうも（ありがとう）」、道歉時可用「どうも（すみません）」等等。

反，也就是表達能力豐富的說話者遇上語彙貧乏的口譯員，情況就會變得慘不忍睹。

俄羅斯極東地區某州政府代表團，以學習日本市場經濟的名目來訪日本。團長為了炫耀在俄國流行的市場經濟相關用語，演說中便時時出現「股權股份」、「證券交易所」、「民營化」、「市場運作機制」、「資金」等詞，而從俄國即同行的日語口譯員卻全部翻譯為「經濟相關事務」。在不察羞愧之意、甚至堂堂正正地姿態作足的翻譯下，不懂日語的團長，不知道是幸還是不幸，當然毫不懷疑自己的發言內容和日語口譯結果有落差，得意洋洋地不斷進行著華麗的演說。

日本人「非邏輯性」的第二要因，是對損害「極近距離的」人際關係的顧慮，因此抗拒把事情說得黑白分明，也不會直接挑明因果關係，盡可能含糊其詞，盡量將邏輯性隱藏讓它不要那麼搶眼，至少不要凸顯它。日本人這樣的傾向都根源於語言習慣之中。

「極近距離」下通用的這層貼心，在異文化交流時會招致不必要的誤解、輕視、刻意迴避。不然，就是口譯員會被認為譯錯了。

因此，我也仿傚許多口譯員前輩，將日語轉換為外語時，會傾向於讓原發言中隱藏的邏輯加以凸顯，也會更加強調是非對比。我也努力讓日語中羅列、平面的句子之間相關的因果關係，更加明確、立體化。相反地，從外語轉換為日語時，我會在無損訊息的範圍之內，讓表達方式更加和緩。不過，事情不是常常都可以順利進行。

俄語口譯協會，為了讓客戶，也就是聘用口譯員的人士了解這些事情，發行了一份〈來自口譯員的心願〉的書簡。

口譯員很容易被單純視為「語言的專家」，但在許多場合中，口譯員是通曉對方國家特有的系統及內情，或是熟悉他們的想法、習慣之人，也是實際在各種現場經歷「文化衝擊」被訓練出來的人士。對於日常生活感受到的事物，為了達到更好的溝通，以下我要提的是⋯⋯

（中略）

俄羅斯人的想法基本上是屬於歐美型的，也可以說是遠比日本人「習於爭辯」的民族。日本人不習慣爭論，一般來說也不擅長說明，大致上對日本人的評價就是這樣。

**① 以下是常見的協商狀況。**

對方：「這樣這樣有可能嗎？」

日方：「那個，因為有這樣這樣的這種情況⋯⋯（不直接回答提問，從很遠的地方開始說明。最後才打算說出結論）」

對方：「（以為自己的問題被誤解了，感到很焦慮）你不了解我的提問，我問的是⋯⋯」

如此一來，協商就會變得混亂。

## ②能夠順利進行的溝通方式則是……

對方：「這樣這樣有可能嗎？」

日方：「有可能。不過，那有附帶條件。就是……」

或是：「不可能。理由是……」

或是：「那不能一概而論。因為有以下的情形……」

或是：「有困難。理由是……」

如果先說結論，對方會對理由感興趣而注意聆聽。這是對口譯員來說可以順利溝通的理想狀態。若是雙方發生爭執，日方與對方都感情用事的話，最累的就是理解雙方語言的口譯員。

——俄語口譯協會，石井武司〈來自口譯員的心願〉

日本人「非邏輯性」的第三要因，就是自家溝通上特有的、「對於重要內容默然了解」的這種習性，過於拘泥「極近距離下的微妙語感」，結果進入了枝微末節之中，無法綜觀整體來發言。

俄語口譯協會主辦的研討會中，曾把為這種說話方式所苦的經驗改編成短劇，搬上講台演出。

短劇《只翻譯重點就好之卷》

劇本　小林滿利子

場景　對前蘇聯各國新知講座的會場

登場人物　日本人講師

　　　　　口譯員

　　　　　前蘇聯人

講師　欸……我的課程就到這裡告一段落。在課堂提到的東西，能對蘇聯的各位……啊，不好意思，現在已經沒有蘇聯了，我說成蘇聯真是抱歉，應該是前蘇聯。哎呀，說是前蘇聯也很失禮啊。嗯……獨立國家，簡稱CIA嗎？不對，是CSI嗎？啊，不對不對。對不起。外交部的簡稱是哪個呢？俄羅斯是怎麼稱呼呢？不過，我也不是俄羅斯人，呃，如果說出全部的名字是安全的嗎？欸……首先，俄羅斯，還有哈薩、哈薩克是吧？此外還有那個叫什麼的？（望著口譯員）呃，你隨便翻譯一下。

口譯員　（用白眼瞥了一下講師）

講師　我剛剛講到哪裡？嗯……對了對了，各位正竭盡努力以市場經濟為目標，在這麼短的時間內，講了這些沒有系統的內容，非常希望多少能對各位有所幫助。

嗯……如果各位有問題，我想在此為各位解答。

**口譯員**　（俄語）我的課程到這裡結束。這課程若能對貴國的經濟改革盡到棉薄之力，沒有比這更讓人開心的事了。那麼，請問有問題嗎？（簡潔地翻譯）

**前蘇聯人**　（俄語）請問貴單位的平均薪資是多少呢？

**口譯員**　（翻譯）

**講師**　呃，薪水嗎？也會問這種問題嗎？哎呀，課堂主題以外的問題，總務方面是說不回答也沒關係。我這裡沒有資料，而且我講的主題是日本經濟改革……嗯，不回答這個問題也不行，我國的薪資系統，除了月薪之外還有中元節及年終紅利獎金，這個「紅利」（bonus）算法來自美國。把年節獎金加進來，薪水就不只十二個月，比較少的，像是製造業，通常有十五 十六個月，金融業有二十個月，嗯，各行各業皆有不同。你就說個全國平均數字吧。麻煩了。

**口譯員**　（俄語）我們的從業人員平均薪資大約每月三十萬日圓。

**前蘇聯人**　（俄語）這個財團的財源，是從何而來呢？

**口譯員**　（翻譯）

**講師**　呃，是說從哪裡出錢是嗎？哎呀，又是數字的問題。如果是經濟改革方面的問題，我全部都可以回答啊。這是預算的問題呢。預算的話，我隸屬於國際部所以不清楚耶。預算是其他部門在處理的，嗯……我如果提到其他部門的事，待會會被罵啊。在日本，如果在大公司工作，其他部門可比其他公司還要麻煩啊。也就是說會計年度是到三月結束、四月開始……會計年度，啊，對了，是國家。

**口譯員**　（俄語）來自國家。

**講師**　（盯著口譯員的臉）翻譯成俄語變得好短啊。

**口譯員**　……（漠然的表情）

**前蘇聯人**　（俄語）最後一個問題，這財團的職員人數總計有多少人呢？

**口譯員**　（翻譯）

**講師**　各位關心的，全部都是我沒設想到的問題啊，為什麼要問那種問題呢？人數啊，相當之多……欸，這樣講也不好，應該說是還不少。嗯……請稍等，我手邊就有資料。是這樣的，這是東京中心的資料，但日本有四十七個都道府縣，各個自治體底下都有分部，分部長以下有研究員、指導員，還有全國市町村的連絡員，所以不能一概而論……還是沒辦法估計啊。嗯，我見過面的大概有兩百人左右，總數大概是一倍吧。不，十倍左右吧。有那麼多嗎？嗯，大概有那麼多。也有新進員工，嗯，也有人離職，大概是這樣。

**口譯員**　（按照字句全部鉅細靡遺地口譯）

**前蘇聯人**　（起身離開發著牢騷）老實說，咱啊，全部有聽沒有懂。

——第十三屆口譯諸問題研討會，一九九二年一月，於日蘇學院

明明只要簡單扼要把重要部分口譯出來就能清楚溝通，反之將說話內容全部翻譯時，對方卻完全聽不懂，這短劇的結尾讓滿會場的口譯員們哄堂大爆笑。由此可見，遇到這一類日本人演說者的情況是多麼常見。

## 5　前門拒虎、後門進狼

前面我囉囉嗦嗦地寫道，要在沒有擁有共通脈絡的地方企圖達成溝通，就好比在沒有基礎建設的地方蓋工廠一樣，是費時費力的麻煩事。口譯員的終極使命，就是為異文化圈的人們居中仲介，盡力讓溝通成功，此外，對於雙方具有怎樣的脈絡背景，口譯員在事前及口譯進行中都要盡可能掌握，必要的話，口譯時還要補充字句之中沒有表達的、隱藏的脈絡。

不過，口譯常常在極度緊迫的時間限制下進行。正如第二章不厭其煩地提到，對口譯員來

說，最無緣之物莫過於充裕的時間。能像格達費的口譯官那樣有大把時間從容口譯，是例外中的例外。

「這個人是狸，你是狐，我是兔子。」

假如有這樣的句子，筆譯時若把狸、狐、兔子按字面翻譯，讀者只讀到這樣的句子，恐怕會解釋為「這是人偶劇的角色分配場景吧」。所以翻譯時會把每一處都補上注釋，甚至把日本飯館便餐相關的淵博知識一一說明也沒關係。[15] 口譯也是，只要時間許可，口譯員也會那麼做。

然而，大部分的口譯現場，補充附注多半是不可能的事。最近，在俄羅斯改革相關的會議上，日本方的著名學者發言道：

「現在俄羅斯改革的程度，可以說已經完成大政奉還的階段，但廢藩置縣[16]則還沒結束哪，哈哈哈哈。」

在同時口譯區裡的我聽了，根本不知從何翻譯。

---

15 此處討論的是日本東洋水產推出的經典系列拉麵的不同口味，分別有綠色狐、紅色狸、藍色兔子。

16 1867 年江戶幕府將政權交還天皇，稱為「大政奉還」。一八六八年，明治天皇展開明治維新。一八七一年新政府決定廢除封建制度、撤除藩領、成立新的地方政府，稱為「廢藩置縣」。

就同步口譯來說，原發言者說話的時間就是口譯的時間。逐步口譯方面，理想的口譯時間是原發言時間的百分之八十。如果說原發言所需時間是百分之百，口譯員把想要傳達的訊息徹底傳達出來，以時間上來說百分之八十是理想的。口譯時間頂多只能和原發言一樣長。若花費百分之一百五十、百分之二百，也就是原發言時間的兩倍，這是不被允許的。即使如此，實際上也有口譯員的翻譯時間是原發言的三、四倍。只不過，下次就不會有人聘請這位口譯員了。

而且，日語除了「ん」以外，沒有母音的話子音就無法單獨存在，這樣的語言要把外語直接翻譯出來，是非常花費時間的。如果是自己默默讀著翻譯書籍還不太會意識到，但若試著把歐美的戲劇翻譯成日語，原封不動搬上舞台，可能會需要花費原作時間的兩、三倍。

日語中音讀的漢字，具有訊息量較多、發音時間較精簡的優點，但音讀的語言是比較難吸收的。對口譯員而言，傳達並讓聽者理解內容就算達成使命，所以常用耳朵聽起來比較容易理解的大和語言。

然而，有道是前門拒虎、後門進狼。老虎虎視眈眈地說：

「填補異文化間的鴻溝，添加脈絡吧！」

野狼毫不留情咄咄逼人：

「盡全力縮短譯出時間！」

如果聽從老虎的要求，會很花時間；如果照著野狼的話去做，就沒有添加脈絡的餘裕。

十三年前，我剛接下同步口譯的工作，在正式上場時，我的口譯怎麼樣都跟不上發言者的說話速度。

「我不可能辦得到的！」

一回神，我已經把耳機拔掉，從同步口譯區飛奔而出了。

此時我的老師德永先生追了過來，拍拍我的肩膀，說道：

「万里啊，因為妳想翻譯全部內容，所以才會跟不上。只要翻譯了解的地方就好啦。」

「是嗎？原來可以不用全部翻譯啊。再說，只翻譯聽懂的地方，這不是理所當然的嗎？」

於是，我的膽子大了起來。那天，在經驗豐富的兩位前輩帶領之下，我總算順利完成口譯工作。

至今為止，德永老師多次替我剝下了蒙眼的鱗片，對當時的教誨，我特別感謝。由於講話速度相當慢，以時間單位計算下語言量相對少，就這層面來看我是不適合當口譯的類型。這是因為，講話速度快是比較有利的，速度快的人可以放慢速度，但是像我講話速度那麼慢的人，是不可能把速度加快的。

因此，剩下的方法就是省略。除了盡量排除多餘的語言之外別無他法。此外，就算語言的量減少了，訊息量卻不能少。那麼，到底何者可省？何者不可省？如果拘泥於可有可無的枝微末節，獨漏了重要的訊息，這樣的省略就令人困擾。

前章曾經提過，語言中多餘的部分，以及語言學或溝通理論等學術語言上的贅語性。一般而言，從文章語轉為口語時贅語會增多。根據學者觀察，不論是任何語言，在口語之中的贅語比率約為百分之六十到百分之九十，有時甚至百分之百都是贅語。

「嗯……那個、怎麼說呢、總之我要說的是啊、如果說起來就是啊、那個……怎麼說才好呢？換句話說啊……」

這類的情況，口譯時，就可以大刀闊斧砍掉。

口語中重複或多餘的部分很多。我在「記憶力」那部分曾提到，入耳的訊息其固定率是百分之十，說者為了把它灌輸到聽者的腦子裡，必須嘮叨而重覆。大多數的發言者，並不是因為苦口婆心而這麼說話，而是語言化的速度為了跟上思考速度，才會變得如此。

有些人思路和舌頭震動速度都超乎常人，那類人的發言，時間單位下的訊息密度是非常高的。不過，大多數人的思考以及將思考言語化的速度，受過一定訓練的同步口譯者並不難跟上。以文字書寫的情況來看，此過程伴隨著推敲，一邊有感而發一邊寫作，寫好的內容又塗掉重寫，漸漸就把多餘部分省略、將訊息濃縮。然而，說話的時候，說話速度幾乎與思考速度一樣，因此同時間單位下的訊息密度會變低。

在國際會議上，如果不是照本宣科似的發言，說話者為了爭取整理自身意見的時間，通常會頻繁使用以下的措詞與說法：

「言歸正傳，首先我要藉此場合，再次強調那些我們不該忘記而該銘刻於心的，是……」

「那麼，我特別希望在座的各位注意的是……」

「現在我所說的事物的重要性，也可從接下來的事實得到印證……」

諸如此類的說法真是層出不窮。

我還是新手時，在某個會議上，拼命把俄國人這一類的開場發言部分逐一口譯。然而，當美國的發言者說出幾乎相同的說詞時，我身旁的英語資深口譯員都把那開場部分譯為「嗯」，就這樣一字帶過，然後接著翻譯下去。倒是我按照原發言者所說如實照譯，結果在這種枝微末節的地方太過較真，對發言者的整體重點反而恍神了。

「嗯」，這樣就夠了。基本上其中不含任何重要的訊息。而且，為了不漏聽、漏譯最重要的訊息，還是應該集中精神。

然而，一旦口譯開始進行，尤其是同步口譯時，不知不覺就會被原發言者拖著跑。

「我啊，根據在我家觀察我太太和我兒子而得到的親身經驗……」

曾有一次，我譯出這句話後，當時同組的老師小林滿利子女士就提醒道：

「妳啊，不要懷疑，『我啊』、『我的』之類的字，就統統把它們刪掉。」

## 6 老婆、榻榻米[17]，還有情報

像這樣，雖然都是贅語，但我學到它還分為兩大類。第一類，是填補式語言，目的並非承載訊息，而是爭取時間。第二類，是雖然承載訊息，卻是說話者和聽者雙方已經了解、不說也無妨的語言。

學術世界將文本中的已知訊息、舊訊息稱為主位（theme），未知訊息、新訊息則稱為述位（rheme）。舉例來說，請看以下的文章：

17 標題源自日本古諺「老婆與榻榻米還是新的好」，用於比喻「舊的事物（訊息）就要替換」。

以前並沒有藝文批評這種東西。為什麼沒有呢？因為沒有小說。為什麼沒有小說呢？因為沒有寫小說的人。

——筒井康隆）《文學部唯野教授》岩波書店

第一句「以前」是主位1，「沒有文藝批評這種東西」是述位1。第二句中「為什麼沒有呢」是主位2，「因為沒有小說」是述位2。第三句中「為什麼沒有小說呢」是主位3，「因為沒有寫小說的人」是述位3。以這段文字的整體構造來看，主位2等於述位1，主位3等於述位2。換言之，在前文中還是新訊息的內容，到了下一句就變成舊訊息。如果省略這些舊訊息，句子就簡化為：「以前沒有藝文批評這種東西。因為沒有小說。因為沒有寫小說的人。」

這樣就足以傳達作者想要說的內容。

所謂文章，是由已知訊息上添加新訊息發展而成。其實，人類的頭腦在眼睛或耳朵傳入訊息時就準備好分辨「新訊息是什麼、未知的訊息是什麼」。因此，只要傳達述位就可以溝通。這個方法，在口譯現場能大大發揮威力。

例如，有一個會議的名稱非常長，在日本稱為「日蘇沿岸市長會議」，但俄語正式名稱為「俄羅斯聯邦西伯利亞暨極東各都市行政單位長官暨日本西海岸各都市市長會議」。如果每次都要從頭說一遍，很煩人、費時，而且沒有意義。只要說過一次正式名稱之後，接下來說

「此次會議」、「此次會見」就可以了。因為會議的名稱此時已經成為舊訊息，「此次會議」便足以傳達訊息。

把「已知的訊息＝主位」這概念更普遍些，它不只是書面或發言中出現的舊訊息，如果我們把它視為說者與聽者雙方相互了解的訊息，或者雙方根據共有的語言之外的脈絡自然能理解的各種訊息，那麼可以省略的對象就會更加廣泛。口譯員的使命就是傳達聽者未知而且最想要知道的內容，所以對於舊訊息、脈絡中已清楚理解的事物等這類贅語的雜草，我們必須把它們快刀斬掉然後往前推進。

在日常生活中，我們自然而然會這麼做。如果到咖啡廳點飲料，應該沒有人會這麼說：

「我想在這家咖啡廳喝咖啡歐蕾，所以想點咖啡歐蕾。請把它端來給我。」

其實只要說「咖啡歐蕾」就夠了。

我們也不會說：「我打算從這裡去立川，所以請賣我一張往立川的車票。」

在售票處這個語境脈絡中，只要說聲「立川」，就可以溝通了。

我們把這個做法應用於口譯的 know how。某國際會議上，當會議的主持人說：

接著，本人在此要對在座的各位介紹的，是下一位發言人，來自瑞典的代表，我們以熱烈的掌聲歡迎他上台。

在同步口譯區裡，遇到這種狀況該省略什麼呢？譯文可以變短嗎？

其實，那時候這個主持人是對著會場的聽眾説話的。接下來的意圖是要做什麼，只要聽了就知道。所以「本人在此要對在座的各位……」就不用翻譯了。

至於「下一位發言人」是一個訊息，但是主持人的任務就是介紹接下來的發言人，所以也可以不譯。

「瑞典的代表」則是必須要譯的部分。大家都想知道下一位發言人是誰，這是最重要的訊息，是訊息的核心。

「歡迎他上台」，如果在會議上每位發言者都要上台的話，這句可以不譯。

「我們以熱烈的掌聲」當然砍掉。

所以，即使只說「瑞典的代表」或「瑞典」就可以通了。

像這樣的省略是有可能的。

然而，剛出道還不熟練的同步口譯員為了把這些全部翻譯出來而費盡心思，重要的「瑞典」反而沒聽到，結果造成會場混亂，這種情形也時有所聞。

在口譯的當下，脈絡不只是提供聽取及理解詞語的被動參考，聽者經由脈絡能理解之處，口譯員要大刀闊斧地省略，這是更加主動的處理方式。

巧妙運用脈絡的省略法，正如先前所舉的在派對上只說「どうも」的政治家的例子，對於彌補語彙不足來說可說是至寶。口譯員沒有道理不使用這麼便利的方法。

我的一個口譯員朋友接下了俄國工廠前往購買日本機具的口譯工作，本來因為複雜的設備而感到害怕，回國之後卻說任務意外地簡單達成。因為就算沒有一一說出難解的裝置或零件名稱，但所有的裝置或零件都在工廠裡，只要說「這個這樣用、那個那樣弄」，用指示代名詞就順利而充分地完成翻譯。雖說是迫不得已，但需要正是發明之母。這正是把狀況有效化為助力的方法不是嗎？

以下再介紹一例，是被我稱為「吸收脈絡」一招的最佳範例。

為了讓海狗受到保護，全球每年約有七國輪流舉行長達兩星期的會議，因此日本大約每隔七年也會輪到主辦此會議。在某次會議上，討論到海狗繁殖過多無法全數保護的地區可以使用避孕法，當時好像是加拿大的專家發表了曾讓母海狗戴「貞操帶」的經驗。這個單詞一出現，我驚慌失措急得不得了：

「嗯……，『貞操』的俄語要怎麼說……」

當時在身邊的是我的另一位口譯術老師——俄語口譯協會前會長小林滿利子女士，她不慌不忙，只把它翻譯為「ремень、belt」就立刻通了。想想，當時的脈絡就是在討論為了避孕要穿戴的東西，所以「belt」當然會被認為是「貞操帶」。

這時候，我不禁在心裡叫道：「漂亮！擦板得分！」

## 7 跟讀的功與過

參加口譯講座時，幾乎可以確定課程內容一定會包括「跟讀訓練」（shadowing）。從它的英文名稱即可想像，這是跟在原發言後兩三秒，彷彿影子般對於原發言內容以鸚鵡學舌方式重複的語言訓練方式。只要實際跟著電視或廣播主播的說話內容試著唸唸看，您就會知道這是相當困難的事，初學者連三分鐘都很難持續。

我剛參加口譯講座時，跟讀相當盛行。然而，最近開始有人提出跟讀可能沒有什麼意義。聽到的東西，是贅語也好，是擔當意義主幹的詞語也罷，把它們一視同仁像鸚鵡一樣跟著說，不管練了多少次，對於口譯的最大武器——找出核心訊息，亦即意義的中心的這項技能而言，不要說無法學習，甚至會阻礙學習。就培養口譯員的觀點來看，此派人士認為跟讀應該是過大於功。

不過，為了學習口譯員必須具備的其他技能，也就是正確優美的發音語調、自然不牽強的句型或表達方式，跟讀還是不該捨棄的訓練方法。無論是日語也好，英語也好，俄語也好，這無疑是讓耳朵及嘴巴都能有效熟悉習慣屬於該國標準語範本的，受過訓練的播報員的發音和語調。

因此，跟讀的教材絕對不能收錄錯誤的發音或語調、錯誤的句法或措詞等演說內容。這是因為它們若在腦中生了根，要剷除得花上學習時的十倍精力。練習跟讀時，一定要以理想的發音和語調、正確的句法和語彙、論點清晰的演說為練習對象。與其說是口譯力，它或許更應歸類為語言力範疇的技能吧。

口譯，尤其對同步口譯而言，要論功的話，跟讀可以養成對兩種聲音——從耳朵進來的聲音和自己發出的聲音——的調節能力。自己發出怎樣的聲音才不會蓋過耳朵聽到的聲音，在琢磨這種聲音的感覺上，跟讀值得推薦。

## 8 總務課課長的翻譯

至今再三說明，贅語或「主位＝已知訊息」的存在，對於常常被時間追著跑的口譯員來說，是爭取餘裕的來源。利用省略這些部分而多出來的時間，可以為訊息核心或「述位＝新訊息」選配更正確的譯語。必要時，甚至可以添加言外之意的脈絡，來填補圍繞在重要訊息上的，說話者與聽者間因文化差異而產生的理解鴻溝。

換言之，我們可以說正因為贅語的存在，才能讓口譯，尤其是同步口譯這種行為成為可能。

不過另一方面，什麼是贅語？什麼是訊息核心？什麼是主位？什麼是述位？什麼該省略？什麼絕對不可省略？要一邊口譯一邊判斷，並不是簡單之事。

也有口譯員選擇只要時間許可就一律全部翻譯，這樣反而來得輕鬆。當然，可以把這些贅語都說出來，說話速度要很快，是令人羡慕的天賦。不過，講話再怎麼快，從〈前門拒虎、後門進狼〉一文中列舉的各個理由來看，全面口譯實屬不可能的特技。

如果有留意電視上的同步口譯，有時會發現有些口譯員說了很多內容，但是完全聽不懂他在說些什麼。這就是沒有勇氣或氣力割捨多餘訊息的結果。

「簡直就像區公所總務課課長的翻譯啊。」

我的朋友以這絕妙的比喻作了毒辣諷刺。這句話點出那種極力規避因為下判斷而必須承擔責任的傾向。雖然刺耳但還是引人失笑。

不過，再怎麼決心以簡單扼要的翻譯為目標，如果分不清何者為主幹何者為枝節，要想快刀斬亂麻當然是不可能的。不然很有可能變成以前的某婦產科醫院事務長，他明明不是醫師，卻以摘除肌瘤為由把患者們的子宮斷然切除，造成對方無法生育而被控訴。總之，如果是發言者非常熟悉、瞭若指掌的領域，贅語性就會升高。反之，不熟悉的領域，贅語性就非常低。

例如以下的發言：

在第二遺跡出土了三個時期的石器群。上層的2A石器文化層，有以幌加技法製成的船底型細石刃石心、船底型石器、木葉型尖頭器、雕器等石器。剝片剝離技術，特徵在於不進行表面打削平整、剝離面調整的石刃技法，其他還包括圓盤狀的石心。船底型石器、船底型細石刃心，都被觀察到兩端有受熱的使用痕跡，也看不到細石刃，所以兩者都是被當做石器使用的。

在2B文化層，發現有周邊加工的石刃素材的尖頭器，但可歸屬於上、下層的石器混合存在，其詳細原因不明。

這是在名為「舊石器時代後期歐亞北部的細石器文化」的研討會上，三人同步口譯小組中偏偏輪到我負責口譯的部分。我只能一邊咀咒命運「造了什麼業」，一邊進行口譯。

如果是以書面呈現還好，然而它是以聲音傳送到我耳裡。加上考古學家們平常都和土石為伍，好像不太習慣和人類說話的樣子。發表的學者低著頭用飛快速度喋喋不休地說著前面那一段內容。本來就包括很多音讀的詞彙，再加上發音、發聲都不清不楚，我為了分辨「石心」、「石刃」和「石器」可是費了一番苦功。

當然，在研討會召開之前，我已經把判斷為必備的專業用語灌進腦子裡，但畢竟都是臨陣磨槍。在極短的時間內，這個可以割捨嗎？應該翻譯嗎？其實無法做出判斷。因為不知道要省略什麼才好，總之只能聽到什麼就譯什麼。

然而，臨時抱佛腳塞進腦中的專業用語頻繁出現，如果遇見這樣的發言者的話，不知不覺間，口譯員就會把精力過於注入在處理這個部分，結果疏於注意談話中的道理與論點。如此一來，話語頻頻漂流過來卻完全不得要領，就會出現像總務課長型的口譯。

不到五分鐘，口譯區裡的我發出了悲鳴。結果，發言者不但把速度放慢，從快板變慢板，不，變極慢板，此外，也不再宣讀論文，而改成詳細解說、也就是贅語很多的說話方式。等到贅語出現，我就像如魚得水般活了過來。

某個醫學領域的學會，我遇到幾乎雷同的狀況，但這次當我從口譯區裡叫苦的時候，發言人透過度數很深的眼鏡目光銳利瞪了我一眼：

「妳不用幫我口譯也沒關係。」

他吐出了這句話，然後又繼續用超快速度宣讀著事前不管怎麼拜託都不提供的論文。

這種像蓄意肇事者般說出「對方不懂也完全無所謂」的發言人，遇到的機率大概是百分之一。我私底下稱呼他們為「不在場的發言人」。在那學會發表論文，發表的實際績效才重要，報告內容是不是能被聽者理解似乎無關緊要。從講台望向會場聽眾，聽眾好像也都心照不宣，大多數都在打瞌睡，甚至發出了鼾聲。應該聆聽我們口譯內容的那些俄國學者專家，則熱中於學會結束後要去購物的話題。這時候我想，莫非我們口譯員受雇於此，也是為了製造這個會議是「國際性」等級的不在場證明嗎？

接下來要談的是某次首腦會談之後，擔任日俄雙方領袖共同記者會口譯員的往事。在記者會正式召開前四小時，我們就收到發言議案的文本，也被允許參加為領袖進行的簡報會議。總之，為了讓口譯工作容易進行，主辦單位為我安排了種種理想條件。

主辦單位提供的文本，雖然是書面文章，但基本上是口語語調，穿插適度的贅語，看來很容易翻譯。在正式上場前我一邊看那文本，一邊畫重點做記號。當我讀到其中預想的記者問答的部分，讀了好幾次都不得要領。那就好像莫比烏斯帶[18]的迴圈，感覺好像要抓到尾巴了，結果又被一溜煙地逃跑。文本蓋上了「機密文件」的紅色印章，記者會後馬上被回收，所以很遺憾無法在此介紹，不過它是「語言清楚意義不明」的精采典型，不管讀了幾次都不知道內容到底是在肯定還是在否定。

「口譯不是對語言，而是對訊息忠實」、「首先要掌握意義的中心，然後傳達」，一路以來我忠實實踐德永老師的這些教誨，遇到了前述狀況還真是不知所措。因為完全抓不到什麼「意義的中心」。

它讓我想起國會上的答辯。雖然答了，其實沒有回答。我竟然會忘了這種使用巧言令色的修辭學的溝通也是存在的。當然，掌握發言者的意圖是口譯員的使命，對於無論物資如何缺乏唯獨不缺官僚主義的俄羅斯的種種事情，以及做為官僚主義附屬品的修辭學，我都已有充分認識，所以要完成工作並不辛苦。

我再三執著提到，口譯員要傾注全力找出發言內容的中心、訊息的核心。不過，從那次首腦會議中我學到了寶貴的一課：沒有意義就是意義所在，沒有訊息核心就是訊息所在。

此外，上智大學外語學院院長、著有《俄語口譯讀本》的宇多文雄教授，根據他執教鞭之

---

18 德國數學家暨天文學家莫比烏斯（August Ferdinand Möbius, 1790 – 1868）發現的拓撲學結構。

前擔任外交部口譯官的經驗，提出了以下見解：

這是我擔任漁業談判口譯員時的事。蘇聯方面想要控制日本的漁獲量，日本方面則絕對不想讓蘇聯得逞。不過，從各種狀況來看，蘇聯都遠遠占了上風，所以日本方面其實有意讓步。無論如何，контролировать（經營）這個動詞絕對不能使用。我那時候還是菜鳥，不知道這件事，只聽到日本方面拚命迴避那個字：

「可以做那個、可以做這個。」

經我的判斷，這不就可以說是「可以 контролировать（經營）」嗎？於是就用了那個字。沒想到，蘇聯方面的談判團首席代表對我這個日方的口譯員說道：

「我說你啊，那個字是不可以用的。」

結果對方還給我這個日方口譯員上了一課。他的意思是，為了不使用那個字，雙方拚了命地規避，那個字一出來就完了啊。

像這樣，有時也有掌握了要點但不能傳達，不按照字面翻譯就會搞砸的時刻。

——第十五屆口譯諸問題研討會，一九九四年一月，於東京俄語學院因此，口譯這一行，只要是以活生生的人類社會為對象，每一種主張都不是萬能，每一種原則都有例外，身在其中我不禁感到無窮的樂趣。

# 第五章　侍奉「溝通」之神

## 1　大師亦落淚

「我說啊，『yi zhe』是『譯者』，不是『役者』[1]啊。」

我的恩師德永晴美先生用強硬語氣如此說道。那是在俄語協會舉辦的研習會上，大家對於「無法用語言表達的情緒部分該如何傳達」的議論正白熱化的時候。當原發言者非常亢奮，敲著桌子大聲咆哮，或是披頭散髮淚流滿面的時候，口譯員真的只要翻譯語言就好嗎？

「請各位想像一下，希特勒上下大幅度揮動手臂，扯著嗓子大聲演說的樣子。在他旁邊的口譯員也同樣揮著手、大聲翻譯，那畫面是非常滑稽的。換句話說，是不是像在嘲諷，或是戲仿呢？結果呈現出來就是這個樣子。

我曾目睹一則新聞，紅極一時的統一教教主文鮮明[2]演講時，他的專屬口譯員用簡直一模一樣的手勢在口譯。不好意思，實在非常滑稽。雖然情緒的部分用情緒直接傳達了，但是那傳達行為是否成功呢？答案是否定的。因為情緒部分已經在原發言者身上看過一次，即使不口譯，當下已經傳達出來了。然而，請試試一直使用身體語言看看吧。這絕對不是口譯。因為我們不是在演戲。

1 日文中「譯者」與「役者」同音，「役者」指演員。

2 文鮮明（문선명，1920 – 2012），韓國新興宗教統一教創始人暨教主。

雖然我認為傳達情感很重要，但是必須要拿捏分寸才行。口譯員最優先要做的，是傳達說話者所說的意義內容、情感流露的內在才對。」

受到德永老師的刺激，山上悅子女士回憶道：

「我要講的不是比手劃腳的口譯例子，但多少有點相關。前一陣子由波修瓦芭蕾舞蹈學院（Bolshoi Ballet Academy）派遣來日本教導孩子的俄國老師抱怨說，每次打拍子時老師喊著『一二三四、二二三四』，可是口譯員連這個也照著『翻譯』，害大家拍子大亂，很傷腦筋。」

我呢，在點頭同意德永老師所說之餘，想起了井上廈的劇作《表裡源內蛙合戰》[3]的一幕。這是以平賀源內為原型的戲劇作品，曾在東京 Echo 劇場搬演。

平賀源內在長崎學習蘭學時，被派任為荷蘭語口譯員。這一幕是源內的主人的家臣一學與荷蘭商人 Jan Garance 談判，由源內擔任口譯的場景。家臣一學對源內耳提面命：

「一個字一個字，每個都給我正確地、忠實地口譯出來。中間你可別插話。聽到沒？忠實口譯。就這樣。」

---

3 井上廈的劇本《表裡源內蛙合戰》，以江戶時代的發明家平賀源內為原型，將他的表（外在）裡（內在）分開演出的劇作。

**一學：**要來談生意了嗎？噢，太好了！

（一學說著，拍了外在源內的肩膀。外在源內馬上也拍了 Jan 的肩膀。）

**外在源內：**Goed！

**Jan：**Ja, doch welke voorwaarde, ei?

（說著，Jan 用下巴尖端磨蹭表源內的下巴。然後，表源內也去磨蹭一學的下巴。）

**表源內：**那麼，條件呢，嗯？

**一學：**你、你在幹什麼？

**表源內：**我可沒忘記我是忠實的口譯員。那麼，條件呢，嗯？

**一學：**優質的慶長金[4]五百兩兌換劣質的文字金[5]千兩。

**表源內：**KEICH KIN vijf honderd to MOJIKIN duizend!

**Jan：**Nee!

---

4 慶長金，讀音為 KEICHŌKIN。江戶時代關原之戰中德川家康大勝（1600 年），先後開設了金座銀座鑄造貨幣，於慶長六年（1601 年）第一次鑄造金幣，稱為慶長小判（金幣）。

5 文字金，讀音為 MOJIKIN，亦讀為 BUNJIKIN。江戶時代一七三六年、一八一九年改鑄的金幣，背面刻有「文」字。

（說著，用力敲著桌子。表源內也碰地一聲敲著一學面前的桌子。）

**表源內：**不行！

**一學：**五百兩對九百兩！

（鏗！地一聲拍桌子。外在源內也拍了 Jan 面前的桌子。）

**表源內：**Vijf honderd to negen honderd!

**Jan：**Nee!

（說著，啪地一聲打了外在源內的背。）

**表源內：**不行！

（說著，啪地一聲打了一學的背。）

**一學：**嗚！那麼，五百兩對八百兩！

（說著，用力搥了源內的背。）

**表源內：**Vijf honderd to acht honderd!

（說著，用力搥了 Jan 的背。）

**Jan**：Nee! Nee! Nee!

（說著，狠揍源內一拳。）

**表源內**：不行！不行！不行！

（說著，狠揍一學一拳。）

**一學**：你這傢伙！那麼，五百兩對七百兩！

（說著，毆打源內。）

**表源內**：Vijf honderd to zeven honderd en vijftig!

（說著，毆打 Jan。）

**Jan**：再出個價！

（瞬間，表源內心想『什麼？』。）

**一學**：Nee!

**Jan**：沒轍了！Ja!

**表源內**：這下子好像談妥了！

**一學：**嗯，太好了！喂！

（說著，因為太高興，用力推了表源內一把。）

**Jan**………不妙………

（倒在地上動彈不得。）

——井上廈《表裡源內蛙合戰》新潮文庫

舞台上實際演出這一段時，場內爆笑聲不斷。由此可知，口譯員如果直接重現說話者的肢體動作、詞語語調或情緒部分，只會被當成笑鬧劇看待，無一是處。德永老師的先見真令人折服。

接下來，是我和德永老師有次在廣島一起擔任同步口譯工作時，廣島原爆的受害女性對各國的太空人說明爆炸時的經驗。因為原爆，半邊臉燒焦焦痂的她對從戰場歸來的先生說：

「孩子的爸，請和我離婚吧。我的臉已經變成這樣了。」

「不，不管妳的臉怎麼樣，妳都是我的妻子。」

妻子顫抖地談到先生對她這麼說。

咦，奇怪的事情發生了。本來聽得清楚的德永老師的口譯，不知為何卻中斷了。是因為耳機出了問題老師沒聽到原發言嗎？我往旁邊一看，大顆眼淚正從他臉上撲簌簌地落在桌上，老師哽咽得說不出話來。

不過，德永老師不愧是我崇拜的大師，從這樣的經驗也能歸納出教訓：

「哎呀，我被打敗了。如果她的悲哀之情表露無遺，我還不會那麼投入自己的情感。然而她轉述先生木訥、壓抑情感的說話方式，卻讓我失去了冷靜。口譯方無論如何感動至極，重要的聽眾聽到的只有我『欷欷簌簌』的鼻音而已。說話內容和悲傷都沒有傳達出去。

不過，這麼說來，巴斯特．基頓[6]板著臉就能把觀眾逗笑；《大路》[7]的茱麗葉塔．瑪西納[8]的笑顏催人落淚。越是內斂的演技越能喚起感動吧。」

因此，老師把本節開場的主張修正如下：

「所謂『譯者』，和『役者』（演員）亦有互通之處。不過，如果是木頭演技那就麻煩了。還是當個收斂的好『yi zhe』吧。」

---

6 Buster Keaton（1895 – 1966），美國電影導演、演員。

7 《大路》（La Strada），義大利導演費里尼的代表作之一。

8 Giulietta Masina（1921 – 1994），義大利女演員。

## 2 方言也要譯？口音也要譯？

我曾經參加「聯合國鋼鐵視察團」，和東西歐、美國、蘇聯各國鋼鐵專家一同展開日本鋼鐵機構的視察旅行。視察團中，身為俄語口譯員，那時剛入行、正蹣跚學步的我，跟著英語、法語的口譯員們同行。訪問地的人員以日語說明時，我們分別將其譯為英語、法語及俄語。在派對、宴會席上如果有英語的發言，英語口譯員就把它譯為日語，然後法語口譯員及俄語口譯員再將之譯為法語、俄語。依此類推。

在某個派對上，應該是比利時的鋼鐵專家的發言吧，口譯員把它由法語譯為日語：

「現場的各位女士各位先生，這次很榮幸能參加聯合國歐洲經濟委員會鋼鐵部會主辦的日本鋼鐵機構視察旅行，我，有此機會，有生以來第一次訪問日本這個優秀的國家。首先，我要誠摯感謝盡心盡力安排此次有益而充實的視察旅行的日本鋼鐵聯盟。這次視察之旅真是驚奇連連。訪問的製鐵廠全擁有傲人的最新設備，此外，清潔的用心程度真令人佩服，機械設備在陽光照射下閃閃發光。」

這番致詞就這樣沒完沒了一直講下去，我和英語口譯員分別把它譯為俄語、英語。翻譯一結束，本來一直低著頭的法語女口譯員突然咯咯笑了起來。到底怎麼了？當時還在口譯，我沒辦法問個明白。等到派對一結束，我走到她身旁問道：

「欸欸，到底怎麼回事？妳剛剛為什麼笑？」

「因為原發言者說話的語氣，和我翻譯的日語文體相差太多了，落差之大詭異到令人失笑。」

說完後，她又忍不住哈哈大笑。比利時人的法語，用日語來比喻，聽起來就像是東北方言。如果把那法語置換成相似的語言，據說大概是變成以下的語氣：

「在這裡的各位，俺啊，混在大家中間參加聯合國這次行程，托福，頭一次來日本看看。受日本的聯盟大夥們照顧了。這次行程有幫助得很，內容充實得很。太感謝了。老實講，俺啊，全部都覺得很驚奇。每一間工廠的機械都金光閃閃，又新，清潔也做得沒話說。居然，機械亮到連天花板都可以映在上面。」

不論原發言是不是方言，口譯員絕對要把它翻譯為現代國語。並不是因為碰巧那個場合是有外交部、經濟部的官員、鋼鐵聯盟的幹部、大型製鐵公司的高層人員等公開出席的派對才這麼做。

不需要連文體都口譯，基本上都應該譯為現代國語，這是口譯技術的鐵則之一。

俄羅斯的口譯研究的權威 Mignard 先生也表示：

「若讓人去口譯文學著作，這種行為簡直是狂妄至極。文體是文學的生命。要口譯員連文體都翻譯不僅殘酷，而且是不可能的任務。」

口譯員不能露出試圖翻譯文體的姿態。但即使明知如此，在轉換為國語時，由於對文體自動棄械投降，覺得心有不甘而牽腸掛肚，這種情形也常常發生。

方言或口音腔調，它們具有讓說話者立體浮現的說服力量。例如，前述的演說變成國語的時候，就不出千篇一律的社交辭令範圍，當它被譯為方言，就能傳達純樸的歐吉桑發自心坎的感嘆之情。

如果是文學作品的筆譯，應該如何處理呢？

十九世紀的俄羅斯被稱為文學的黃金時代，一八六〇年代出了一個相當活躍的詩人涅克拉索夫[9]。俄羅斯直到一八六〇年都是實施農奴制的國家，大多數國民都是農奴，受到少數的貴族階級壓榨。文學家、作家大多是貴族出身，他們對此不可能不感到痛心。涅克拉索夫便是以「解放農奴」為終身創作主題，在其詩篇中描寫遭受歧視、被視為奴隸的農奴的人性。其中，〈兵士的母親奧琳娜〉這首敍事詩，被評為涅克拉索夫最傑出的詩作之一，是瑰寶般的名詩。

被認為是涅克拉索夫的敍事者「我」，在狩獵途中經過農奴老太太奧琳娜的家，發現老太

9 尼古拉・阿列克謝耶維奇・涅克拉索夫（Nikolai Alekseevich Nekrasov, 1821 – 1878），俄國詩人、作家、編輯、評論家。

太不像平常一樣有精神。我問道：「怎麼了？被恙蟲叮咬了嗎？」原來，老太太的獨子被徵召從軍，不久即罹病返家。因為病情嚴重，沒多久就死了。這首詩即以老太太訴說悲慟的形式呈現。透過打動人心的純樸老太太的哀戚獨白，可以一窺帝政時代軍隊的非人道與殘酷面。

這首詩作，有幾種日譯版本。其中，我們先來閱讀池田健太郎先生與佐佐木千世先生合譯的版本。這場景描寫奧琳娜的兒子萬尼亞臨死前在夢魘中回想起軍隊生活。

小屋彷彿整個在搖晃
我看到他學著教練的操槍動作。
他像白鶴一樣單腳站立，
我也看到他只用腳尖站立。
忽然他痛苦扭著身體……眼神哀戚……
撲倒下來——哭著，認著罪，
出其不意發出哀嚎——
「長官大人！長官大人！」

一看，他正苦苦喘著氣！

——《世界名詩集大成》十二，俄羅斯篇，平凡社

以下是由早稻田大學教授岡澤秀虎先生翻譯同一場景的另一個版本：

托槍，他做出了那個樣子。
搞得這房子好像不停晃啊晃，
突然間，他簡直就像一隻鶴，
用單腳站立
把腳尖伸直。
然後，忽然扭動身體
用求饒的眼神，撲倒身子，
哭著道歉
「長官大人！長官大人哪！」

他大聲喊叫。

我一看，

他的氣息越來越弱了。

——岡澤秀虎《俄羅斯十九世紀文學史》早稻田大學出版部

接著，再比較另一段文字。先看看池田健太郎先生與佐佐木千世先生的合譯。這是最後奧琳娜之子斷氣的一幕。

於是犬子就這樣氣絕了，彷彿神壇的長明燈

蠟燭的火苗在熄滅……

岡澤秀虎的譯文為：

我的兒啊，就這樣消滅了

就像啊，聖像前的蠟燭一樣

事實上，在某大學講授口譯論時，我讓約一百三十名學生聆聽這兩種翻譯版本，調查他們的反應。他們全都表示岡澤秀虎的翻譯比較感人。我想諸位讀者應該也認為如此吧。

池田與佐佐木兩位的翻譯是現代國語，而且是擁有良好教養的都市人的措詞，因此無法凸顯遭逢喪子之慟的純樸農家老太太姿態。

然而，岡澤的翻譯卻能讓人連想偏鄉沒受過什麼教育但心地善良的老太太，對地主一股腦地傾訴自己的悲哀的模樣，因此能感動人心。那就是「文體」所在。

筆譯時，是有可能像這樣傳達文體的。至於口譯時，除了因為時間限制而無法做到，如果譯得不好又會變得滑稽可笑。因此即使原發言者滿口方言、口音腔調重，我也會鐵了心把它轉換為國語。不過，我常想，這麼做好嗎？

一九九〇年十二月，在蘇聯的最高會議上，當時的外交部長謝瓦爾德納澤（Eduard Shevardnadze）發表了辭職演說。雖然不久後，就在隔年一月，謝瓦爾德納澤出動軍隊攻擊立陶宛與拉脫維亞的議會、電視台等地，引發流血慘案，此時的謝瓦爾德納澤留下「獨裁者來了」的名言後卸下了職務。這場辭職演說動員了日本各電視台轉播，我也是俄語同步口譯員之一。

「這期間，我遭受了種種誹謗與中傷。人們説我一再單方讓步、沒有能力擔任外交部長、不懂俄語文法等等。

民主主義支持者的各位，最廣義意義上的民主主義的同志們，你們已經分崩離析了。

各位改革者，你們竟躲藏在芒草之中。

獨裁者來了。我負起全責直截了當地説這句話。獨裁者在接近我們。誰都不知道那是怎樣的獨裁者、到底獨裁者是誰。然而唯一能確定的是我們聽到獨裁者的腳步聲在靠近。

在此我要作以下表明，我將卸下職務。各位，請不要反應過度。這是我對緊追而來的獨裁的抗議表示。」

我口譯這段話的文體大致如上。但實際上謝瓦爾德納澤是格魯吉亞人，他的俄語正如其演説內容所指出，不懂俄語文法，再加上發表時情緒激動、腔調又很重。此外，就好像中國人或美國人説日語時會把「て、に、を、は」等介系詞省略，他的俄語遇到相當於「て、に、を、は」的規則變化也是一塌糊塗。如果把他的發言換成日本的文體，感覺大概像這樣：

「我，受了各種誹謗。説我單方面讓步、沒能力、俄語很差。民主主義的人們，分散各地。改革的人，躲了起來。我，想要説個清楚。獨裁來了。是怎樣的獨裁，並不知道。獨裁者是誰，並不知道。但是，獨裁來了、獨裁來了。我，要辭職。不要阻止我。不要激動。我要抗議。因為獨裁來了。」

這時候，謝瓦爾德納澤非常激動，舌頭彷彿打了結，俄語措詞用語比平常還要貧乏，令人替他乾著急，格魯吉亞的口音也顯露無遺。然而，在那演説中，流露出具有強烈民族自尊的小國格魯吉亞被俄羅斯這樣的大國吞併、持續遭受蹂躪下的悲哀。

然而當時我的口譯，完全刪除、捨棄了這部分沒有傳達。就像那樣，口譯畢竟是有其限制的。而口譯員刪除的訊息之中，常常夾雜著宛如寶石般的珍貴訊息。

然而，如果我用了第二種翻譯，讓它傳送出去，結果會怎樣呢？觀眾大概會覺得：

「最近蘇聯動盪一波接著一波，難道是俄語口譯員也人手不足，終於不得不動員連日語都說不好的蹩腳口譯員了？就算真是這樣也未免太過分了啊。一定是這家電視台捨不得花口譯費，才讓稱職的口譯員落跑了吧。」

我心情鬱悶地這麼想，同時翻閱著週刊，結果看到了一篇讀者投書：

阪神球隊的口譯員會把英語翻譯成關西腔。我一直很喜歡歐馬利[10]的訪談。

「I' m very happy to have done good job for team, fan……」

---

10 湯瑪斯．歐馬利（Thomas Patrick O'Malley, 1960－）美籍棒球選手，曾效力日本阪神虎等職業隊，一九九六年退休。

口譯：「真正是，能為球隊和粉絲打好球，真歡喜。」（設計，25歲）

——節錄自《週刊文春》一九九四年一月六日出版，〈OL委員會「有志者事竟成」公開講座，一九九三年運動解說員夢幻笑話大賞〉

「就是這個！就是這個！我也想這樣口譯看看。」

我躍躍欲試，但冷靜一想，因為是關西人在關西球場上對著關西觀眾口譯，對該口譯員來說，這就是國語。

## 3 母語決勝負

身為日本藝文界的資深俄語口譯員，河島綠女士夙享盛名。前蘇聯音樂會的眾主辦單位，如果不知此人大名，會被視為大外行。我向河島女士請教她獲得客戶信賴的高人氣秘訣。該這麼說，河島女士所到之處，宛如花朵在瞬間綻放般令人不禁心曠神怡，她就是具有這樣不可思議的魅力，跟她工作有交集的人們馬上都會變成她的粉絲。沒想到她擄獲人心的秘訣，有其意外的一面：

首先，用高格調的母語說話是很重要的一點。因為雇主是日本人哪。即使我弄錯了俄語語尾之類的或我說了什麼奇怪的譯語，日本人都不會知道。真的哦。不過，如果日語說得很優美、很確實，日本人聽了會覺得，啊，這個人能力不錯。在起初相遇的瞬間，要將「這個人是非常厲害的口譯員」的想法深植對方心中，這是很重要的事。一旦被投以懷疑眼光，口譯就會窒礙難行。因此，口譯員必須說一口漂亮的日語。平常就要不斷留意自己的日語，必須把奇怪的口頭禪「嗯、嗯」、「那個……」、「結果啊」等等這類雜草從意識中剷除。

——第八回俄語口譯諸問題研討會，一九八七年一月，於日蘇學院

順帶一提，本來就有明星潛質的河島綠女士，在說此話時，她的日語也是非常迷人的。

此外，日本的英語同步口譯先驅機構 Simul International，是業界的最大型機構，也是老字號的口譯員派遣公司，它的會長村松增美女士也說了幾乎相同的事。十五年前，我還在猶豫要不要當口譯員時，偶然得知村松會長有一演講，所以潛入旁聽。以下就是我當時筆記的內容。

很多想當口譯員的人都會到Simul International來，極力強調自己的英語有多麼厲害。那時候，村松會長會注意那個人的日語而不是外語能力。也就是說聽了日語後就能判斷這個人適不適合從事口譯工作。

在那場演講中，會場有人問道：

「如何增進日語能力呢？」

我記得村松會長表示，他是古典落語[11]的愛好者，所以在搭飛機或坐車途中都會聽名人錄製的落語錄音。在眾多的文學類型中，落語是用耳朵聆聽的說話藝術，是追求口說日語各種可能性的一種極致藝術。

Simul International的小松達也社長和村松會長都是英語同步口譯界的權威。傳說中小松社長為了提升口說日語的能力，甚至去參加主播培育講座。我向他本人求證，結果是假情報。不過，社長的日語確實很完美，能讓那傳說令人信以為真。

俄語口譯協會每年年初都會主辦名為「口譯諸問題」的研討會，曾有一次邀請了其他各種

11 江戶時代開始流傳的說話藝術，落語鮮少依賴服飾、樂曲、道具，而是一人飾多角，依靠話藝、姿體、手勢來傳達故事。

語言的口譯員來參加，請他們分享自己的經驗。英語、法語、中文、韓語、西班牙語、義大利語、德語的一流口譯員齊聚一堂，在大約百名的聽眾前進行演說。執不同語言的口譯員們口條清晰且日語優美，聽起來非常舒服，讓當時聽講者異口同聲讚嘆不已。

明朗的發音與抑揚頓挫。句子的結構方式容易理解立刻就能吸收、邏輯清晰。說話的鋪陳能抓住聽者的注意力。語彙豐富、表達正確、比喻很獨特、停頓時具有節奏感……諸如此類的魅力不勝枚舉。雖然我想要傳達那種令人神往的魅力，也請速記員聽了錄音把內容抄錄下來，只可惜文字化之後，還不及口說語言魅力的十分之一。

在邀請這些口譯員時，挑選人選的工作當然就落在我們俄語的會議口譯員身上。

「這個口譯員，很厲害！」

我們不諳英語、法語、中文、韓語、西班牙語、義大利語、德語，挑選時賴以判斷的依據只有該口譯員的日語能力。

前來參加此次研討會的法語會議口譯員三浦信孝先生，很貼切地指出：

在國際會議上，如果發言人說的是法語，那就由坐在法語同步口譯區裡的我們將之譯為日語，然後其他口譯區裡的口譯員再把這日語譯為俄語、英語、中文等等。這叫做口譯接力。

口譯接力時，必須考慮兩種聽眾。主要聽眾是在會場的與會人士。其次就是在自己的口譯區旁陣形一字排開的其他語言口譯員們。他們也是另一群重要的聽眾。會場上直接聽我的日語的人只占少數。絕大多數的聽眾是透過我將法語譯為日語之後，再經由其他口譯員譯為俄語、英語或中文等內容來理解。就這層意義上來說，就必須把一旁的其他口譯員放在心上。要在那裡花費心思。

因此，追根究柢，順利進行口譯接力，是優秀口譯的條件。所謂可以順利進行，就是要讓人容易理解。就算說出了會讓人「哇！」地表示讚賞的語言，然而若對方完全聽不懂內容，反而是最困擾人的口譯。

——第十二屆口譯諸問題研討會，一九九一年一月，於日蘇學院

的確，對口譯員而言，母語是無可取代的生財工具。把母語轉換為外語時，需要迅速而正確的理解能力，而把外語轉換為母語時，則需要有豐富而確實的表達能力。因此，母語——對我們日本人來說是日語——運用能力當然是越高越好。

而且，其實還不只如此。對我們而言，母語是一個人出生之後最初學習的、要傾吐情緒或思考事物時有意或無意識下使用的語言，支配我們的基本。第二語言，也就是在最初學習的語言之後習得的語言，大多情況下是外語，比起第一語言，我們絕對不會更擅長第二語言。

說得直截了當些，母語不行的人，雖然可以學習外語，但他的外語會學得比本來就差勁的母語程度還要差勁。運用語言的能力，不論就哪種語言來說，在基本上都是相同的。

對口譯員來說的另一種生財工具——外語能力，也會受到母語能力左右。

## 4 空氣般的母語

幫我注意到這個說來理所當然的真理的，又是我的恩師德永晴美先生。

「妳看看N．Y和M．K和R．A這三人。」

德永老師提起三個俄羅斯與日本混血的口譯員名字。他們應該是從小就把父親的語言或母親的語言和母奶一同吸收的人。對於日本的俄語學習者，尤其是有志從事口譯工作的人來說，這些人乍看成長於令人欽羨的語言學習環境中。不過，實際上，他們的日語、俄語和其他任何語言都沒有認真學好。當然，日常生活的對話他們都不成問題，但只要話題變得稍微複雜而抽象時，他們只能舉手投降。

早在一九七〇年代，外山滋比古先生就曾對幼兒期學習多種語言的危險性提出警告：

對幼兒而言，建立「三歲小孩的靈魂[12]」（個性的基礎）是最重要的事。當然，還是私密的語言比較好。方言比國語好。母親的愛語又比方言好。我認為，在此時混入外語是最糟的事……（中略）

方言、國語、外語，如果變成三方在較勁拉扯，會讓幼兒的頭腦陷入混亂……（中略）舉家移住國外的孩子，常常被認為有思考能力不穩定的情形，這應該視為對幼兒徹底進行外語教育下所必然形成的現象的一種警告。

——外山滋比古《日語的邏輯》中央公論社

然而，沒想到認真看待這個警告的人少之又少。前幾年，有一人氣女主播發表了令人無法置信的言論。該主播與自家電視台的副社長結婚，應該是在消息的記者發表會上，或是婚後接受採訪時，她自信滿滿地肯定說道：

「我們希望孩子成為國際人，所以決定在家一律不說日語，在家所有事情都用英語溝通。」

孩子的教育，是每個家庭的「內政」問題，或許無須旁人說三道四。然而讓人無法置信的

---

12 出自日本諺語「三つ子の魂百まで」，意指三歲小孩的個性上了年紀也不會改變。類似中文的「三歲定終身」。

是，當時的媒體報導還大肆吹捧她「不愧是國際派才女主播」。而這種狀況今日依然沒什麼改變。

所以，請等一下。所謂「國際」，在日語裡也是指國與國之間[13]。「國際」一詞不論是英語的 international 或俄語的 международный，inter、между 都是表示「之間」，national、национальный 都是民族或國家的意思。沒有自己的國家、沒有自己的語言，能成為國際嗎？

本來正是因為通日語，英語才具有附加價值。只會說英語的人，不論是美國人、英國人或澳洲人，就好像只會說日語的日本人一樣，多如牛毛無足輕重。此外，就算英語如何厲害，不認識自己國家、不認識自己語言的人，還將那視為國際化，才是令人輕視的對象，不會是尊敬的對象。

雖然不像剛才提到的女主播那麼有名，但在我身邊一直有許多人，他們即使住在日本，也打算讓孩子就讀純英語授課的國際學校，而且家裡的溝通只限英語。那樣一來，當孩子長大成人，在某刻你一定會發覺自己犯下了一個重大過失，那就是當眼前出現一個沒有形塑自己國家的文化認同——外山滋比古先生所說的「個性的基礎」——的年輕靈魂時，你會看到他遭受不穩定、不幸的自我意識折磨。

---

13 國際一詞的日文亦作「国際」。

當然，混血兒或海歸子女之中，也有日語與外語兩方都能運用自如的超級會議口譯員。他們的個人天分都很高，但若問及語言學習過程，都具有一個共同點。那就是在一定年齡（大約八到十歲）之前，如果是住在日本，他們就是過著徹底只用日語溝通的生活。

這是在學習外語時，應該列入重要參考的一點。因為，先把母語能力提升，也就打開了有效學習外語的可能性。

學習母語必須有意識地執行。為此，則必須一度把母語當成外語拋在腦後。說起來簡單，做起來非常難。

因為母語對我們來說，就像是「空氣般」的存在。地球上的生物大家都一樣吸收空氣後攝取氧氣、吐出二氧化碳，或是攝取二氧化碳吐出氧氣，以此維持生命。只要沒有空氣，人類和動植物都會滅絕。然而在日常生活中會意識到這一點的，大概只有從事太空飛行或潛水相關業務的人吧！

雖然說「免費的東西最貴」，但是不經努力就自然到手的事物，通常人類都不太感謝、不知珍惜。

聽說妾室要綁住老爺最好的手段，就是盡量讓對方進貢，多多益善。如果撈到老本，就很難離開她身邊了。

此外，托爾斯泰在《戰爭與和平》中寫道：

「大抵上照顧他人的那方，永遠會比被照顧的更牢記對方。」

簡言之，對人類來說，最關心的事就是自己。而且對於自己的時間、自己的精力及努力、自己的資金的投注對象，似乎會戀戀不捨。套用在母語，可以說是完全相同的狀況。

但在日本的一般學校教育中，日語所占的位置，從各方面來看，距離受重視還相當遙遠。

從小學三年級到國中二年級這段期間，我因為父母工作的關係住在捷克首都布拉格。當時就讀附屬於蘇聯大使館的八年制普通學校，所有課程都是按照蘇聯國內的課程安排，並以俄語教學。

在那之前，我上的是日本的區立小學。在布拉格上課後，我驚訝發現對他們來說是母語的俄語教學，和日本學校的「國語」的教法有很大的差異。

首先，入學半年之後才學字母，俄語課清楚分為文學課、文法課，三年級之前，俄語課占了每週二十四節課裡的一半。到了四 五年級，俄語課在三十節課中有十到十二節，大約三分之一以上。六年級以後則占四分之一以上。

文學課則有以下四個特徵。

第一，學生閱讀的文學名著，不會因為對象是兒童而選擇文摘或重新編寫過的讀物，他們讓兒童閱讀許多文豪的實際作品。每當學生還書時，學校圖書館的館員會詢問學生作品內容，而不是詢問讀後感。藉此進行簡單明瞭傳達書本內容的訓練。在此基礎上，當然也能聽到感想。

第二，背誦被評為古典名作的重要詩歌或散文的重要篇章。從低年級學生開始，被規定以每週大約兩篇的比例大量背誦詩作。

第三，根據小學三年級前我在日本上課的經驗，國語課堂上，老師會指名「接下來，某某同學請讀這一段課文。」學生讀了那段內容就結束了，就可以坐下。但是蘇聯的授課方式是，首先讓學生清楚地讀完課文，接著要求扼要説明剛才讀過的內容。讀了一段或兩段之後，若講不出要旨就不能坐下。

要能完美地朗讀出聲，內容往往不會完全進入腦中。然而，在這種方式訓練之下，自己的閱讀速度和理解速度會變得同步。而且還有一種效果，由於自己必須對別人扼要説明，閱讀方法會變得具體而積極。進入腦子裡的不是被動而扁平的內容，也培養了在完全不混雜自己的主觀意見下如何具體地掌握文本內容的習慣。

第四，上作文課時，決定主題後老師首先會讓學生讀幾篇與主題相關的名作。例如，如果作文題目是「關於朋友」，那麼會先讓學生閱讀屠格涅夫的《阿霞》（或譯《初戀》）或是托爾斯泰的《戰爭與和平》中女主角登場的部分節錄，然後請學生寫出概要。

一　與敘述者初次相遇時的樣貌描寫。第一印象。

二　臉部、嘴巴、耳朵的動態等對容貌的描寫。

三　舉止動作、習性、聲音等的描寫。

四　在什麼場景說了什麼、有什麼反應?舉出數例。

五　從以上推測到的個性。

六　與他人的關係。

七　與自己的交流。

八　透過某一事件獲得的成長、新的發現。

就像這樣，老師讓學生寫下的是像文本構造圖般的內容。

此外，接著要讓學生自己動筆寫作，寫下朋友相關作文的概要，根據這個概要來寫文章。

其實，不限於俄語課，俄羅斯的歷史、地理、數學、生物、物理、化學課考試都完全沒有是非題，全部都是口頭測驗或小論文型態的考試，要求的是陳述簡報的能力，結果也可以鍛鍊俄語的表達能力。

文法課上，會對母語徹底地進行客觀性分析、冷靜闡明結構。對俄羅斯人而言，母語終究也是像空氣般的存在，但在學校也被當作外語般，是有意識地去認識的對象。

有趣的是，俄羅斯的老師不會事先讓學生死記諸如主語、述語是什麼等現成的定義，而是不惜傾注時間與身為教師的耐心，讓學生們自身思考規範概念如何形成的過程。

國中二年級我回到日本，被編入鄰近的區立國中。當我得知高中入學考試必記的文學史中所提及的作品，同年級學生幾乎沒有人完整讀過時，我大感震驚。作文時，我詢問老師逗點的標注方式，卻得不到能信服的答案，也令人驚愕。國文考試，當我看到這樣的題目更是失魂：

「閱讀以上文章後，請從以下A至E選項中選擇你的感想。」

對於這樣不當而草率對待本國語、本國文學的方法，我甚至感到義憤不平。當時有機會和來自法語、西班牙語系國家的海歸子女交談，關於這一點我們大多意氣相投。

很諷刺的，說是如此但仔細想想這也是理所當然，比起一般日本人，海歸子女對日語和日本文化懷著更深刻感情，另一方面又能更客觀地抽身看待日語，還是占了優勢。

像歐洲一樣，若在超越國境，或超越語言界線需要使用其他語言的地方，母語的意識就會

強烈地進入人們腦中……（中略）

日本人長期以來，雖然在概念上認識其他語言的存在，但除了方言，大部分的人終其一生都沒有聽說過其他語言……（中略）

以日語為母語，但沒有發現那是牽涉到有力的自我認同感的問題，非常的樂天安逸。

——野元菊雄〈日本人的母語意識〉，收錄於《日本語百科大事典》大修館書店

也就是說，經由接觸外語，我們初次在意識下捕捉母語，抽身看待它。對於日語，也能以它不過是世上三千種語言之一的角度來重新審視。

很久以前，歌德就說過這個真理：「知外語，始知母語。」

從這一點來看，要讓已經打下某種程度基礎的母語更豐富、更上一層樓，最好的手段就是學習外語不是嗎？例如，藉由口譯或筆譯作業，往來於兩種語言之間。當對於某外語的概念不太了解，那就從脈絡來推測，或是以揣摹音義來查字典。對應的日語自然會出現。就結果來說，如此一來日語的語彙和外語的語彙都會增加。把日語翻譯為外語時，會拚命思考正解。好奇日本人把這個字用於什麼意義而查辭典或百科，也會為了把它轉換為外語而查外語辭典。像這樣，語彙或句型的累積，就會藉著往復運動的強制力量而呈現飛躍性的擴大。此

外，透過兩種語言的經常比較，也更能確實掌握雙方的構造與其背後獨特的發想方式。

結果，學習外語可以豐富母語，學習母語也能豐富外語。

## 5 想用英語演講的首相

美蘇對決時代的顛峰時期，美國和蘇聯都競相讓外國的太空人搭乘太空梭。根據早期蘇聯國家政策，主要讓各衛星國家的太空人搭乘。西方國家的太空人，雖然有法國的克雷帝安[14]搭乘過，但那是基於雙方政府的協定。蘇聯瓦解前一年，蘇聯太空船才第一次在商業前提下讓TBS電視台的秋山豐寬先生搭乘。

《從宇宙歸來》的作者、評論家立花隆先生，曾對這個日本首位宇宙訪問者、世界第一個新聞記者太空人進行詳細的採訪調查，而有以下對話：

立花：有個笑話說，蒙古的太空人被告知不可以觸摸各種儀器卻又一直想去摸。每次他一

---

14 Jean-Loup Chrétien（1938年－），第一個上太空的法國太空人及西歐太空人。

出手，蘇聯的太空人就啪啪地打下去，結果返回地球時手變得又紅又腫。

秋山：我聽到的版本講的是古巴太空人……（中略）關於蒙古太空人還有更毒舌的笑話：「蘇聯讓蒙古太空人和兩隻猴子上太空。一隻猴子是為了在去程進行實驗，另一隻猴子是為在回程進行實驗。蒙古太空人的工作是餵猴子。」

（中略）

立花：也有笑話說，蒙古人真的能力很差，所以只是當個乘客飛去再飛回來。

秋山：這好像是在說我嘛……或許是因為語言能力不足才會被認為能力差。語言無法表達的地方，只能陪笑臉吧，那痛苦的光景還歷歷在目。我也常常用笑臉回應，結果臉頰抽了筋……

——立花隆＆秋山豐寬《宇宙啊》文藝春秋

您曾有過這種經驗嗎？想要使用外語進行溝通時，對自己的知識水準遠不能及的、外語的理解能力與表達能力的落差，經常感到錯愕。在將該外語視為母語的人眼中，顯然會把說話者視為幼稚單純、智能低下之人。而在出生後完全沒有使用外語溝通意見經驗的人眼中，那樣看待別人的傾向更為強烈。

全世界不論去到哪裡，例如有些國家的人即使來到日本，多數人也覺得以自己的英語母語就能通行無阻。有些國家像法國一樣過去擁有許多殖民地、屬地，多數人認為學習法語是理所當然、對於被迫學習法語的屈辱感或困難無法想像或體恤。有些國家像俄羅斯一樣，多數人絕對不去學習過去併吞的波羅的海國家或高加索等各國的語言，但當這些被併吞國家的人民講俄語有腔調時就會笑話他們。

以上提及的英語、法語、俄語都是聯合國的公用語，也就是在國際上通用範圍廣的語言。然而要讓以該國際語言為母語的國家代表，和把它當做外語的國家代進行平等的爭辯，此舉甚為殘酷。

曾聽我國交通部航空局的人員表示，日本與各國進行航空交涉時，是以英語為媒介進行。但是，只有在對方國家不是以英語為母語的情況，日本方面才會與對方同樣用英語直接交涉。若對方為美國、英國或澳洲等以英語為母語的國家，則一定會聘請專業的口譯員，日方協商人員就以母語日語來發言。

日本首相前往美國時，因為能用英語演說而感到驕傲，媒體也會大力吹捧。

「對人類來說最大的幸福，就是受到自身能力有發揮機會的眷顧。」

有哲學家如此說道，所以可以理解首相的心情。會說英語的人，想要使用英語心癢難耐，這是非常人性的自然欲望。不過，當你擁有代表一國的權力時，還請不要這麼做。

宮澤喜一、細川護熙與村山富市[15]這三位首相，這方面好像不那麼令人擔心。然而，領導人還是應該用母語暢所欲言，然後再交由口譯員去翻譯。我並不是站在推廣聘用口譯員的立場才這麼說（嗯，或許有一點）。代表國家的人，那是權利，也有義務。

追溯會議口譯發展的歷史可以發現，對口譯員的需要達到跳躍成長的時期，恰恰與全世界民族自決權確立的過程相重疊。如您所知，第一次世界大戰前，國與國間的外交是以法語為媒介。而活躍於兩次世界大戰期間的國際聯盟，其公用語言是英語與法語。

無論是多小的國家、多弱小的民族，自己國家與民族的事，都應由該國或該民族來決定。再大、再強的國家，都不能被容許介入其中。人類經歷了兩次世界大戰，才學到這個想法。

不論是多麼不知名、多麼小的國家，他們的國民都具有以自己最能自由運用、最容易理解、最容易傳達的母語來發言的權利。隨著民族自決的思想，不，正確來說是做為民族自決依據的不可或缺要素，這樣的權利逐漸受到肯定。此權利是以所有民族皆平等的思想為背景。而口譯的工作則因此而大幅增加。

前文曾談到，俄語口譯協會研討會邀請了各語言的頂尖口譯員來分享他們的經驗，我對於他們的優美口說日語大感佩服。同時，其實我還發現另一件相當不可思議的事。每一個口譯

15　均為九〇年代的日本首相。

員身上所沾染的，自己口譯語言母國的國民色彩之濃厚，著實令人驚訝。

中文或韓語的口譯員行儀端正、正經、不苟言笑，服裝也比較樸素。英語的口譯員通常具有一種內歛幽默感、屬於常識型人物（與其說這是以英語為母語的民族的特性，或許應該說日本的英語口譯員比其他語言的口譯員多得多，因為同步口譯員就有兩百人左右，經過激烈競爭與淘汰的結果，或許留下來的都是容易為日本社會接受的類型）。法語口譯員的服裝和說話內容有些賣弄，極不喜歡從正面擺出嚴肅態度。如果以英語圈的清教徒式的想法來說，他們常常會講一些相當於性騷擾的語言，談話較隨便。不過，也是以一種聰明的方式表現。天主教國家又更大方了，言行更露骨，如西班牙語和義大利語口譯員，他們大方、開朗而幽默的形象非常鮮明。而在其他語言口譯員的印象中，俄語口譯員的共同點是處變不驚、膽量很大。

在學習語言時，不管願不願意，人類也同時吸收該語言背負的文化。由此可知，語言反映了民族性，屬於民族性的一部分。二次世界大戰日本戰敗時，足以代表日本的知名作家志賀直哉曾作此發言：

「戰爭會失敗，是因為日本的語言不夠優秀。因為日本人的發想、文化都不優秀，所以從現在開始日本人應該要捨日語而說法語。」

捨棄語言，無異是在抹煞民族性。

日本在過去併呑朝鮮半島，禁止朝鮮國民使用母語，強行要求他們讀、寫日語。

Kim Rekho[16]是歸化俄羅斯、朝鮮出身的日本文學家，他在接受訪問時一開口就先說了這段話：

最近，我去了高加索地區的格魯吉亞共和國。國土不斷被其他國家蹂躪的格魯吉亞，其歷史與文化和朝鮮非常相像。某格魯吉亞人曾說：「民族團結與固有文化的根據，不是宗教也不是武器，而是文字與語言。」我在日本統治下的朝鮮就讀小學、中學，我無法忘記那時候被禁止使用母語的屈辱與不甘。如果被發現說了朝鮮語，就算只說一個字，脖子就會被掛上「我說了朝鮮語」的板子，然後罰站一整天。結果，日本並無法毀滅朝鮮的文化與語言。

——《03》一九九〇年十月號，新潮社

語言，是肩負民族性與文化重擔之物，是該民族之所以為該民族的個性基盤（＝認同）。正因如此，賦予各國國民能以自己的母語自由發言的平等機會是很重要的。而支持這一點、使其成為可能，也是口譯這工作、口譯這個職業的存在價值。

---

16 一九二八年生。俄國日本文學研究者，現為俄國科學學院世界文學研究所教授。

## 6 脱離詞窮窘境的方法

突然間，應該很熟悉的單詞從記憶的皺褶裡「啵」地一聲脱落，讓人動彈不得。這種事情在日常生活中偶爾會發生，然而在口譯現場，類似的瞬間失語症比比皆是。有的口譯員會一時想不起來前一天拚命背的專業用語而慌張失措，有時是被突如其來的未知概念或語言嚇得冷汗直流。

既然收了酬勞，擔任口譯工作的專業人士是不被允許沉默無言的。當面對説不出來的詞語正巧是關鍵詞，不把它翻譯出來話題就無法通達的情況，口譯員該如何脱離這樣的窘境呢？一般最受歡迎的技巧，就是用別的詞語來表達那説不出口的語言所指示的事物或概念。例如，如果一時説不出「竊竊私語」，可以換成「小聲説話」。這樣説，雖然會因為擠不出正確譯語而覺得苦悶，但遠比什麼都不説要好得多。

如果一時擠不出「岳父」這個單字，可以説「妻子的父親」。我有一個口譯員朋友，本來想那麼説，結果口誤説成「муж моей жены／我妻子的丈夫」，結果被對方眨眼使了眼色。

俄語口譯的先驅者河島綠女士，曾説過以下小故事：

剛入行的時候，大前輩Ｍ氏對我說的話，我到現在都還記得。

「不管說什麼都好，總之就譯吧。如果想不起『экспорт／出口』怎麼說，就翻譯成『не импорт／非進口』。就算這樣也可以溝通。」

出現了不知道的單字而感到困惑時，我總是遵行這至理名言。

從前有個城市召開某個會議，雙方分別唱歌，日本方面要唱〈紅蜻蜓〉。「qīng tíng」，我的頭都快燒焦了還是想不起來「蜻蜓」的俄語怎麼說。對了，我想起Ｍ氏所說的「не импорт／非進口」，於是立刻說：

「Следующий номер "Песня о насекомом, которое похоже на вертолёт"／接下來是一首關於很像直升機的昆蟲的歌。」

在俄羅斯人的爆笑與滿堂采中，日本人也與高采烈地唱起歌來……

我的後輩中，也有人遵行這個方法而從窘境脫身。在某次商談中談到收購鳥類羽毛的話題，那時候她從容不迫說出了她的名譯：

「костюм курицы／雞的西裝。」

對方公團代表噗嗤笑了出來，幫她訂正：

「Нет, это платье курицы.／不，是雞的洋裝哦。」

商談就在談笑之中交涉成功。

——河島綠〈口譯員現場消息・來自職業婦女的忠告〉《現代俄語》一九八〇年七月號

動植物的名稱，如果是擔任與該領域相關的學會口譯工作時，可以事先讀過資料，查出、寫下必需的用語先背好。但綜合商社的商業談判，會跑出什麼內容是無法預測的。某著名的英語口譯員，明明是在口譯品牌輸出相關的商談，現場卻突然出現魚的話題，他一時間就是想不出那魚名的英譯。沒辦法，就把它譯為：

「a kind of fish」

的確，那是「一種魚」，這樣翻譯並沒有錯。於是日方每次提到那魚的名字時，口譯員就置換為「a kind of fish」、「a kind of fish」。美方後來問道：

「那個『Akindof』魚好像很美味的樣子，價格又很合理，我很有興趣。請一定要賣給我們，不知道是哪一科的魚呢？」

現在影片代理商直接把很多電影的英文原名轉換為片假名，例如《ダイ・ハード（Die Hard）》、《バック・トゥ・ザ・フューチャー（Back to the Future）》、《ウエディング・バンケット（The Wedding Banquet）》、《クライング・ゲーム（The Crying Game）》。英語口譯員中，也有人每當想不起對應某英語字句的日語時，就直接把英語換為日語片假名讀音來矇混過關。

日語本來就是對外來語無節制、門戶大開的語言，在日本誰都不清楚一個外來語是不是已成為固有的日語詞彙。聽到片假名外來語而不知道意思，會覺得好像自己學識不足而感到丟臉，有聽者這種虛榮心的推波助瀾，等於允許了口譯員這樣極為偷懶的翻譯。如此一來，就大量生產出英語詞語變成片假名讀音，只用日語介系詞「て、に、を、は」來接續的句子。

這麼說會有點刺耳，但是在同步口譯接力時，也就是英語口譯員把講者的說話內容譯成日語後，俄語、法語、中文、韓語口譯員再把那日語譯為俄語、法語、中文、韓語的作業，我們這些英語口譯員以外的口譯員，對於這種既非日式英語亦非英式日語的東西，實在大感棘手不知如何應付，這一點要請大家見諒。

這種讓口譯員身心大受煎熬的典型場景，大家已經很熟悉的俄語口譯協會會長兼協會附屬劇團「蘇末坊」（蘇是蘇聯的蘇、末是末世的末）專屬編劇小林滿利子老師，當然不會錯過。

**短劇《窘境脫身法》**

**劇本**　小林滿利子

**場景**　國際會議好幾個同步口譯區

**登場人物**　英語口譯員

包含俄語在內的其他語言口譯員

主辦單位

會議即將開始之前，口譯員們焦急等待。

**主辦單位**（慌張進場）哎呀，發表的原稿終於來了！

**口譯員**（全部如釋重負鬆了一口氣）

**主辦單位**　其實，只有英語的原稿而已……

**其他語言口譯員**（垂頭喪氣）

**英語口譯員**（極為冷靜）嗯，沒關係，因為這是以英日語為主的口譯接力。大家一起戴上耳機。會議開始。

**英語口譯員**（仔細聆聽演說，同時用眼睛追讀原稿內容）現在 performance indicator report 已經 release 了，對於各 individual member set 了 separate 的 confidential trend。（此外，口譯

員飛快地說了一大堆 commitment、available、access 等等片假名外來語）[17]

**其他語言口譯員**（雖然很想把它口譯出來，但是很難達成目標，感到慌張失措）

此時，英語口譯員旁邊垂下一幅對聯，寫著大大的「口若懸河」。接著，俄語口譯員旁邊也垂下另一幅對聯，上頭寫著「張口結舌」。

——第十三屆口譯諸問題研討會，一九九二年一月，於日蘇學院

就是這樣，俄語口譯員平時深受此害，對於英語口譯員直接「音譯」的行為頗為蹙眉，卻也偶爾會使用這招脱離詞窮窘境。這當然不是因為尋找與俄語對應的日語詞彙有困難，才會把俄語「音譯」為日語。在日本，俄語本來就不像英語占有「你知道沒什麼了不起、不知道就是你的錯」那種蠻横態度的地位，這個我們俄語口譯員是心知肚明的。

不過，我們沒辦法把日語化的英語譯為俄語的時候，就把那英語「音譯」為俄語。例如バイオテクノロジー→ biotechnology →ビオテフノローギヤ→ биотехнология ；或是マイクロバス→ microbus →ミクロブス→ микробус 等。

17 此段原文幾乎為外來語：今やパフォーマンス・インディケータ・レポートはリリースされまして、各インディビジュアル・メンバーにセパレートなコンフィデンシャル・トレンドをセットしています。如果聽者不懂其中外來語片假名單字的話，其實英語口譯員等於沒有翻譯。

說得更正確些，日語之中不論引進多麼大量的英語單詞，兩者在語言上還是毫無血緣關係；相對於此，俄語和英語則是血脈相連。俄語和英語都屬於印歐語系這個大家族，而且古希臘語或拉丁語的單字或字根都分別大量被收編到兩國國語的形態、音韻、語彙及句法學的體系之中。收編的方法有一定的規則性，如果連那規則性也理解的話，就可以把在英語中熟悉的、有淵源的古希臘語、拉丁語系的大量單字「俄語化」。

我們俄語口譯員常常使用這一招。鍋谷真理子女士也是如此。

事情發生在開會討論一場有太空人參與演出的秀的時候。日本人的說明者表示：

「クライマックス（高潮）的時候，用雷射螢幕看電影。」

我必須把它翻譯出來：

「Во время климакса мы посмотрим фильм на лазерном экране.」（順道一提，鍋谷女士在這裡把英語風的「クライマックス／climax」直接置換為俄語風的「クリマックス／климакс」已經譯過頭——引用者。）

聽了我的翻譯，俄國人的表情變得很奇怪，在旁邊竊竊私語：

「климакс 是說女生的那個吧？」

我以為他們說「女生的那個」，指的是「女生的 climax」，瞬間臉色飆紅、害羞退縮，當場的討論接下來變得模糊不清。後來，一位懂日語的俄羅斯人走近對我說：

「climax 不是 климакс，而是 кульминация 哦。」

結果，我把那句話翻譯成「更年期的時候看電影」了。

——鍋谷真理子〈口譯的自言自語〉，收錄於俄語口譯協會會報第三號

什麼樣的規則都有例外吧。即使如此，更年期或許還真是「女人一生中的 climax」吧。

口譯員陷入無法口譯的窘境，最令人焦慮的情況之一，就是講者明明說了想逗笑聽眾的可笑事情，口譯員卻無法對聽者傳達。以下要介紹大沼淳先生在有生以來第一次擔任口譯工作即受到這般洗禮的經驗談。

蘇聯方面有位男性站了起來，接在婦女之後開始大聲演說。然後，在演說當中，俄羅斯人開始捧腹大笑。講者說了可笑的事。日本聽眾在等著我翻譯那個笑點。哎呀，糟了。那一瞬間掠過我心頭的，是大家搞不清楚笑點、期待落空就那麼結束的一幕恐怖景象。結果，我不記得我說了什麼（不是「譯」了什麼），總之，我不希望場面冷場的想法可能傳達到老天爺

那裡了吧，日本聽眾也笑聲如雷笑翻了。可能是這個笑話發揮了功效，晚宴大為成功，大家對我的信賴感好像也一口氣提升了。我從沒想過這樣小小的靈機一動能有那麼大的幫助。不過，後來我的良心一直不安。因為日蘇雙方大笑的點完全不一樣。「靈機一動」說來好聽，其實觀眾們是被我騙得團團轉。

——大沼淳〈口譯員的現場消息．微笑口譯的告白〉《現代俄語》一九八〇年九月號

俄羅斯人愛說笑，讓很多口譯員苦惱不已，不過我們也發明出許多對付手段。

H氏年輕的時候，在宴席上聽不懂俄羅斯人笑話的笑點，就對日本人從實招來。「最後的笑點很難，我聽不懂。但是麻煩請大家大聲笑吧！一、二、三！」當然，俄羅斯人非常滿意，宴會也一團和氣地結束了。

聽到這樣的故事，大家也會有自信了吧？您或許會說，什麼嘛，大家都失敗嘛。然而這種臨場的機智，以及直到最後都要找出一條活路的韌性是必要的。對口譯來說，沉默正是最大的敵人，希望大家銘記在心。

——河島綠〈口譯員現場消息．來自職業婦女的忠告〉《現代俄語》一九八〇年七月號

雖說「沉默是最大的敵人」，但是還是會發生怎麼樣都說不出話來的情形。希望各位能認識到，即使遇到那種時候，口譯員也絕不投降的堅強奮鬥姿態。

前蘇聯是格鬥技盛行的國家，傑出的格鬥人材輩出。記得好像是日本格鬥協會這個單位，曾邀請前蘇聯的知名格鬥運動員來日本示範格鬥技巧。活動吸引了大約兩百名日本格鬥界的教練和運動員，在設置於大型體育館正中央的格鬥場上進行示範。口譯員也站上格鬥場，單手拿著麥克風進行口譯。

我的朋友N那時候剛入行，光是站上格鬥場就已經忐忑不安，更何況格鬥選手都把重心放在下半身，常常擺出半蹲姿態，眼神像是在向上瞪人。從格鬥場下，也有約四百隻那種眼睛盯著她看，讓她越發失去平常心。

到了示範「寢技」[18]的時候，日本的格鬥運動員提出要求：

「口譯員，請他們從反方向讓我們看一下！」

沒想到唰一下血液突然沖上腦子，她一時想不出「反方向」的俄語怎麼說，越急就越想不出來，雖然很想用別的詞語代替，頭腦也完全不靈光。

不過，接下來就是她偉大的地方了。講不出「反方向」的俄語。但是，如果自己把他們翻

---

18 源自柔道，指雙方同時處於非立姿狀態下所使用的技法。

身的話，不就變成反方向了。她那樣想，然後試著用手去推正示範寢技而躺在格鬥場上的兩個選手。雖然動手推了，但格鬥選手不同於一般人，身體硬得像石頭。一動也不動。然而，如果因為稍微推一下不行就放棄的話，從旁人看來，會覺得這個口譯員只是想要去摸格鬥選手的褲子而已，太讓人不舒服了，她只好使盡全力推得渾身是汗。結果，骨碌一聲自己翻了過去。最後她就這樣達到了目的。

## 7 有時也會萌生殺意

我把口譯同業丟臉或失敗的經驗晾曬出來，介紹了他們惡戰苦鬥的姿態。如您所見，為了要傳達某個表現，口譯員是如此煎熬。把矜持和名聲都拋在一邊，換句話說、偷天換日、比手畫腳，總之努力動員一切，得到的回報便是如果一句話無法傳達就無法看清整體的關鍵表現。若是為了文章整體中可有可無的單字，再怎麼拚命也是白費功夫。聽者坐立不安，而且也得不到任何感謝。

對口譯員來說，最必要的素質，是橫跨兩種語言的廣泛正確的知識、靈活運用兩種語言的能力、掌握說話者最想傳達之事。還有，不論用什麼方式、只求聽者能夠理解的那股熱情吧。溝通成立，這才是口譯這一行最大的使命。

本來，所謂掌控語言的能力，就是為了「整理自己的感情或思考、傳達給他人」而存在的不是嗎？正因為是要表現自己的思緒或想法，才能將從出生以來累積的語彙或文法中選出最恰當內容、透過自己的發聲器官傳送。也就是說，自己才是自己的這件事的根本，借一個流行詞來說就是類似與「認同」緊密相關的能力。

然而，就算只是暫時的，這個功能必須完全從屬他人，這是選擇口譯這一行的宿命。

剛成為口譯員時，我曾經有兩個禮拜期間貼身隨行某位訪日作家，從演講、座談會到日常生活上的交談都持續口譯。大約到了第七天，我看到這位尊敬的作家的臉就生厭，到第十天已經開始想把他殺了。

這樣的事情，每次擔任隨行口譯都會發生，我曾經認真煩惱，像自己這樣心胸狹窄、壞心腸的人是不是不適合這個工作呢？然而，當偶爾有機會和口譯夥伴深聊，才知道大家都經歷過類似的心境轉折，讓我感覺如釋重負。

本來肩負表達自己的意思、思想與感情之使命的腦中的某一塊，因為太長時間被他人的意思、思想與感情所占領，忍無可忍下發出了悲鳴。萌生殺意的原因，大概就像這樣吧。

即使如此，習慣這種東西真可怕，只要踏入口譯現場幾次，也就具備了切割「為他人運用語言能力」以及「我屬於我」這件事的膽量，不再感情用事。

直到現在，優柔寡斷的我還是常常一邊口譯一邊在心裡碎碎唸：

「啊，到底為了什麼，這麼愚蠢又不知恥的內容我竟要用耳去聽、用嘴去說呢？」

對於口譯費，雇主這方認為太貴、被雇用的口譯員這方認為太便宜，箇中原因，恐怕也包括這點吧。

這麼說的話，可能會招此誤解：

「雖然說是因為錢，也不必抱著如此痛苦的想法做這個工作不是嗎？」

所以我要大聲地先說——我，不，不只我而是許多的口譯員，都打從心裡愛著這個工作、認為這份工作很有趣。

已故的知名英語口譯員佐藤圭子女士曾說：

「口譯員和乞丐，當了三天就戒不掉。」

之前曾介紹的日本首屈一指的英語口譯員原不二子女士，在出版的書中也作如此告白：

「第一次踏進口譯區到現在已經過了三十多年，大多時候我都由衷覺得，能在這裡口譯真是開心。」

正如第一章所説，口譯員要當説者的嘴、聽者的耳朵，是侍奉兩位主人如僕人般的存在。然而相反地，也會發生從屬的反向支配的情況。

現在岔開一下話題。我帶狗去散步時會牽著繩子，自己單方面地以為是我束縛了狗的自由，但當有一天我解開繩子改以「放牧」形態帶牠去散步時，深刻感受到其實之前自己也被狗束縛了。

依賴著説話者與聽者的口譯員，同時也是左右説話者與聽者的人物。因為口譯員的技巧與投入狀況，左右了説話者的談話傳達給聽者的強弱程度，這是錯不了的事。而且，只要口譯員不在，二者的語言就無法達成溝通。

「説話者與聽者雙方的溝通是因為我在而得以成立。」

實際感受到這一點時，會產生一股快感，狹小的自我像連結了兩個異元宇宙，被擴散、被吸收到更廣大的世界。古希臘語將口譯員稱為Hermeneutics，源自於眾神與人類之間協助溝通的赫密士神（Hermes）。我有時覺得，這或許與做靈媒的恍惚感是相通的。

這不是指自己牽線的雙方能互相理解、建立友誼這樣的狹義的溝通成立。談話互通的結果，雙方關係也有可能因而交惡。不過，地理上相隔、擁有不同歷史進程的國家的人，以相異的文化與發想為背景的各種語言來表達，還能互相溝通這件事本身並非奇蹟。正是因為相異，所以找到共通點時喜悅會更大。強迫其他民族說自己的語言，或是相反地為了迎合強國而輕視自己的語言的人們，永遠不會遇到這樣的感動。譯者一旦體會到成功溝通的瞬間那毫無道理可言的喜悅，就會開始生病。第一章中把口譯比喻為雲霄飛車的法語口譯員臼井久代女士，也有一段病入膏肓的發言。

「畢竟是口譯活生生的語言、找出正確譯語的工作，這就像在玩『神經衰弱』[19]遊戲。讀取到表現的背後的背後的意義，說中相對應的表現。當日語和法語完全吻合時，那種喜悅比玩撲克牌湊到牌還要高興百萬倍。」

不論是誰不管他願意不願意，在自覺或不自覺下，都會沾染上自己所屬的民族或國家的文化；而不論哪個國家或民族，共通點是人類這個種類的存在。想起來，托此之福，哪種語言都擁有互換性，口譯、筆譯這職業也因而得以成立。

「地球只有一個，人類彼此都是兄弟姊妹。」

笹川良一[20]先生的格言可說每日都藉此實踐。而且，口譯不僅是「日行一善」，根本是「瞬

19 一種撲克牌記憶遊戲。一開始卡片全部翻開，蓋牌後玩家憑記憶挑出成對的牌，越多者得勝。

20 笹川良一（1899 － 1995），日本政治運動家，曾任日本眾議員。

行一善」的計算，恐怕連老大哥都要嚇到了吧！[21]

換言之，在個別性中確認普遍性這件事，也具有不可言傳的喜悅不是嗎？

若非如此，將無法解釋包含我在內的許多口譯員們，在口譯現場全心全力投入，追求盡可能迅速、盡可能正確、盡可能容易理解，只為了徹底地把別人的語言傳達給別人的粉身碎骨姿態。

當聽到N女士將兩名頑強的格鬥選手翻倒的故事，我笑到肚子快抽筋，但也覺得纖細的她背後彷彿射出了光芒，感到一股神聖。

是的，說不定我們口譯員，侍奉著「溝通」之名的神，是祂虔誠的使徒。

---

21 此處的老大哥指的是笹川良一，他曾被視為日本右翼派政治人物的首領。

# 結語

# 攀登一座沒有頂峰的山

「任何一個口譯員都只是『發展中』的口譯員。」

這是我的恩師德永晴美先生偏好的一句誡言。當我面對有難度的工作感到膽怯，而打算推掉委託時，我的老師便會在說出這句之後，接著這樣叱責、激勵我：

「說什麼完美的口譯員，那好比還是處女的娼妓，是二律背反之最。口譯技術的完成或準備，必須在適當之處進行，要採取現場邊學習邊成長的策略才行。一直說自己還不行啦、實力還不夠啦，為了習得完美口譯技巧而花上人生大半光陰，等到路都走不穩，才拄著枴杖趾高氣昂地登場：『那麼，派個工作給我吧！』那時候誰都不會理睬妳啦。」

史托利賈克先生（L・Строка Джек）曾替赫魯雪夫總理那場知名的聯合國演說擔任日語同步口譯而聞名業界，他在莫斯科大學指導口譯員培訓講座，是培育出蘇聯許多傑出日俄同步口譯員的宗師。就連他也這麼說：

「口譯，到處都有暗礁。在口譯進行當中，有時候會洋洋得意『啊，進行得非常順利。感覺真好！我啊，搞不好是口譯天才！』但是，沒人可以一直自我陶醉直到口譯結束。途中一定會被希奇古怪的表達方式或不熟悉的說法突襲，栽跟頭。嗯，不過若做久了，栽跟頭的方法也就越來越拿手了。」

在書中曾引用的著作中，原不二子女士透露了幾乎相同的感慨：

「口譯二十五年來，我深感距離山頂越來越遙遠。會不會根本沒有頂峰呢？我不禁這麼想。」

站在日本的英語口譯界頂層的原不二子女士都這麼說了，這不是相當有說服力嗎？然而，這其實是技藝事業通用的真理。頂尖的英語同步口譯員松岡祐子也說：

「要學習口譯，基本上是 on the job（在工作現場）學的。而且，借用我前輩的話來說，最能累積實力的方式，就是邊被口譯老師棒喝邊學習。」

口譯技巧，實際上是一種職人技藝。談到理論的話，只要能夠理解接受，就算通了；但是職人技藝，則必須為那理論賦予血肉生命。它需要嚴格的訓練，一開始只能從模仿老師做起。

身為俄國最優秀的日語口譯員，橫濱市立大學教授S・布雷金斯基（Sergei Braginsky）認為提升口譯技巧的秘訣是：

「訂定目標、拜師學藝，就算一開始只是幫老師提包也好，一定要跟著老師去工作現場，偷學老師的技藝。」

雖說口譯也是一門技藝，但和花道、茶道不同的是，口譯員持任何執照、證書都沒有意義。只要這次無法達成溝通，委託者就不會再次雇用你。在「通」與「不通」之間，還有幾種溝通的等級，因此若計畫往專業口譯員這條路上邁進的話，冷靜而正確地評估自己的口譯水準當然是必須的。

這時候最可靠的，除了委託客戶的評價外，更需要來自同行的評價。剛才提到過的英語口譯專家松岡祐子女士曾表示，客戶的評價不一定是合理的評價，她說得非常貼切：

「那個人沒翻譯這個詞」，有人因為不會翻譯專業用語，得到的評價就一落千丈；「應該譯為會長卻譯為委員長」，也有人因為這種小地方而評價被打折扣。此外，也有人得到「那個人好可愛」或「那人又年輕表現又好」這種評價。相較之下，同行評審（Peer review）這種同儕之間「那個人能勝任」或「那個人不好」的評價才是最確實的。或許也有人會帶著先入為主的偏見批評他人「我就是討厭那個人」，但只要一起在同一個口譯區合作過，就能看清此人的實力。從口譯夥伴那裡得到「想和那個人同一組」或「那個人不太適合這個工作」的評價，我認為才是最值得信賴的依據。

——第十二屆口譯諸問題研討會，一九九一年一月，於日蘇學院

還記得《阿瑪迪斯》這部電影嗎？

莫札特這個天才音樂家，源源不絕地創作了許多今日仍深受世人喜愛的音樂，但他英年

早逝，生前並不特別受到社會眷顧。因為是死於非命，盛傳當時同為宮廷音樂師的薩列里（Antonio Salieri）因為嫉妒莫札特的才華而毒害他。基於那樣的死因假設，至今以來誕生了許多文學作品。此部電影的主題，也是在描述薩列里對於莫札特的嫉妒。

其實薩列里是有才能的音樂家，在當時的宮廷，他遠比莫札特受到皇帝賞識，地位在莫札特之上。在當時社會所得的評價也好過莫札特。在這部電影中，薩列里雖然比莫札特有成就，但他非常嫉妒莫札特的才華。嫉妒到快瘋掉了。

薩列里瘋狂嫉妒莫札特是有原因的，其實，他比誰都要肯定莫札特的才能。當宮廷裡或維也納冷淡而傲慢的聽眾都還沒認可莫札特的音樂的時刻，薩列里就認定了他的才華，發狂似地嫉妒著他。他幾乎把莫札特的作品全部背誦起來，如此地理解、深愛著莫札特的音樂。

把口譯員拿來和音樂之神比較，可能會招來不倫不類的批評吧。但是，競爭對手與嫉妒這樣的主題，在人類所有活動中都能發現不是嗎？

口譯員不過是血肉之軀，也會嫉妒競爭對手的才華、感覺不服氣。然而，不，應該說正因為如此，競爭對手才是最棒的評論者。因為相互熟知彼此的技能或運作機制的結構或困難，所以最能做出確實的評價。

就該意義上來說，仔細想想，我可是從理想的老師及競爭對手那裡受益良多。在本書中數度登場的德永晴美及小林滿利子兩位老師，我很幸運能得到他們直接的薰陶。此外，以這兩位老師為首的其他許多同業一起創立的俄語口譯協會這個共有財產，無疑是其他語言的口譯員們欽羨的目標。人人都是獨行俠、彼此之間都是對手的口譯員們，並沒有把競爭合作的關係導向嫉妒或扯後腿這種非建設性的負面方向，而是相當成功地創造出提升技能或相互提攜這樣正面發展的方向。或許我是賣瓜的說瓜甜吧，但俄語口譯協會真是一個輕鬆愉快有容乃大的共同體。

批評心術不正者或偽君子時，總是一針見血大快人心的專欄作家中野翠，數年前曾在某報上評論某名愛用雙關語的法國文學研究者兼芥川賞得主：

「簡直是半吊子的知識份子，為了博君一笑亂開黃腔、愛講雙關語。」

我看了嚇一大跳，又把手護在胸前。

您應該注意到了，要說的話，我的恩師德永晴美是個雙關語、黃腔連發之人。而因仰慕老師進入口譯這一行的我，雖然不像恩師在這方面那麼有才華，但是您應該也注意了，我也常常愛用雙關語，常講黃色笑話。

而且，正如中野翠先生敏銳看穿的，我是個不上不下的半吊子知識份子（就以知識做為生財道具這層意義上來說）。順帶一提，為了維護小林滿利子老師的名譽，我得先聲明，她的雙關語功力還行，卻具有絕對不開黃腔的美感意識。不過，關於她高人一等的幽默感，我想從本書中引用的幾齣由她編導的短劇即可一窺究竟。

此外，我想，如果不是半吊子的知識份子，還無法勝任口譯這一行。貨真價實的知識份子，是在某領域或主題上深入挖掘、徹底探討的人，口譯員與此不同，在今天這個主題、明天那個領域下，就像隻花蝴蝶般穿梭在不同學問與專業領域之間，或許那「半吊子」是不可或缺之物。

總是以追求完美為夢想，但永遠達不到那個目標，常常都是在開發中的路途上前進，這就是口譯員的境遇。我想，最後再引用恩師說過的，能確實表達口譯員這種立場的一個雙關語，來為本書作結：

「如果客戶問道『啊，您是ドージ（同步）口譯員[1]喔』的時候，回答時要盡可能把『ド』和『ジ』連在一起說個分明：『是的，我是ドジ（失敗）口譯員某某某。』這是因為，同步口譯員注定永遠擺脫不了失敗。」

---

1 日文中「同步口譯」的漢字為「同時通訳」，讀音為「どうじつうやく」，其中「同時」以片假名標示即為「ドージ」。若把中間長音去掉，就是「ドジ」，意指「失敗」。

後序

# 忠實的美女編輯與不忠的醜女作者之相遇

若擁有如此得天獨厚的美貌，每天光是攬鏡自照就很幸福吧？這個絕世美女到底是喜歡上哪一點，才來從事編輯這個只在幕後耕耘，為激發他人才能、輔佐他人而鞠躬盡瘁的行業呢？初次見到德間書店編輯部的柳澤因小姐，她對沒沒無聞的我說：「要不要試試寫本口譯相關的書呢？」那時候，由於自覺是醜女，再加上對美女的偏見甚深，我對她留下了這樣的第一印象。

時間是距離現在兩年半前的一九九二年二月。前年年底，蘇聯瓦解，餘震將俄語口譯者們捲入，把大家搞得人仰馬翻。

戈巴契夫登場後開始進行經濟改革，蘇聯一躍成為新聞界的世界性震央。尤其是一九九一年保守派政變失利到蘇聯解體這強震接二連三來襲的時期，以媒體為首，各界對俄語口譯員的需求遠遠超過供應，每個口譯員的工作量都超越了能夠負荷的極限。俄語口譯員，包括我在內，全都疲於奔命，甚至到了擔心所有口譯員是不是將全數絕種的程度。

然而，柳澤小姐的邀書，對我而言具有一股難以抗拒的魅力。說是太衝動也好，沒有責任感也罷，總之我當場一口答應。這或許是因為口譯員的職業性質，自己的語言能力總是只為了傳達他人的思考或想法而運作，自己的思考或想法在不斷累積下也需要尋找出口。而且，關於這十五年來賴以維生的口譯這行業的魅力、困難與樂趣，我想要說的事物不勝枚舉。

口譯現場，這個異文化摩擦的最前線，充滿了感動的故事、顛覆常識的發現、會讓人懷疑所見所聞的事件，而且全都帶有絕妙的喜劇色彩。這應該是因為同一文化圈內單向思考回路所保有的嚴肅威權，經由相異常識與思考方式一對照，便呈現出滑稽的一面。特別是在短短一百四十年間急遽「國際化」的日本文化的周邊，這類悲喜劇總是上演。

不過，就像書中所描述的，我奔波的口譯員人生就宛如為了完成接踵而來的不同考試科目日夜都在臨時抱佛腳，這樣生活下的寫作應該會讓柳澤小姐美麗的臉龐烏雲罩頂、沁淚的眼睛蒙上陰影，我一想到如此就覺得慚愧無地自容，但即使如此，書寫還是遲遲沒有進展。

在這樣的情況下，去年三月，柳澤小姐榮升後被調到隸屬德間書店關係企業的吉卜力工作室出版部。善良如她，沒有放棄，把我介紹給一臉精明幹練的編輯森本豐二先生。

不過森本先生採取完全自由放任主義，讓作者恣意決定截稿日，從不催稿，作者即使拖稿也可以一延再延。起初，一直逃避寫稿的我還覺得這是好事，但被放任至此，也開始感到不安。於是我主動請纓要求森本先生更嚴格鞭策，這才真正認真開始執筆。

就在那時，我被腰間劇痛襲擊，不得不住院一個月。突然間，得以擺脱工作等諸多羈絆成為自由身。若沒有這段天上掉下來的休假，或許這本書到現在還是不見天日。

再怎麼說，能走到今天這一步，最大的因素還是承蒙兩位編輯巧妙的激勵與適當的建議，以及驚人的忍耐力。在此對兩位表達我的敬意與謝意。

對於多位讓我引用著作或言論的人士，尤其是提供寶貴經驗、逸事的俄語及各語言的口譯員們，我也衷心致上歉意與謝意。

最後，請容我將這本討論口譯的書籍，獻給兩位領我進入這個最有意思的行業、毫無保留傳授其秘訣和技巧的恩師——德永晴美先生及小林滿利子女士。

——一九九四年八月　米原万里

# 解說

名越健郎

在東京或莫斯科參加日蘇、日俄關係記者會或採訪論壇講座時，我一到會場首先都會朝口譯區那裡望過去。如果口譯區裡面有米原萬里女士，我就會露出微笑：「噢，今天真是輕鬆愉快。」米原女士的口譯簡潔、清楚而大膽。我在會場的筆記可以直接刊登成為一則新聞報導。

外語能力很弱卻負責國際新聞的我，多次靠著同步口譯的幫助才能完成工作。我想，受信的另一端，同步口譯員也有形形色色的種類，大致上可分為挑剔細節的忠於原文逐字翻譯型，以及省略不必要浪費傳達本質的意譯型。米原女士是後者的代表。她大膽掌握發言的本質，將內容轉換為正確的日語。

英語口譯員大多屬於逐字逐句翻譯型，很遺憾，這種型並不受新聞界歡迎。

「首先我要對各位報告的是，在我這個報告中指出的、關於日美安保關係未來的展望，尤其是在日美間成為焦點的、有關目前正面臨的沖繩基地歸還問題……」

如果同步口譯以這樣的逐字式翻譯開場，我大致會把聽力切換回原發言。因為我遇到好幾次口譯員日語不嫻熟、過於重視速度而遺漏關鍵字的情形。如果是米原女士，以上的開場大概就會譯為「日美間的焦點、沖繩基地歸還問題……」，然後就會集中在接下來的關鍵字吧。

「同步口譯員，對於沉默的時間會感到非常不安。因為可能會被聽眾認為，這傢伙，是不是不懂講者在說什麼？而像她那樣慢條斯理、果斷、具說服力的傳達，是同步口譯的革命。加上她的翻譯並不粗糙，是細心周到的。」（義大利語口譯員，田丸公美子女士）

米原女士改變了口譯員本來有如藏鏡人的形象與存在感，這也是革命性的一點。她的氣勢壓得住會場，口譯時成為發言者的夥伴，有時也會配合會場的氣氛而大膽進行意譯。

幾年前，長崎市召開一場和平與反核市民國際會議，動員了米原女士和其他英、德、法、義語的口譯員擔任口譯。會議因為決議案「戰爭對民間的暴力行為譴責」中是否應該包含「肉體的凌辱」的討論，直到深夜還滯礙難行。俄羅斯代表提議：「討論變得太久，差不多該做總結了吧？」米原女士將它口譯為：「討論變得太久又煩人……」這句話被翻譯為五國語言，結果會議程序一鼓作氣往前推進。

「如果沒有『煩人』那兩個字，或許會議要開到早上才結束。會場的全體人員都因此得救。」當時坐在義大利語口譯區的田丸女士回想道。

米原女士少女時代念的是捷克的俄羅斯人學校，後來因為工作關係訪問前蘇聯與俄羅斯上百次，她通曉俄羅斯人的心思與行動模式。「在商業談判口譯的空檔，米原女士用日語給了我一個建議：『他們雖然這麼說，但這是俄羅斯人特有的虛張聲勢。這時候態度強硬一點比較好哦。』接受了她建議的談判技巧，讓我進帳數萬美元。」（商社人員）

米原女士優美的俄語與談判技巧，曾讓俄國總統葉爾欽大為感動，這件軼事鮮為人知。

一九九〇年一月，那時候葉爾欽還是在野黨的蘇聯最高會議議員，經TBS電視台邀請首次訪日，由米原女士擔任隨行口譯為期兩個禮拜前往日本各地訪問。個性急躁任性、獨裁者般的葉爾欽在各地像孩子一樣耍脾氣，米原女士還要扮演保母角色。

前往首相官邸與當時的海部俊樹[1]首相會面時，葉爾欽在車上嚷著：「雖然安排了禮貌性拜訪，如果不是會談等級很困擾，這樣會面根本沒意義。」這讓隨行人員相當慌張。不過，米原女士索性說：「那就不要去吧。」葉爾欽便答道：「不，那樣也不好吧。」隨後便出席了那次禮貌性拜訪。

在神戶觀看日、蘇排球賽時，葉爾欽表示「我還想繼續看」而不肯出席關西經團聯主辦的宴會。米原女士便說：「了解。那麼就缺席不去吧。」結果葉爾欽態度大轉變：「不，那可不行。」後來就出席了。「葉爾欽很獨斷，不習慣被侮辱。他會故意讓親信為難，以此為樂。抓到這訣竅的話，就可以對付他。」（米原女士）

葉爾欽回國時，在成田機場對米原女士說：

「最後我有一個要求。」

「什麼事呢？」

---

1 海部俊樹（1931年－），日本政治家，於一九八九年至一九九一年間擔任日本首相。

「讓我親吻妳。」

說著，葉爾欽鄭重其事地在她的右、左頰上進行三次俄羅斯式親吻。

後來就任俄羅斯總統的葉爾欽，在出席某次日俄關係的活動時，對日本人記者團冷冷瞥了一眼，說他們是：「只會詢問北方領土問題的單細胞群體。」之後，他看到了米原女士，卻笑容滿面叫著：「万里、万里！」然後再交換了俄羅斯式的親吻和擁抱，因為重逢而大感欣喜。我親眼看到這一幕，不禁覺得如果將來葉爾欽決定要歸還北方領土，不可諱言說他腦子裡沒想到和米原女士的交情吧。

本來，米原女士是不讓任何俄羅斯男士親吻的。在西伯利亞伊爾庫次克的會議上，有個男士被米原女士的美貌吸引，而到口譯區懇求：「請您務必讓我親吻。」「Нет」（No），「那麼，親臉頰就好。」「Нет」（No），「那就親吻手就好。」「Нет」（No）。她全部冷淡地拒絕。

在同步口譯員或從事俄語相關工作的人們之間，無關女皇「葉卡捷琳娜」卻被稱為「葉卡誰理你娜」[2]的米原女士，不乏這類的英勇傳奇。

在這部散文集，米原女士寫下了同步口譯的內幕、失敗與辛苦談等異文化體驗，此書於

---

2 葉卡捷琳娜二世（Екатерина II Алексеевна, 1729 – 1796），俄羅斯帝國女皇，一七六二年至一七九六年間在位。又稱凱薩琳二世或凱薩琳大帝。此處將凱薩琳的俄文名與日文原文中的「勝手」（任性）做諧義。

一九九四年獲得讀賣文學獎（隨筆、紀行賞），是她的作家出道代表作。在間不容髮的時間內要轉換語言的口譯區，那充滿知性、懸疑與緊張的世界首度被公開。

米原女士的下一部作品《魔女的一打》（讀賣新聞社）再獲講談社散文獎，之後出版第三部作品《俄羅斯今日也風雨飄搖》（日本經濟新聞社）。米原女士以散文家身分獲得高度評價。而本書即為「米原散文」的原點。

《不実な美女か貞淑な醜女か》（編按：《米原万里的口譯現場》原日文書名，意為：不忠美人與貞潔醜女）這個書名，被選考委員之一諾貝爾文學獎得主大江健三郎譴評為「讀賣文學獎史上最糟書名」。其中所謂「貞潔」，是指對原文忠實；而「美人」指的是譯文是否工整端正。一種語言是否能被完美地轉換為其他語言呢？換句話說，「貞潔的美女」是否存在呢？這是口譯人永遠追求的課題。

米原女士本人表示，「正如義大利格言所說，『翻譯者即背叛者』（Traduttore, Traditore）。背負不同文化、歷史的人們，用不同語言能達成溝通，這近乎奇蹟。」由此可知，對於該如何演出「貞潔的美女」，口譯人日夜都在拚命奮戰。描寫其文化、語言接觸的最前線現場的本書，獲得了「語言的戰爭，也是和解的物語」（大江健三郎）、「長驅直入逼近『語言』本質的研究」（井上廈）等讚譽。

在口譯區裡的米原女士，面對難解的俄語能面不改色，優雅且完美地把它轉換為日語。我們只能望著口譯區感嘆那是「神的領域」。然而，例如書中提到，她在擔任核能會議的口譯時「閱讀了核能相關入門書籍，……伏案研究會議主題相關的論文、核能詞典及參考書，不懂的地方就請客戶為我解說，並拚命背誦會議中可能出現的專業用語。即使如此，會議舉行的前一天晚上我還是擔心得睡不安穩……」。在達到「神的領域」背後，包含著多少嘔心瀝血的努力。

此外，本書連結許多口譯插曲，令人印象深刻而迫近本質，成功開發了散文的新型態。例如，英語不拿手的社長對美國人演說，本由部下全程進行口譯。最後社長突然用英語說了一句「One, please.」，然後對著莫名其妙的口譯說明那是「請多多指教」的意思。此外，俄羅斯人口譯在導覽聖彼得堡時表示「這個廣場有很多革命家露屁股」，把「流血」的悲劇變成搞笑劇。米原女士本人則因為把俄國諺語「穿上別人的兜襠布相撲」譯為「穿上別人的內褲摔角」，對於只留下不潔感而深切反省……

在異文化的接觸點，緊張的另一面其實是喜劇的寶庫，她巧妙地介紹雙方，其中的落差又一舉引發爆笑。書中穿插大量黃色笑話或趣聞，那幽默而獨到的筆觸讀來相當享受。

在一連串的故事插曲之中，我認為最傑出的，就是一九九〇年十二月前蘇聯人民代議員大會上外交部長謝瓦爾德納澤宣布辭職的那一段。

警告「獨裁來了」並為此辭職抗議的外交部長的演說，由米原女士為日本的電視台進行同步口譯。那時候她將演說內容翻譯為「獨裁者來了。我要負起全部責任說這句話……誰都不知道那是怎樣的獨裁者、到底獨裁者是誰……」

然而，後來回顧那時的口譯，她指出其實那外交部長說的話應該是這樣的：「我，想要說個清楚。獨裁來了。並不知道，是怎樣的獨裁。獨裁者，是誰，並不知道。但是，獨裁來了……」

「這時候，謝瓦爾德納澤非常激動，舌頭彷彿打了結，俄語措詞用語比平常還要貧乏，令人替他著急，格魯吉亞的口音也顯露無遺。然而，在那演說中，卻流露出具有強烈民族自尊的小國格魯吉亞被俄羅斯這樣的大國吞併、持續遭受蹂躪下的悲哀。」

我本人當時也在克里姆林宮現場的記者席上，聽完演說後只是毒舌說了一句：「他的俄語還是一樣差。」然後用手機傳回一則報導，後來再沒想起這其間的原委。不過，經過這次辭職演說，蘇聯就開始走下坡面臨瓦解，蘇聯解體後謝瓦爾德納澤率先返回格魯吉亞，以格魯吉亞總統身分致力於祖國的發展。由此看來，可以感受到這場辭職演說象徵性地展現了一個政治家的姿態，以及民族與政治的嚴峻。

平庸特派員如我並不懂得那凝縮一瞬間的戲劇性的深意。然而，這也讓我感受到，站在當事者近距離立場的米原女士做為優秀異文化介紹者的本領。

身為語言專家，米原女士最擔心的，就是日本國內偏重英語的風潮。「日本也存在於美國文化圈之中。為了不要把英語視為絕對唯一，應該要學習英語以外的其他語言」、「無視於美國的歷史視角而規制語言是不會成功的。偏重英語恐怕會妨礙以多重觀點看待世界」，她四處提倡這樣的主張。

美國智庫「World Watch」的報告指出，在全世界現存的六千種語言中，有九成的語言今後會面臨滅絕危機。在資訊化社會的發展之中，少數民族的語言似乎被英語或西班牙語等多數派吸收了。就我在美國華盛頓的觀察，蘇聯瓦解後變為「單一超大國」的美國，不只是國際政治領域，連文化面也透過網路等手段企圖稱霸文化世界不是嗎？

閱讀本書，應該可以了解英語絕對視野的陷阱。

——一九九七年十一月　時任通信社美國華盛頓特派員

# 編輯部注

二〇〇六年四月十九日，北海道小樽市的福田毅道先生寫信給編輯部指正以下錯誤：

貴公司刊行、米原万里女士所著《不実な美女か貞淑な醜女か》（編按：本書日文書名）第三章中，有關屠格涅夫的〈阿霞〉的二葉亭四迷的翻譯的內容饒富趣味，並引用俄語原文「對他說出愛的告白『Я люблю вас（相當於 I love you）』」。然而，我必須指出這其中有誤。

我從 NAUKA 書店購買 Academy 版的「屠格涅夫全集」第五卷，對照〈Ася〉原文與二葉亭四迷的譯文，竟然完全沒有「Я люблю вас」這句話。（基本上，這麼平凡的、初學者也能了解的句子，屠格涅夫是不會使用的。）有問題的內容曾出現在兩頁。

Ваша... прошептала она едва слышно.

「我死而無憾了……」阿霞說道，那是若有似無的微弱聲音。

《あひゞき・片恋・奇遇　他一篇》（岩波文庫，1966年，第十刷，84頁）

另一處是：

"Ваша..." слышался мне её шёпот.

「我死而無憾了……」那幽幽訴說的聲音，尚未傳達到耳邊。（87頁）

也就是說，二葉亭四迷是把「Ваша...」這個俄語譯為「我死而無憾了」。

對於福田先生的指摘，作者米原万里於五月十日寫了一封回信：

福田毅道先生：

感謝您的來信。我由衷地滿懷感謝與感激之意。

我不僅要感謝您花費寶貴的時間與金錢閱讀拙著，您還深入書中內容，詳細進行調查，而且還特地細心地附上原著的影印資料，真的只能敬佩您對知識的探究之心。此外，我也打從心裡覺得慚愧。

我從少女時代開始親近俄語，因為曾幾度閱讀該書俄語原文而心生傲慢，在寫作《不実な美女か貞淑な醜女か》之際只確認了二葉亭四迷的譯文而已。的確，在那個場景，Ася 吐露出「Я люблю вас」這種陳腔濫調頗為突兀，而用氣若游絲般的聲音喃喃說出「Ваша...」（＝我是你的人啊）確實遠遠較為自然。正如您所說，把「Ваша...」譯為「我死而無憾了」，二葉亭四迷的文學語感實在令人驚嘆。

我會盡快將拙著那部分改正過來。那時候，可以引用福田先生您的大名以及來信的部分內容嗎？

此外，我會和編輯討論，盡快把這重要的訂正部分公諸於世。

無論如何，我衷心向福田先生致謝。謝謝您。

謹致謝意與歉意

二〇〇六年五月十日　米原万里

作者於二〇〇六年五月二十五日逝世。關於那部分該如何修正，直到最後都非常掛念。寫給福田先生的回信，成為作者的絕筆。

——二〇〇六年六月十三日　新潮文庫編輯部——

國家圖書館出版品預行編目資料

米原万里的口譯現場 / 米原万里作 ; 張明敏譯 . -- 初版 . -- 新北市 : 大家出版 : 遠足文化發行 , 2016.04

譯自 : 不実な美女か貞淑な醜女 ( ブス ) か

ISBN 978-986-92741-9-7( 平裝 )

1. 口譯

811.7 105003959

better47

米原万里的口譯現場
不実な美女か貞淑な醜女 ( ブス ) か

**作者** 米原万里｜**譯者** 張明敏｜**責任編輯** 周天韻｜**封面設計** 廖韡｜**內頁設計** 唐大為｜**選書** 李若蘭｜**行銷企畫** 陳詩韻｜**校對** 魏秋綢｜**總編輯** 賴淑玲｜**社長** 郭重興｜**發行人兼出版總監** 曾大福｜**出版者** 大家出版｜**發行** 遠足文化事業股份有限公司 231 新北市新店區民權路 108-2 號 9 樓 **電話** (02)2218-1417 **傳真** (02)8667-1851 **劃撥帳號** 19504465 戶名 遠足文化事業有限公司｜**印製** 成陽印刷股份有限公司 **電話** (02)2265-1491｜**法律顧問** 華洋國際專利商標事務所 蘇文生律師｜**定價** 340 元｜**初版一刷** 2016 年 4 月｜